Scandaleuse Adela

Pour Alice, ma petite amie féline

Chapitre 1

La dame en noir

Rayworth Court, été 1891

Je n'aurais pas dû venir. Je le savais ! Ces garden-parties sont toujours d'un ennui mortel…

Wilson Ruffington promena un regard désabusé autour de lui. Rayworth Court était une bâtisse sans grâce, mal conçue dès le départ et que des extensions tortueuses enlaidissaient encore. En temps normal, il était capable de se repérer dans n'importe quel bâtiment : il lui suffisait de quelques observations. Mais là, il séchait.

La vue d'un portrait d'ancêtre particulièrement laid lui arracha grimace et soupir. Il n'avait jamais été friand de mondanités mais depuis sa rupture avec Coraline, il n'avait quasiment pas mis le nez dehors. Il était resté enfermé dans son atelier des journées entières, travaillant, calculant, fabriquant des machines, imaginant d'autres machines pour en fabriquer de nouvelles, plus performantes. Ces heures d'intense cogitation lui avaient permis d'oublier un peu que la seule femme qu'il ait songé à épouser, en sept ans, l'avait quitté, sans une hésitation et sans un remords, pour épouser un duc italien de soixante-quinze ans.

— Garce ! souffla-t-il entre ses dents, sans réelle conviction.

Avait-il vraiment de la peine ? Il était touché dans son orgueil de mâle, ça oui. Mais le plus important, c'est-à-dire son intellect, était intact. Son cerveau continuait à produire des petites étincelles magiques. Bien sûr, sa sexualité était en berne et leurs ébats inventifs et joyeux lui manquaient. En fait, c'était surtout ça et sa fierté malmenée qui le minaient.

Je vais rentrer à Londres. M'enfermer dans mon atelier et travailler. Les invités n'ont aucun intérêt, ici, et les femmes sont toutes idiotes.

Cette perspective le réconforta. Puisant son calepin dans la poche de sa robe de chambre, il dressa une courte liste de produits chimiques et autres ingrédients. Lors d'une incursion dans le jardin potager de leur hôte, il avait remarqué une forme intéressante de mildiou sur certaines variétés de légumes. Un peu de ce mélange au pied des cultures permettrait à Lord Rayworth d'améliorer son ordinaire à défaut de distraire ses invités.

Fermant les yeux, il se concentra sur la configuration des lieux et, cette fois, le plan lui apparut. Il devait tourner à gauche puis encore à gauche, monter l'escalier principal jusqu'au premier, tourner à droite et, au bout du couloir, s'ouvrirait enfin le sanctuaire béni de sa chambre. Il commanderait peut-être une tasse de thé et l'un de ces délicieux petits cakes à la cannelle qu'il avait chipés dans la cuisine en revenant du potager. Ensuite, il demanderait à Teale de préparer ses bagages. Pendant ce temps, il s'allongerait sur son lit et réfléchirait à l'épineux problème que lui posaient les plans du sous-marin. Le projet étant classé top secret par le gouvernement, il n'avait apporté aucun document avec lui, mais il pouvait réaliser les calculs de tête. Comment faire entrer cinq cents accumulateurs dans un espace aussi confiné ?

S'il ne parvenait pas à résoudre le problème, il pourrait toujours s'immerger lui-même devant le ministre de la Guerre pour faire diversion !

Souriant à cette idée, il tourna dans le couloir, puis fit presque aussitôt volte-face. Une silhouette, entraperçue et disparue, venait de passer dans son champ de vision.

Il s'agissait d'une femme, il en était quasiment sûr, vêtue d'une robe noire. Elle s'était faufilée à l'autre extrémité du couloir. Il ne l'avait vue qu'une fraction de seconde, mais avait discerné chez elle un je-ne-sais-quoi de familier qui fit bondir son cœur dans sa poitrine.

Non. Impossible… Ce ne pouvait pas être *elle*…

Il s'élança, croisant les pans de sa robe de chambre pour empêcher la soie bleu vif de la doublure de le trahir.

Mais si ce n'était pas *elle*, qui donc était cette femme qui se déplaçait avec la grâce d'un cygne ? Il n'avait pas remarqué de robe noire parmi les invitées, rien que des toilettes d'été aux teintes claires, ornées de dentelle et de mousseline. Le genre de tenue que Coraline portait avec une élégance incomparable. S'habiller en noir pour jouer au croquet ou se promener dans les jardins était une idée étrange. Surtout par cette chaleur. Même Lady Rayworth, la douairière, était vêtue de gris clair. Et les jeunes filles en fleur papillonnaient dans les allées en blanc ou en coloris pastel.

Wilson s'immobilisa tandis qu'un tiroir enfoui au fond de sa mémoire s'ouvrait lentement. L'image d'une robe en mousseline blanche en sortit et se déploya devant lui comme un fantôme, lui coupant la respiration. Un nuage de mousseline blanche près des branches mouvantes d'un saule vert tendre… L'aiguillon du désir le transperça à cette évocation et pressa son sexe tendu contre le tissu de son pantalon avec une soudaineté douloureuse.

Bon sang ! Je n'arrive pas à le croire ! Il n'y a qu'elle pour me mettre dans un état pareil…

Le couloir formait un coude. Il s'aplatit contre le mur lambrissé et jeta un coup d'œil de l'autre côté. Il adorait les mystères et l'action. Avec un peu de chance, cette diversion lui remettrait les idées en place.

L'inconnue était là et lui tournait le dos. Elle agitait la poignée d'une porte en chêne lustré, en vain. Elle avait beau la tourner dans tous les sens, le lourd battant ne bougeait pas. Elle montrait une pugnacité étonnante pour une personne aussi menue.

C'est elle. Personne d'autre ne s'obstinerait ainsi. Aucune femme du monde, en tout cas.

L'histoire se répétait, décidément. Il revit une autre porte fermée à clé, dans une autre maison de campagne, et la même jeune femme déterminée à entrer coûte que coûte. Il n'aurait su dire s'il devait en rire ou en pleurer.

C'est toi ? C'est vraiment toi ?

Il n'avait pas vu la liste des invités, mais il était tout à fait possible qu'elle ait été conviée. Surtout si sa comploteuse de mère avait eu son mot à dire !

La mère et la fille étaient-elles donc restées figées dans la même position pendant toutes ces années ? La mère essayant de marier sa fille aînée à tout prix, et la fille essayant de forcer une porte fermée à clé pour avoir accès à des trésors douteux ?

Il se pencha un peu plus, attentif à ne pas trahir sa présence, et sentit son cœur s'emballer.

Il y avait quelque chose sur le sol. Un portfolio en cuir fermé par un ruban. Elle s'en était délestée, sans doute pour pouvoir agripper la poignée à deux mains.

Oui, c'est bien toi…

Chaque détail d'elle était gravé dans sa mémoire. Sa taille fine, ses courbes délicates, ses cheveux châtains, si épais et indisciplinés qu'ils semblaient toujours vouloir s'échapper de son chignon. Tout correspondait, jusqu'à la couleur de sa robe. Elle portait probablement encore le deuil de son père.

Ai-je envie de la voir ?

Il serra les dents. La dernière fois qu'il s'était trouvé face à cette petite furie, la rencontre avait tourné au désastre. Echange d'insultes et, en ce qui le concernait, lutte contre une érection phénoménale. Il en avait été complètement déstabilisé !

Pendant un instant, il envisagea de s'éclipser en douce. A quoi bon chercher l'affrontement ? L'un comme l'autre n'avait rien à y gagner.

Allons, cesse de chercher de mauvaises excuses ! Tu n'as pas peur d'elle, si ? Non !

Il continua donc à l'observer, ne serait-ce que pour savoir si elle avait toujours ce talent qu'il lui avait enseigné un jour, il y avait bien longtemps, quand elle avait voulu s'introduire dans une bibliothèque interdite pour feuilleter des ouvrages licencieux.

Oui, l'histoire se répétait bien. Le comte de Rayworth était réputé pour avoir en sa possession une remarquable collection d'ouvrages érotiques et de lithographies scandaleuses. Une bibliothèque privée qui incluait, disait-on, des pièces rares, venues des quatre coins d'Europe et d'Asie, superbes et décadentes.

— Maudite serrure ! Tu vas t'ouvrir, oui ?

Le choc sourd d'un coup de pied rageur contre le battant de bois et le petit cri étouffé qui suivit firent virevolter de nouveau le tourbillon des souvenirs — cris haletants dans la chaleur de l'été, mêlés de soupirs de plaisir et de gémissements…

Il allait se montrer quand elle retira une épingle à cheveux de son chignon enroulé sur sa nuque, puis une deuxième. S'agenouillant, son ample jupe formant une corolle noire à ses pieds, elle glissa son outil improvisé dans la serrure.

S'il avait encore eu une once de doute sur son identité, elle se serait envolée à cet instant.

Crocheter des serrures était une activité qu'il pratiquait assez régulièrement dans le cadre de ses recherches. Il y avait toujours des coffrets ou des boîtes fermés à clé dans les archives et il n'avait pas de temps à perdre à parlementer avec des bibliothécaires jaloux de leurs petits trésors scientifiques et littéraires. Pour régler le problème, il avait toujours une trousse d'outils miniatures dans sa poche.

L'apprentie cambrioleuse n'avait pas sa pratique, mais c'était lui qui lui avait enseigné jadis à crocheter une serrure et, manifestement, elle avait retenu la leçon.

Au bout de quelques minutes, un petit déclic annonça sa victoire et elle se redressa, son dos dessinant un arc ravissant tandis qu'elle piquait de nouveau les épingles dans son chignon, laissant échapper quelques mèches châtaines. Elle les repoussa d'un geste absent et Wilson cilla, submergé par le souvenir grisant de ses propres doigts dans cette manne chaude et vibrante.

Sans même un regard par-dessus son épaule, la jolie cambrioleuse ramassa son portfolio, ouvrit la porte et se glissa prestement de l'autre côté, sa jupe ondoyant tandis qu'elle la retenait d'une main pour refermer le battant derrière elle.

Wilson avança, saisi par un mélange de curiosité, de plaisir et d'appréhension. Allaient-ils de nouveau se disputer comme chien et chat ? Quel serait l'objet de leur querelle, cette fois ? Leurs désaccords passés ou présents ?

Quel est ton problème, Wilson ? Tu es adulte, que diable ! Tu peux quand même te retrouver dans la même pièce qu'elle sans que ça tourne obligatoirement au pugilat.

Secouant la tête, il chassa de son esprit l'équation complexe de leurs dissensions familiales et se concentra sur l'instant présent.

La main sur la poignée, il approcha son oreille du battant pour écouter. Pas un bruit. Que faisait-elle ? Etait-elle déjà en train de feuilleter des images érotiques et des ouvrages obscènes ? Il imagina son visage pâle, empourpré par les petites flammes du désir.

Les petites flammes ? Personnellement, il avait largement dépassé ce stade. Il était tellement excité que son entrejambe était en feu. Son cerveau n'était pas le seul à avoir des souvenirs : son corps aussi. A croire que les sept années écoulées n'avaient jamais existé.

Il colla son oreille au panneau de bois. Que diable fabriquait-elle ? Le seul moyen de le savoir, c'était d'ouvrir la porte et de la prendre sur le fait.

Il allait passer à l'action quand il entendit une sorte de grincement répétitif, ponctué par un rire étouffé, très féminin.

Mais qu'est-ce qu'elle fait ?

Il se décida à entrer et la vit devant un bureau de belle taille sur lequel était posée une machine à manivelle qui avait toutes les apparences d'un praxinoscope.

Entendant la porte s'ouvrir, la cambrioleuse se retourna d'un bond et lâcha la manivelle. La machine s'arrêta instantanément de tourner.

— Ah, c'est toi…, dit-elle. J'aurais dû m'en douter.

Chapitre 2

Très chère cousine

Sa voix n'exprimait qu'un étonnement mesuré, comme si Adela s'attendait à le voir.

Il la fusilla du regard, furieux d'être décontenancé alors qu'il aurait dû bénéficier de l'effet de surprise. C'est qu'elle avait dû être informée de sa présence chez les Rayworth. Sa comploteuse de mère l'avait même sans doute traînée à cette garden-party dans le seul but d'organiser une rencontre « fortuite » entre eux !

— Eh oui, c'est moi, très chère cousine. Je suppose que ce n'est pas une surprise. Ta mère a dû être mise au courant de ma présence ici, sinon tu ne serais pas là.

Elle le fixa sans aménité de ses yeux immenses. Ils avaient les mêmes nuances chaudes et lumineuses que sa chevelure. Leurs querelles familiales lui pesaient autant qu'à lui. Davantage, même, car elle en était victime bien plus que lui.

Il lut du mépris dans son regard et dut reconnaître qu'il ne l'avait pas volé. Il lui avait dit des choses affreuses la dernière fois qu'ils s'étaient vus. Il avait une sorte de don pour proférer des horreurs. Il s'en voulait toujours après, mais le mal était fait.

— En effet, *cousin* Wilson. Elle est au courant.

Elle appuya sur le mot d'une manière ironique pour bien

marquer la distance entre eux. En réalité, leur lien de parenté les divisait plus qu'il ne les rapprochait.

— Depuis le décès de papa, elle met tout en œuvre pour nous jeter « accidentellement » dans les bras l'un de l'autre.

Elle releva le menton et redressa imperceptiblement les épaules, comme si elle revêtait mentalement une armure pour se protéger de ses coups.

— Mais tu déploies une telle ingéniosité pour nous éviter que les chances d'une collision fortuite sont proches du néant, au grand désespoir de Mama. Tu imagineras donc sa joie, quand la comtesse nous a conviées à sa garden-party et qu'elle a vu ton nom sur la liste des invités. Elle a failli en avoir une attaque d'apoplexie.

— Et toi, comment as-tu réagi ?

Il se sentait gagné malgré lui par une colère sourde, irrationnelle. Il comprenait qu'elle ne soit pas ravie de le voir, le contraire l'aurait étonné, mais elle aurait pu au moins se forcer à sourire, ne fut-ce que par politesse.

Sur ses lèvres pulpeuses, le plus pâle des sourires était un phénomène à couper le souffle.

Elle l'observa avec méfiance.

— Moi ? J'ai ressenti la nécessité impérieuse de tout faire pour ne *pas* croiser ta route. Et pourtant, nous voici face à face.

— Tu n'avais qu'à décliner l'invitation.

On l'avait rarement toisé avec autant de dédain. Il en fut ébranlé. Elle ne ressentait donc vraiment rien de rien pour lui ? Pas même le début du commencement d'un sentiment amical ?

— Je pensais pouvoir réussir à t'éviter. Mama ne s'en serait pas remise, si j'avais anéanti son plan.

Son visage était froid, impassible, mais son petit réflexe incontrôlé de se mordre la lèvre, quand l'émotion la traversait, la trahit. Le contraste entre la blancheur de sa peau et le noir de sa robe était affolant. Il eut une vision d'elle alanguie sur les draps en satin noir dont Coraline raffolait, et son sexe se tendit plus douloureusement encore dans son pantalon.

Il se sentit brusquement en colère, non pas contre elle mais contre lui-même. Furieux que l'image de Coraline soit venue s'immiscer entre eux. Et en même temps, étrangement, son visage était flou, un peu comme une photographie développée par un amateur.

La vision de sa cousine, en revanche, était aussi nette et tranchante qu'une lame de rasoir. Adela Felicia Ruffington en corset noir orné de dentelle rouge et de rubans. L'image était si réelle qu'il aurait pu la toucher en tendant la main. Ou la caresser…

Tu serais magnifique en dessous affriolants, Della. Absolument irrésistible.

— Tu devrais sortir davantage, Della. Ce n'est pas parce que ta mère veut à toute force t'offrir à moi en sacrifice pour sauver son petit confort et celui de tes sœurs que tu dois rester cloîtrée chez toi. Tu as le droit de vivre.

Elle prit une longue inspiration. A l'évidence, elle faisait un effort pour rester polie. Sa poitrine se souleva, pressant ses courbes délicates contre le bord rigide de son corset. L'image des rubans et du satin noir sur sa peau accrut douloureusement la tension de son entrejambe.

Adela était menue, mais avait des formes superbes. Une nymphe des bois, souple et élancée, qu'un après-midi d'été, il avait tenu contre lui. Peau contre peau.

— Merci de te soucier de mon bien-être, Wilson.

Elle inclina la tête comme un petit oiseau et le mesura du regard. Aucune indulgence dans ses yeux. Il eut l'impression de la voir lister mentalement ses qualités et ses défauts et cocher toutes les cases dans la colonne négative. Son excentricité, qu'il revendiquait avec amusement, ne lui donnait soudain plus envie de rire. Il serra les poings pour s'empêcher de lisser ses cheveux en bataille. Il regrettait de ne pas avoir fait un effort pour s'habiller d'une manière plus conventionnelle. Sa robe de chambre de soie et son gilet chamarré n'étaient pas faits pour attirer la bienveillance de sa cousine. Son regard glacial, sous l'arc parfait de ses sourcils, était sur ce point parfaitement explicite.

— Sache qu'en ce qui me concerne, ce ne sera pas la fin du monde si tu hérites du titre à la mort du vieux Curmurdgeon, reprit-elle avec une hauteur et une fierté tout aristocratique. grand-père est libre d'agir comme il le souhaite et nous saurons nous débrouiller avec les cartes qui nous ont été distribuées. Et si vraiment le pire devait se produire, j'ose espérer que tu n'aurais pas la cruauté de nous faire jeter à la rue. Même si nous ne sommes que des parasites inutiles, présomptueux et cupides.

Ah... Tu ne les oublieras jamais, ces mots malheureux, n'est-ce pas ?

Aucune chance, apparemment, qu'elle efface un jour de sa mémoire les paroles fielleuses qu'il lui avait lancées lors de leur dernière rencontre. Elle ne les lui pardonnerait jamais et il ne pouvait pas le lui reprocher. Il s'était montré odieux. Il était sous pression, furieux, et il avait dit des choses épouvantables sur sa mère. Ses tentatives maladroites pour se rétracter, ensuite, n'avaient réussi qu'à envenimer la situation.

Sa tante venait de lui envoyer une lettre lui intimant l'ordre d'épouser sa fille aînée au prétexte que le titre et la fortune de son grand-père, Lord Millingford, lui revenaient de droit. Rien que ça ! Evidemment, il avait vu rouge. Le vieux Curmudgeon se comportait mal avec sa belle-fille et ses petites-filles, c'était un fait. Mais cette lettre en forme de commandement alors que Coraline multipliait les caprices et lui menait la vie dure avait été la goutte qui avait fait déborder le vase. Quand il avait croisé Adela à la Nouvelle Galerie, il avait déversé sa hargne sur elle.

Il reconnaissait volontiers que traiter la mère de « parasite présomptueux et cupide » n'était pas de nature à réchauffer ses relations avec la fille. De très mauvaises, elles étaient devenues carrément exécrables.

Il chercha moyen d'arranger les choses tout en sachant que la partie était perdue d'avance.

— Les mots ont dépassé ma pensée. D'ailleurs, je te rappelle que je lui ai écrit une réponse courtoise afin de…

Elle le réduisit au silence d'un simple geste de la main.

Dieu, quelle allure !

Il sentit son sexe pulser de désir et un voile de sueur mouilla son front.

— En effet. Ta réponse était un chef-d'œuvre de ridicule. Quelle formule as-tu utilisée, déjà ? « Je suis marié à mon travail… » ?

Elle lui lança un regard cinglant.

— Alors que tout le monde savait que tu entretenais une liaison torride avec une demi-mondaine. Comment va la belle Coraline, à propos ?

Il serra les dents. Elle avait l'art de retourner le couteau dans la plaie.

— Toujours aussi belle pour autant que je sache, répondit-il d'un ton nonchalant. Bien sûr, tu n'ignores pas qu'elle m'a quitté… Je suis certain que le tambour mondain a égrené tous les détails juteux de notre rupture.

— Ah oui, son duc ! Quel effet cela fait-il d'avoir été plaqué pour un vieux grabataire ?

Il n'était pas d'un naturel violent. Aussi étrange que cela puisse paraître pour un homme qui travaillait en étroite collaboration avec le ministère de la Guerre, il était même un pacifiste convaincu. Mais à cet instant, il dut se retenir d'attraper sa cousine par son joli cou et de la secouer.

— Et quel effet cela fait-il de voir défiler les saisons sans réussir à attraper un mari ?

Pas un muscle ne bougea sur son visage. A peine discernat-il une lueur de colère dans ses yeux. Il s'attendit presque à l'entendre riposter : « A qui la faute ? »

Mais elle ne dit rien.

— Très sincèrement, je n'ai pas envie de discuter de ma vie privée avec toi, Wilson. Je suis venue profiter d'un week-end à la campagne et je te saurais infiniment gré de me laisser tranquille. Va-t'en, s'il te plaît.

C'était irrationnel, mais il ne voulait pas partir. Malgré le mépris qu'elle lui témoignait, il ne l'avait jamais autant désirée qu'en cet instant.

— J'ai également très envie de profiter du week-end, Della. Et cette bibliothèque m'intéresse. Toi aussi, visiblement, puisque tu as utilisé le truc que je t'ai appris pour y entrer.

Sur ce point, il ne mentait pas. En d'autres circonstances, il se serait plongé dans l'un des innombrables volumes qui tapissaient les murs. Mais pour l'heure, c'était Adela qu'il rêvait d'explorer. Après avoir passé des semaines à s'apitoyer sur son sort, le parfum de fleur de sa cousine et sa détermination à croiser le fer avec lui l'enflammaient. Sa libido monta d'un cran supplémentaire quand elle se mordilla la lèvre, comme si l'utilisation du petit diminutif familier et le fait qu'il l'ait vue entrer par effraction la rendaient vulnérable.

— En ce cas, je te cède la place. C'est toi qui devras expliquer comment tu es entré sans clé.

Elle passa devant lui et tendit la main pour récupérer son portfolio, sur le bureau.

Sans réfléchir, il l'attrapa par l'épaule pour l'empêcher de partir. Ils ne s'étaient pas vus depuis six mois… et même alors qu'ils se parlaient à couteaux tirés, il sentait son sang bouillir dans ses veines. Il s'était en outre écoulé sept ans depuis leur premier et unique moment d'égarement et il se rendait compte tout à coup qu'il n'avait rien oublié, pas une seule seconde, de cet après-midi-là. Il avait connu d'autres femmes, mais le souvenir d'Adela était resté précieusement enfermé dans une de ses boîtes mentales, là où il rangeait les pensées et les idées auxquelles il souhaitait réfléchir plus tard. Même pendant sa liaison tapageuse avec Coraline, la boîte était restée intacte, remplie de moments lumineux : la rivière, l'ombre et le soleil, le clapotis de l'eau, ses gémissements.

Il retint son souffle. Elle cherchait à se dégager, tordant son bras pour s'arracher à son étreinte. Elle finit par lui frapper la nuque avec son portfolio en cuir.

Tu as toujours été une femme délicieusement physique, cousine…

— Ote tes sales pattes de moi !

Sa voix était basse et contrôlée. Pas du tout l'affolement hystérique d'une demoiselle effarouchée.

— Tu as été parfaitement clair sur l'opinion que tu avais de moi la dernière fois que nous nous sommes vus, Wilson. Tu m'as bien expliqué que je n'avais rien pour attirer un homme, que je n'étais qu'une sangsue, tout comme ma mère et mes sœurs. Des inutiles et des incapables, justes bonnes à attendre qu'un homme ou un héritage nous tombe tout cuit du ciel.

— Je n'ai pas dit ça !

Bien sûr que si, il l'avait dit… A quoi bon le nier : il s'était comporté comme le dernier des goujats. Et il venait de recommencer. Qu'est-ce qui n'allait pas chez lui ?

Si seulement il pouvait revenir en arrière et serrer le corps adorable d'Adela dans ses bras, la réconforter tendrement, l'embrasser, la caresser… Il y avait peut-être une rivière près d'ici ? Une berge tapissée d'herbe où ils pourraient s'allonger et…

Un coup de coude dans ses côtes désintégra ses souvenirs et le ramena brutalement au présent. Stupéfait, il desserra son étreinte et Adela fonça aussitôt vers la porte, son portfolio serré contre elle.

Heureusement, il pratiquait les arts martiaux orientaux et avait les réflexes d'une panthère. Il bondit et, avant qu'elle ait pu atteindre la porte, la saisit de nouveau — doucement pour ne pas lui faire mal, mais fermement pour qu'elle ne puisse s'échapper. Pourquoi ne trouvait-il pas les mots pour lui demander simplement de rester ?

— Ne pars pas, Della. Je sais que notre dernière rencontre a été un désastre et que je n'aurais pas dû te parler comme je l'ai fait…

Il la dévisagea. Se radoucissait-elle ?

— Je t'en prie, tournons la page et recommençons de zéro. Tu veux bien ? Peut-être pourrions-nous examiner ensemble ce jouet ingénieux…

Il montra le praxinoscope.

— Et ensuite choisir quelques ouvrages rares parmi cette impressionnante collection. Ce serait vraiment dommage de ne pas en profiter, maintenant que nous sommes là.

Elle était en train de céder, il le sentait. Une émotion indéfinissable vacilla dans ses yeux étincelants.

Elle ne répondait pas aux critères classiques de la beauté et même si elle ne l'aurait avoué pour rien au monde, il savait que ses imperfections la complexaient. La petite déformation, sur l'arête de son nez, par exemple… Elle le troublait, non parce qu'elle l'enlaidissait — pour lui, elle ajoutait au contraire du piment à son visage —, mais parce qu'il en connaissait le responsable : lui.

En revanche, il n'était pour rien dans les minuscules cicatrices que la varicelle avait semé sur ses joues. Ces petits flocons à peine visibles ressemblaient à de la poudre d'étoiles et faisaient ressortir son teint de porcelaine.

Adela était intelligente et pragmatique, mais même la plus sensée des femmes n'aimait pas être confrontée à ses défauts quand elle se regardait dans un miroir.

Sa réaction le lui confirma.

— Si tu voulais bien cesser de regarder fixement mon nez et mes marques de varicelle, je pourrais envisager de rester. Je ne suis pas un de tes sujets d'étude scientifique !

— Je ne les regarde pas fixement.

Encore un mensonge.

— Je suis seulement… content de te voir.

Quel désastre ! Il était aussi maladroit qu'un gamin face à son premier béguin.

Son cœur vacilla et il la libéra. C'était pourtant bien ce qu'elle avait été : son premier béguin. Et il avait été son premier amant. Quels que soient leurs sujets de discorde, cette vérité créait un lien spécial entre eux.

— Oh ! vraiment ?

C'était elle qui le fixait, maintenant, comme s'il était devenu fou.

— Je n'en crois rien et ça m'est égal. Je suis comme je suis.

Elle releva le menton.

— Je sais très bien que le noir n'est pas flatteur, mais il se trouve que nous n'avons pas les moyens de renouveler notre garde-robe.

Elle le toisa, comme si elle le mettait au défi de faire le moindre commentaire.

Elle était magnifique en noir. Il était impossible qu'elle ne s'en rende pas compte.

— Ne sois pas stupide, Della. Le noir te va à merveille. Il te donne une allure royale et mystérieuse.

Les mots sonnaient de manière un peu ridicule, pourtant c'était la vérité.

— Des compliments, maintenant ? Désolée, mais ça ne prend pas.

Elle lui lança un regard hautain.

— Je suis sincère. Tu es très belle.

Elle écarquilla ses yeux noisette.

Elle a envie de te croire, devina-t-il.

— Si tu ne me crois pas, je peux te le prouver.

Il l'attira brutalement à lui et écrasa sa bouche sur la sienne.

Chapitre 3

L'être le plus exaspérant du monde

Adela s'enflamma instantanément au contact des lèvres de Wilson sur les siennes. Sept ans plus tôt, il avait agi exactement de la même façon : il l'avait prise dans ses bras et l'avait embrassée. C'était étrange... Elle avait l'impression qu'il s'était écoulé à peine un battement de cœur entre ces deux baisers et, tout comme la première fois, sa résistance s'évanouit, balayée par une joie intense, presque douloureuse.

La bouche de Wilson était comme du velours, savoureuse, tentante. Adela sentait l'odeur de sa lotion de rasage et de son savon, chaque note se détachant et fusionnant comme dans une mélodie. Ses lèvres avaient une saveur douce et épicée, un petit goût de cannelle, peut-être.

Je devrais te repousser. Je devrais te repousser et fuir comme le vent. Ce n'est pas correct et ça ne m'attirera que des ennuis, quoi que puisse en penser Mama.

Mais sa raison avait beau lui envoyer des messages de prudence, son corps tenait un tout autre langage et elle noua ses bras autour de son cou. Il n'avait pas changé. Il était toujours l'être le plus exaspérant du monde. Elle aurait dû le mordre pour l'obliger à la lâcher. Au lieu de ça, elle ouvrit les lèvres et répondit passionnément à son baiser.

Elle l'avait tellement désiré autrefois ! De tout son jeune cœur, de toute son âme innocente. Jusqu'à cette minute, elle avait cru son désir mort, tué par les circonstances et Wilson lui-même. Mais à l'évidence, elle s'était trompée. Ses sentiments pour lui étaient bien vivants et plus débridés que jamais !

La caresse de sa langue l'électrisait. Glissant la main sous sa robe de chambre, elle enfonça ses ongles dans son dos et se colla contre lui en disant mentalement adieu à son intelligence.

Oh ! Je ne suis pas la seule à être bien vivante…

Elle sentit son sexe bandé se presser contre son ventre, aussi brûlant et vigoureux qu'autrefois. Le temps parut alors s'arrêter, tandis que la force de son désir se communiquait à elle comme une flamme.

Elle remua doucement les hanches, se pressant davantage contre lui, et il poussa un gémissement étouffé.

Que faisait-elle ? C'était aberrant ! Il lui avait suffi de quelques minutes pour la démasquer. Il l'avait forcée à révéler sa vraie nature simplement en… en étant lui-même ! Elle devait se ressaisir. Tout de suite !

Elle posa les deux mains sur son torse pour le repousser. Cette folie devait cesser.

— Ça suffit ! Tu ne peux pas te comporter comme si je t'appartenais !

Pendant un instant, elle crut qu'il allait passer outre. Puis l'étreinte de ses bras se desserra lentement.

— Pour qui me prends-tu ? J'ai droit à du respect ! siffla-t-elle en reculant d'un pas.

— Du respect ? Il n'y a pas vingt secondes, tu t'agrippais à moi comme une pieuvre !

Oh ! Cette voix… Cette maudite voix ! Familière, excitante, vibrante. Elle jouait sur ses sens comme un archet sur un violon.

Un sourire moqueur apparut au coin de sa bouche sensuelle.

— Tu veux que je te montre les marques de tes ongles dans mon dos, cousine ?

Tu n'es qu'un mufle. J'aurais dû te griffer au sang !

— J'étais sous le choc. Tu t'es jeté sur moi et tu m'as embrassée comme une brute. Je me suis agrippée à toi par réflexe.

Elle recula d'un autre pas, son portfolio serré contre elle comme un bouclier. Il fallait qu'elle sorte de cette pièce. Mais plus elle le regardait, plus elle avait envie de rester.

Il avait toujours été un excentrique et sa liaison tapageuse avec une demi-mondaine française ne semblait pas l'avoir dompté. Ses épais cheveux noirs étaient plus longs que lors de leur dernière rencontre. Ils bouclaient sur son col, sauvages et doux à la fois.

Ils étaient à son image : Wilson était insupportable et irrésistible. Un puzzle vivant.

Elle serra les lèvres. Il se montrait odieux avec elle, insultant même parfois, et pourtant il était l'une des rares personnes au monde qui lui donnait envie de sourire. Même en cet instant, elle mourait d'envie d'attraper un crayon pour le dessiner. Il était exaspérant et magnifique. Original et élégant à sa façon. Il se revendiquait bohème et se promenait en robe de chambre en pleine journée. Il avait déjà cette habitude à Ruffington Hall, à la consternation du vieux Curmudgeon. Celle qu'il portait était en cashmere bleu et recouvrait un gilet tout aussi absurde de soie chamarrée, une chemise blanche sans col, sans cravate et légèrement déboutonnée. Son pantalon, en revanche, était des plus conventionnels.

Il avait l'allure d'un prince d'opérette, fantasque, sexy et terriblement viril. A côté de lui, elle ressemblait à un vilain corbeau dans sa robe de deuil.

Et pourtant… le regard qu'il posait sur elle semblait dire tout autre chose. Ses yeux gris brûlaient d'un feu qui confirmait ce qu'elle avait senti quand ils s'étaient serrés l'un contre l'autre : il la désirait follement.

Comment était-ce possible, puisqu'il la méprisait ? Il ne s'en était pas caché lors de leur dernière rencontre ! De plus, il la fuyait comme la peste depuis sept ans. Les cancans — qu'elle méprisait mais écoutait avec passion — avaient fait état de sa rupture récente avec la belle Coraline. Sans doute était-ce là l'explication : il était tout simplement en manque de chair fraîche.

Elle soutint son regard sans ciller.

— Je constate que tes goûts vestimentaires sont toujours aussi calamiteux, cousin.

— Je m'habille de façon rationnelle et pour me sentir à l'aise, Della. Et aussi pour être en accord avec moi-même. Tu devrais te débarrasser de ton corset — au propre comme au figuré. Tu te sentirais beaucoup mieux… et moins encline aux sautes d'humeur.

On voit bien que tu ne sais rien de moi, monsieur J'ai-Réponse-à-Tout !

Elle avait abandonné le port du corset depuis longtemps, adoptant le style de robe plus souple et plus confortable initié par Mme Wilde mais aussi par certaines de ses amies du club de couture. Cette nouvelle mode était plus qu'une révélation : un nouvel art de vivre. La liberté après l'enfer des corsets. Ses amies lui avaient donné l'adresse d'un tailleur pour dames qui pratiquait des tarifs très raisonnables. Une robe dite « esthétique » revenait beaucoup moins cher qu'un costume traditionnel complet.

Elle avait remis un corset pour la garden-party de Rayworth Court uniquement parce que sa mère n'aurait pas toléré qu'il en soit autrement. Et elle avait ressorti une de ses anciennes robes « traditionnelles », bien qu'elle date du décès de son père.

— Les femmes portent des corsets, Wilson. C'est ainsi. Ils nous aident à nous tenir droites et nous donnent une jolie silhouette.

Qu'il aille au diable ! Il la poussait à mentir. Dès qu'elle était avec lui, elle se conduisait en dépit du bon sens… Rien qu'en cet instant, elle avait envie de tout envoyer promener : corset, jupons, chemise, tout, juste pour voir le désir enflammer ses yeux gris.

— Et je ne vois pas en quoi la juxtaposition de *ce* gilet avec *cette* robe de chambre est rationnelle ! C'est une pure cacophonie vestimentaire, une agression rétinienne.

— Aïe !

Il plaqua une main sur son cœur d'un geste théâtral sans cesser pour autant de fixer sa robe et les formes qu'elle soulignait.

— Sérieusement, tu n'as que faire d'un corset, Della. Tu as un port de reine et un corps parfait… J'en sais quelque chose…

Maudit goujat ! Elle avait espéré qu'il ne ferait pas allusion au passé. Ce qui était arrivé autrefois avait bouleversé sa vie et elle en subissait encore les conséquences aujourd'hui. Mais elle ne voulait pas y penser. Et elle ne voulait surtout pas en discuter avec la seule personne au monde qui savait que c'était arrivé ! Ses amies les plus proches du club de couture, Sofia et Beatrice, étaient au courant qu'il y *avait eu* quelqu'un… Mais elle ne leur en avait pas dit plus et ne leur avait jamais parlé de cette émotion qui vibrait toujours comme une flèche au plus profond de son cœur…

— Je te serais infiniment reconnaissante d'effacer cette vision de ton esprit, Wilson. Cet incident n'a jamais eu lieu. Je croyais que nous nous étions mis d'accord sur ce point ?

Elle se tut, saisie par son expression. Etait-ce un éclair de souffrance qui venait de traverser ses yeux ? Il se ressaisit aussitôt et la lueur s'éteignit, remplacée par un sourire de jeune loup arrogant.

— Je ne me souviens pas avoir jamais fait cette promesse, Della. Mais si tu dis que ce n'est jamais arrivé, ce doit être vrai…

Lentement, lascivement, il fit glisser sa langue sur sa lèvre inférieure.

Adela sentit son cœur gronder comme une locomotive lancée

à pleine vitesse. Elle devait fuir, tout de suite. Mais ses jambes refusaient de lui obéir.

— Ne pars pas, Della.

Son visage s'adoucit et, à défaut de la supplier, son regard se fit conciliant.

— S'il te plaît, reste encore un peu.

Il était dangereux. Il menaçait sa quiétude de cent façons… Et pourtant, il était aussi irrésistible que sept ans plus tôt.

Partir serait faire preuve de lâcheté et elle méprisait les lâches.

Quelle était la meilleure option ? Se comporter comme une lâche raisonnable ou comme une folle courageuse ? En dépit de ses flatteries, Wilson était intrigué par son portfolio, elle le voyait bien, et si jamais il découvrait son contenu, elle subirait son mépris jusqu'à la fin de ses jours.

Il était intelligent. Plus que cela, même : un génie. L'un des cerveaux les plus brillants de Grande-Bretagne. Un seul coup d'œil à ses dessins et il comprendrait tout. Il était probablement déjà à mi-chemin de la vérité.

Pourquoi, mais pourquoi l'ai-je apporté ? Il me suffisait de regarder, de mémoriser, puis de retranscrire ce que j'avais vu sur le papier. Ce ne serait pas la première fois que j'opérerais de cette façon.

La bibliothèque du comte renfermait des ouvrages rares, des pièces uniques dont on lui avait demandé des copies. Elle ne pouvait décevoir ses clients. D'où cette incursion…

— Alors, tu restes ou tu t'enfuis ?

Ses yeux clairs la guettaient comme s'il avait suivi le cheminement de ses pensées.

— Il est vrai que la fuite est une de tes spécialités.

Elle serra le portfolio entre ses doigts, tentée de lui en donner un coup sur la tête. Elle ne résista à la tentation qu'au prix d'un gros effort sur elle-même.

— Je vais rester. Mais pas longtemps. Et uniquement parce que j'en ai envie.

— Bien sûr. Maintenant, regardons un peu cette machine. Elle ne semble pas fonctionner très bien.

Il se dirigea vers le praxinoscope, les pans de sa robe de chambre flottant dans son sillage. Il n'avait sûrement pas oublié le portfolio et son cerveau de démon devait spéculer sur son contenu en attendant de pouvoir mettre la main dessus. Elle le serra plus fort contre elle.

Tout en l'observant, elle regretta de ne pas s'être mis un peu de poudre sur le visage, comme sa mère l'y avait encouragée. La saynète jouée par le praxinoscope était très coquine, surtout en mouvement. Elle sentit ses joues s'enflammer et se raidit, prête à affronter les commentaires narquois de son insupportable cousin.

Par chance, le scientifique qu'il était se focalisa sur le mécanisme de l'appareil. Glissant la main sous le tambour, il tâtonna quelques instants, puis le dégagea de son rail. Retirant la bande de dessins, il la posa sur le côté et tourna le cylindre à facettes pour l'examiner, avant de concentrer son attention sur l'axe sur lequel il pivotait.

— Mmm… très intéressant… Le mécanisme est ingénieux. Mais obsolète, bien sûr. L'avenir de l'image animée est la photographie, grâce à un film Celluloïd perforé.

Pendant quelques instants, il parut parti dans un autre monde, son esprit analysant les différentes possibilités offertes par les innovations technologiques.

— Il y a eu quelques avancées passionnantes dans ce domaine… Si j'avais du temps, je m'y lancerais… Mais cela suppose énormément de tâtonnements, d'erreurs, d'ajustements…

Il vérifia l'axe, sourcils froncés, mais elle l'imagina occupé à explorer d'autres mécanismes, décelant leurs failles en une fraction de seconde.

— J'ai vu les images animées de William Friese-Greene… mais la technique n'est pas aboutie. L'utilisation de la manivelle ne permet pas d'obtenir un enchaînement fluide. Je suis convaincu qu'Edison remportera la palme au final. Il a presque…

Il semblait concentré sur l'objet devant lui, mais comment être certain de ce qui passait réellement dans sa tête ? Plongeant la main dans la poche de sa robe de chambre, il en sortit une petite trousse en cuir qui contenait une impressionnante collection d'outils miniatures. Sa panoplie de cambrioleur… Elle aurait dû se douter qu'il l'avait sur lui. A l'aide de plusieurs petits outils et de quelques gouttes d'une minuscule burette d'huile, il effectua une série de réglages.

— La technique a évolué, mais le mécanisme d'Emile Reynaud a toujours son charme, je dois le reconnaître.

En quelques secondes, il remonta le mécanisme, puis lui fit signe de lui passer la bande de dessins. Elle obéit, sentant son cœur se serrer en voyant son regard se poser brièvement sur le portfolio. Même absorbé par le praxinoscope, il ne l'avait pas oublié.

Il ne fit aucune remarque, cependant, remit la bande en place et donna un tour de manivelle pour vérifier ses réglages. Le tambour tourna à la perfection.

— Eh bien, eh bien !

Il leva ses sourcils noirs et un sourire amusé releva le coin de ses belles lèvres tandis que le tambour tournait, tournait, tournait, dévoilant la saynète animée.

Le scénario durait à peine quelques secondes, mais les dessins coloriés et très bien exécutés montraient un gentleman rougeaud et moustachu à l'allure militaire en train de donner une fessée à une fille délurée qui portait pour tout vêtement ses bas et un collier de diamants étincelants. Détail piquant, le sexe bandé du colonel sortait fièrement de sa braguette.

Je ne dois pas regarder Wilson. Je ne dois pas regarder Wilson…

Elle fixa obstinément les images animées, les trémoussements du postérieur de la jeune femme, la punition de l'homme. Si jamais Wilson croisait son regard, il devinerait tous ses secrets et le scandale éclaterait au grand jour.

J'ai peut-être l'allure d'une vieille fille sans charme... mais en réalité, je suis aussi libertine et dévoyée que cette grue qui se trémousse de plaisir en recevant la fessée.

Personne, excepté Sofia, Beatrice et les garçons de « l'établissement » privé de Sofia, n'était au courant de sa vie secrète. Ils étaient encore moins nombreux à savoir qu'elle gagnait sa vie en dessinant des nus érotiques sous le pseudonyme d'Isis.

Wilson ne devait jamais, *jamais* apprendre qu'elle payait des hommes pour lui faire l'amour et qu'elle dessinait leurs attributs virils pour régler les factures de sa famille.

La saynète tournait toujours. L'homme au membre proéminent fessait sans fin le postérieur joufflu de la jeune dévergondée. Wilson rit tout bas et se pencha pour mieux voir.

— Je crois qu'elle porte les diamants des Ruffington autour du cou, dit-il en lui lançant un regard en coin. Tu n'aurais pas servi de modèle, par hasard ?

Elle soupira mentalement. Ce n'était pas ce qu'elle avait redouté, mais la zone de danger n'était pas écartée pour autant. Elle se pencha et étudia les diamants pendant que l'image continuait à tourner. Ils ne ressemblaient en rien au collier de famille, alors pourquoi cette remarque ? Il devait avoir une idée derrière la tête mais comme souvent, son visage était aussi indéchiffrable qu'un masque.

— Ainsi donc, tu trouves ce genre de pratique excitante, Della ?

Damné hypocrite. Comme s'il ne le savait pas !

L'été où ils avaient séjourné tous les deux à Ruffington Hall, ils avaient découvert des trésors polissons comme celui-ci. Le vieux Curmudgeon avait sa propre collection d'œuvres érotiques, comme beaucoup d'aristocrates, et après avoir crocheté la serrure de la bibliothèque, Wilson et elle avaient feuilleté ces ouvrages. Ils avaient trouvé plusieurs dessins du XVIIIe siècle particulièrement crus qui l'avaient fait rougir comme une écrevisse et avaient sans nul doute allumé le feu qu'ils avaient éteint ensemble, plus tard, près de la rivière.

Wilson ne parut pas remarquer qu'elle n'avait pas répondu à sa question.

— Je m'attendais à voir un Pierrot gratter une mandoline ou un chien réaliser un numéro de cirque, pas à une scène cochonne, murmura-t-il.

— Et tu en connais un rayon sur la question, pas vrai ?

Oh non ! Pourquoi avait-elle dit ça ? Pourquoi se laissait-elle aller à de telles extrémités ? En l'espace de quinze minutes, il avait réussi à saper sa volonté. A se demander si son cerveau de génie ne fonctionnait pas comme une éponge qui aspirait toute forme d'intelligence dans un rayon de dix mètres.

Il n'y avait pas que son intellect qu'il rendait défaillant. Son corps tremblait encore de son baiser. Wilson Ruffington avait le pouvoir de la rendre folle sans produire le moindre effort ! Elle avait beau savoir que sa faiblesse ne pouvait que la conduire au désastre, elle aurait donné n'importe quoi pour sentir ses mains sur elle.

— Je l'avoue. Je suis un adepte du libertinage sous toutes ses formes. Et toi, chère cousine ? Où en est ton éducation sexuelle ? Tu dois toujours être débutante, sinon tu ne serais pas ici.

Le ton était insolent, mais il y avait une petite note inquiétante dans sa voix. Inquiétante et indéfinissable.

Ai-je touché un point sensible ? Tu n'as pas pensé à moi pendant toutes ces années… Ce doit être à cause de cette femme.

« Cette femme », était la formule qu'elle employait pour parler de Coraline. Elle avait lu tout ce qui se rapportait à la liaison de Wilson avec la belle Française, scrutant les rubriques des potins mondains dans le journal, feuilletant des feuilles à scandales comme le *Marriott's Monde*. Naturellement, elle s'en voulait de se plonger dans ces ragots indignes. La vie privée de Wilson ne la regardait pas et cependant, elle continuait à se torturer, allant jusqu'à découper des photos les montrant au bras l'un de l'autre, avant d'en faire des confettis en maudissant le nez adorable et le teint de porcelaine de la jeune femme.

Je parie que tu ne l'as jamais mise en colère au point de la pousser à se jeter la tête la première contre un arbre, n'est-ce pas ?

Non, bien sûr. Il lui murmurait probablement des mots doux et complices pendant leurs ébats. Nul doute qu'ils pratiquaient des jeux sexuels scandaleux et que les fessées n'étaient qu'un exemple parmi beaucoup d'autres ! Elle serra les dents, imaginant la scène. Coraline, les yeux étincelants, la croupe à l'air, le désir décrivant un arc lumineux entre eux, comme dans une démonstration du pouvoir de l'électricité.

— Pas de réponse ?

La voix de Wilson avait pris des inflexions dures. Etait-il réellement affecté par la trahison de sa maîtresse ?

— Ne me dis pas que tu n'as pas pensé au plaisir érotique depuis que *je* t'ai touchée…

Ses doigts se crispèrent si fort sur le portfolio qu'ils en blanchirent. Des émotions la traversèrent. Colère. Jalousie. Désir. Un désir brûlant, dévastateur. Et l'envie de le détruire, de l'atomiser par le plaisir.

— J'ai une certaine expérience des plaisirs érotiques, figure-toi !

Elle lui jeta sa réponse d'une voix sifflante, le dos droit et le menton redressé.

— Vraiment ?

Ses yeux étincelèrent et son sourire insupportable réapparut.

— Sois plus explicite, cousine. Dois-je comprendre que tu as testé les raffinements de la fessée ?

Il montra le praxinoscope immobilisé, les deux personnages figés dans l'action.

— J'ignorais que tu avais un soupirant.

— Pas besoin d'avoir un soupirant.

Mais tais-toi, idiote ! Tu ne vois pas que tu es en train de t'enfoncer ?

S'était-il rapproché ? Elle eut l'impression d'étouffer tout à coup. Son regard inquisiteur lui criait qu'elle venait de commettre une erreur. Il adorait les énigmes. Un vrai chien de chasse, toujours à l'affût de la moindre piste.

— Je lis beaucoup, ajouta-t-elle en priant pour qu'il se contente de cette explication.

— D'où ton idée de forcer cette forteresse ?

Il montra d'un geste les ouvrages qui tapissaient les murs.

— Afin de parfaire ton éducation érotique. Mais il y a une grande différence entre feuilleter un livre, regarder des images… et faire ce que nous avons fait il y a sept ans.

J'aurais dû fuir à toutes jambes quand il est entré.

Mais fuir loin de Wilson n'avait jamais été une bonne stratégie. Même si cela leur aurait permis de s'éviter poliment jusqu'à la fin du week-end, au lieu de s'affronter face à face.

— J'étais sotte et naïve à l'époque.

Elle avait du mal à garder une voix égale. Elle redevenait sotte et naïve dès qu'elle se trouvait en sa présence. La pointe de ses seins se tendait douloureusement contre le carcan rigide de son corset et un désir sourd, douloureux, lui nouait le ventre.

— Et je l'ai payé très cher !

D'un geste instinctif, elle toucha l'arête de son nez, là où la branche d'arbre l'avait frappée. Elle n'avait plus mal aujourd'hui, mais à l'époque la douleur avait été si violente qu'elle avait balayé les derniers rayonnements du plaisir.

— Je suis désolé, Della…

Il captura la main qu'elle venait de porter à son visage et la serra doucement dans la sienne. De quoi s'excusait-il ? De l'accident, de ce qui l'avait provoqué ou des mots cruels qu'il avait prononcés par la suite ?

Elle aurait tellement voulu le haïr ! Elle avait mille raisons de le détester. Il était méchant et arrogant. Et simplement parce qu'il était un homme, il allait hériter de la fortune de son misogyne de grand-père et du titre de Lord.

Mais tout cela ne changeait rien à l'affaire. Son beau visage, ses yeux si expressifs lui tournaient la tête. Impossible de rester sensée et logique quand il était près d'elle. Il minait sa résistance par sa seule présence !

Cours, fuis sans attendre ! lui criait la voix de la raison.

Reste, pour l'amour du ciel, reste ! lui criait en écho son corps brûlant de désir.

La main de Wilson était chaude sur la sienne ; son rayonnement se communiquait à son bras, à son épaule et envahissait peu à peu tout son corps comme la douce brûlure d'un alcool. Elle n'avait ni la force ni la volonté de se libérer. Et à supposer qu'elle y parvienne, elle était entravée par la nécessité de continuer à serrer son portfolio.

Et si je lui montrais les dessins pour en finir ? De toute façon, il trouvera le moyen de les voir. C'est Wilson, il ne lâche jamais rien.

Il s'inclina pour embrasser le bout de ses doigts et elle en trembla de la tête aux pieds.

— Eh bien, il est trop tard pour avoir des regrets, murmura-t-elle.

Il sourit comme s'il savait que ses excuses minimalistes ne méritaient pas d'autre réponse.

Qu'il soit maudit ! Il *voyait* l'effet qu'il produisait sur elle. Sa seule consolation, c'était que l'effet était réciproque. Un coup d'œil vers son entrejambe lui en apporta la preuve.

Surprenant son regard, il éclata de rire, puis montra le portfolio.

— Alors, qu'est-ce qu'il y a l'intérieur ? Des dessins d'hommes nus ? C'était ta spécialité, je crois, il y a sept ans.

Elle n'eut pas le temps de réagir. Avec la rapidité d'un prestidigitateur, il lui prit le portfolio des mains. Elle poussa un cri et essaya de le récupérer, en vain. Il se détourna, sa robe de chambre virevoltant autour de lui, et se dirigea vers le bureau.

Le praxinoscope avait perdu tout son attrait. Il le poussa sur le côté et posa son butin.

Elle se précipita, une pluie d'insultes tourbillonnant dans sa tête. Ses excuses n'avaient été qu'un artifice pour lui faire baisser sa garde. Il tirait déjà sur les rubans qui fermaient la chemise en cuir !

— Rien ne t'autorise à fouiller dans mes affaires ! C'est privé !

Elle agrippa son bras, mais il continua comme si de rien n'était.

— Ce n'est pas parce que tu es l'héritier de grand-père que tu as des droits sur moi ou sur ce qui m'appartient !

L'argument parut porter car il suspendit son geste, et balaya du regard ses mains crispées sur son bras, puis son visage rageur.

— D'accord... Donne-moi une bonne raison de ne pas l'ouvrir.

Son regard transforma son sang en feu, en glace, puis de nouveau eu feu. Elle avait envie de le tuer et, en même temps, elle rêvait de s'allonger sur le tapis pour qu'il lui fasse l'amour !

— Tu pourrais peut-être me supplier ?

Va au diable !

— Ne sois pas ridicule, Wilson. Je te demande simplement de te conduire en gentleman et de respecter ma vie privée.

— Mais je ne suis pas un gentleman. Je n'ai jamais eu cette prétention.

Il détacha ses doigts de son bras et les porta à ses lèvres. Le contact de sa bouche pulvérisa ses pensées, ne laissant que le désir.

— Tu ne me prends pas pour un galant homme, si ?

— Non. Plus maintenant.

Autrefois, il avait été son prince charmant, le centre de son univers. Mais c'était fini.

Il retourna sa main et elle sentit ses lèvres chaudes sur sa paume. Un frisson de volupté la secoua et seul un effort titanesque lui permit de ne pas vaciller. Elle avait l'impression de sentir leur caresse lente et insistante sur son intimité...

Elle cilla, luttant pour retrouver son contrôle. Comment en

était-elle arrivée là ? Sans lâcher sa main, il plongea son regard au fond du sien.

— Je te propose un marché. Tu m'embrasses en y mettant du cœur, et je n'ouvre pas ton portfolio.

Son sourire insolent la mettait au défi d'accepter.

Refuse, Adela! Tu le connais, ce sera encore pire après. De toute façon, les dessins sont exactement ce qu'il pense qu'ils sont…

Oh ! pourquoi était-elle venue ici ? Elle n'avait pas besoin de consulter les ouvrages érotiques de Lord Rayworth pour trouver l'inspiration. Son imagination suffisait amplement ! Et ses souvenirs… Son cerveau était comme une plaque photographique. Elle pouvait mémoriser tout ce qu'elle voulait. Cette faculté était une de ses grandes forces.

Elle posa les yeux sur sa bouche et sut qu'elle était perdue. Il l'excitait comme aucun autre homme ne l'exciterait jamais. Elle voulait sentir de nouveau ses lèvres sur les siennes, et sur d'autres parties de son corps aussi. Sur des endroits qu'elles n'avaient jamais effleurés, mais qui hurlaient de désir à cet instant. Elle s'aperçut que ses yeux étaient devenus aussi sombres qu'un ciel d'orage, avec une intensité de passion qui rivalisait avec la sienne.

— En y mettant du cœur ? Que veux-tu dire ?

Mais pourquoi est-ce qu'elle discutait avec lui, bon sang ?

— Pas de panique, Della. Il ne se passera rien de scandaleux. Juste un moment agréable, promis.

Son sourire était un chef-d'œuvre d'impertinence et de séduction.

Elle ne lui faisait pas confiance. Impossible. Il était déjà un charmeur incorrigible sept ans auparavant, et elle n'avait aucune raison de penser qu'il avait changé.

— Je ne te crois pas, Wilson. Tu en profiteras pour pousser ton avantage. C'est ta manière de faire.

Elle essaya de se dégager, en vain. La pratique des arts

martiaux lui avait enseigné certaines prises douces, dont il était impossible de se libérer. Mais même sans cela, ses yeux auraient suffi à la tenir captive.

— Tu aimais que je prenne des libertés autrefois, Della. En fait, tu n'attendais même que ça.

Il l'attira à lui et elle céda comme sous l'emprise d'une drogue.

— Tu as changé ? Non, je ne crois pas.

— Tu es un être manipulateur et sournois, articula-t-elle d'une voix glaciale.

Puis, saisissant son visage entre ses mains, elle l'embrassa brutalement sur la bouche.

Le grondement de triomphe de Wilson quand elle ouvrit ses lèvres sous les siennes lui donna envie de s'enfuir. Elle l'avait amené exactement là où *il* voulait être et avant qu'elle ait pu faire un geste, il lui enserra la taille de ses deux mains et la plaqua contre lui. Au moins étaient-elles sur elle, à présent, et non plus sur le portfolio.

Elle noua ses bras autour de son cou, le sang battant à ses tempes.

Oh Seigneur, c'est Wilson... Wilson...

Toute sa vie tournait autour de lui depuis si longtemps ! Il avait fait d'elle ce qu'elle était aujourd'hui, une femme sensuelle, en quête d'érotisme. Sept ans auparavant, il avait ouvert une porte et, bien qu'ils se soient séparés presque aussi vite qu'ils s'étaient jetés dans les bras l'un de l'autre, elle ne s'était jamais refermée.

Sans le savoir, il était à l'origine de sa vie secrète et scandaleuse.

Chapitre 4

Bien plus scandaleuse que tu ne l'imagines

Mais ce n'était pas le moment de penser aux origines de sa métamorphose. Le présent la rappelait à l'ordre et il était périlleux. Wilson explorait sa bouche exactement comme autrefois. Avec une audace brutale, ensorcelante. Ignorant les avertissements de sa raison qui tentait de l'alerter sur les dangers qu'elle faisait courir à sa réputation, Adela se serra contre lui.

Elle sentait son sexe contre son ventre, aussi dur et solide que le chêne de la porte. Sa chaleur la brûlait à travers leurs vêtements.

— Tu as toujours cet incroyable pouvoir sur moi, haleta-t-il, enfouissant son visage dans son cou.

Il empoigna d'une main ses fesses à travers sa jupe et ses jupons, tout en attaquant de l'autre la rangée de boutons qui fermait son corsage. Sa dextérité était à la hauteur de son intellect : sans égale.

Adela s'efforça de ne pas réfléchir. Si elle commençait à analyser ce qu'elle était en train de faire, elle allait fondre en larmes devant son incurable stupidité. Mieux valait ne pas perdre de temps à se poser de vaines questions et profiter de l'instant présent.

Elle enfouit les mains dans ses cheveux épais et soyeux, caressa ses épaules, son dos sous la soie de son excentrique robe de chambre. Ce n'était que justice qu'il soit démasqué lui aussi. Et tandis qu'il l'adossait au bureau pour dégrafer son corsage, elle en fit autant avec sa chemise, déboutonnant le vêtement avec des gestes fébriles.

— Attends !

Ecartant ses mains, il déboutonna lui-même le vêtement. Les minuscules boutons de nacre voltigèrent tandis qu'il tirait à pleines mains sur le tissu pour aller plus vite, se dévêtant jusqu'à la taille. Puis il lui prit la main et pressa sa paume sur la fine toison sombre qui bouclait au centre de son torse.

Quand elle y enfonça les doigts, il se mit à rire.

— J'adore tes audaces, Della !

Et tu ne connais pas la moitié de l'histoire, cher cousin ! Je suis bien plus scandaleuse que tu ne l'imagines.

L'espace d'une seconde, elle songea à d'autres hommes, d'autres torses.

Franchissant les obstacles des rubans, des boutons et des agrafes de son corsage, Wilson parvint enfin à son but et glissa une main à l'intérieur de son corset, puis prit un sein dans sa paume. Elle gémit et trembla, quand il pressa son pouce sur son mamelon dressé. Il lui semblait que c'était hier qu'il l'avait caressée ainsi. Et pourtant, il s'était écoulé sept années. Une éternité pendant laquelle elle avait été poussée à chercher d'autres mains pour l'apaiser.

— Tu es si belle… si belle…

Sa voix était si vibrante, ses yeux si brûlants de désir qu'elle fut presque tentée de le croire. Puis elle retomba sur terre et laissa échapper un petit rire dur. Non, elle n'était *pas* belle. Il était un menteur, un charmeur prêt à tout pour parvenir à ses fins. *Cette femme* considérait sans doute les compliments et les mots doux comme un dû. Mais elle, Adela Ruffington, préférait la vérité sans fard.

— Ne m'insulte pas.

Elle le fusilla du regard. Elle n'était pas belle. Mais elle avait des désirs de femme et, maintenant qu'il les avait réveillés, il devait les apaiser.

— Ne recommence pas avec ça, Della…

Il pinça durement son mamelon entre le pouce et l'index. Une onde de douleur et de plaisir mêlés la traversa, descendant directement de sa poitrine à son ventre, et son entrejambe palpita.

— Ne recommence pas quoi ?

Il exerça une petite torsion sur son mamelon. Un aiguillon de plaisir la transperça.

— A nier ta beauté. Si tu continues, je te punirai.

La menace l'empêcha de respirer. La scène coquine du praxinoscope dansa devant ses yeux. Cette pratique sexuelle n'était pas une découverte pour elle, loin de là. Elle en avait d'ailleurs fait l'expérience. Mais Wilson ne pouvait pas le savoir.

— Tu n'as pas à me dire comment je dois penser, Wilson. Même si nous étions intimes, je ne t'obéirais pas.

Ils étaient comme des taureaux dans l'arène. Elle ne céderait pas et savait qu'il ne céderait pas non plus. Il avait l'avantage en cet instant, cependant : sa main sur son sein lui procurait un plaisir pervers et délicieux.

— Les menteuses doivent être punies.

Sa voix basse l'excitait autant que l'exquise torture de ses doigts.

— Et quand tu dis que tu n'es pas belle, tu mens.

— Non, je ne mens pas.

Refermant la main sur sa nuque, il écrasa ses lèvres d'un baiser et en força l'entrée de sa langue. Simultanément, il lui pinça durement le mamelon. Elle cria, lui livrant accès à sa bouche.

Il embrassait comme un brigand, l'écrasant contre le bureau, tordant son mamelon puis le faisant rouler entre ses doigts tout en explorant sa bouche sans merci. Il lui maintenait la nuque dans un étau et quelques épingles glissèrent de son chignon.

Tu es un animal, Wilson. Un pirate. Un ravisseur de femmes… Par pitié, ne t'arrête pas !

Il releva enfin la tête et plongea son regard au fond du sien. Elle était à bout de souffle.

— Je vais te punir, Della, promit-il. Exactement comme cette vilaine fille sur le praxinoscope. Je vais fesser ton magnifique postérieur et te faire crier de plaisir. Ensuite, tu admettras que tu es belle.

— Fais ce que tu veux, mais je ne mentirai pas.

Elle soutint son regard, le ventre noué par un mélange de peur et d'excitation, assaillie de désirs sauvages, inavouables. Elle mourait d'envie de relever elle-même ses jupes et de le mettre au défi de la punir puis de la prendre brutalement quand il aurait terminé.

— J'agirai comme bon me semble, ne t'inquiète pas… Mais je maintiens que tu *es* une menteuse.

Pinçant une dernière fois son mamelon vulnérable et gonflé, il empoigna sa jupe à pleines mains et releva les épaisseurs de mousseline, de flanelle et de batiste jusqu'à exposer ses bas, ses jarretelles et finalement sa culotte. Elle datait, mais à quoi bon dépenser de l'argent dans des sous-vêtements affriolants que personne ne verrait ? Elle n'avait pas les moyens de ce genre de caprices.

Il laissa échapper un cri de satisfaction en découvrant la fente qui lui donnait accès à son intimité.

— Oh ! J'adore ces modèles anciens ! Ils sont beaucoup plus commodes pour nous, les hommes. Surtout quand on est pressés.

Commode ou pas, Adela se félicita de porter cette culotte démodée, quand elle sentit les doigts de Wilson se faufiler dans sa chaleur humide.

— Je… je ne me préoccupe pas de ce genre de chose, balbutia-t-elle. Je ne m'habille pas pour les hommes.

Elle avait du mal à parler. Wilson venait de placer son majeur sur son clitoris et le faisait tourner lentement comme un petit roulement à bille.

— Oh… oh Seigneur… je pensais que tu te serais… civilisé avec le temps… mais tu te comportes toujours en soudard, comme quand tu avais dix-neuf ans.

Impossible de ne pas trembler. Impossible de ne pas onduler contre cette main pour accentuer son plaisir. Avait-il oublié sa promesse de lui donner la fessée ? Peu importait, du moment qu'il n'arrêtait pas cette exquise torture !

— Toujours des insultes, Della ? Jamais lassée de te battre ? Il est temps que je t'apprenne le respect.

Un rire vibrait dans sa voix, mais elle ne s'y arrêta pas. Rien d'autre ne comptait que le plaisir qu'il lui donnait avec son doigt. S'il s'arrêtait, elle allait en mourir ou hurler à mort.

Comme s'il avait lu dans ses pensées, il cessa de la caresser. Elle poussa un cri étranglé et tenta de se frotter contre sa paume.

— Tu aimes être caressée, pas vrai ? Tu aimes que j'excite ton clitoris ?

Son souffle était chaud contre son cou, son chuchotement un zéphyr qui coulait sur sa gorge. Elle se mordit la lèvre, s'interdisant de répondre ou de bouger, mais un gémissement lui échappa.

— Réponds-moi, Della ! Tu aimes te faire assaillir comme une soubrette qu'un domestique un peu brutal entreprend dans un couloir ?

Il pressa sa bouche à la base de son cou et la mordilla doucement mais assez fort pour qu'elle sente ses dents.

— Quand j'aurai fini de te donner la fessée, je te caresserai entre les jambes jusqu'à ce que tu jouisses.

— Je n'ai pas besoin de toi pour ça ! riposta-t-elle, raidie dans l'effort qu'elle s'imposait pour ne pas réagir. Je suis parfaitement capable de prendre soin de moi, merci ! Comme toutes les femmes, d'ailleurs.

— Mais toutes les femmes n'ont pas le talent ni la sensualité nécessaire, Della. La plupart ont trop peur que leur maman découvre qu'elles sont vicieuses et libertines.

— Je suis navrée pour elles… mais je me fiche comme d'une guigne de ce que peut penser ma mère.

— Tss tss… quel manque de respect filial ! Tu mérites vraiment d'être punie.

Wilson Ruffington, tu es le plus grand monument d'hypocrisie de tout l'empire britannique !

Il était égoïste et jouisseur. Il se moquait éperdument des sentiments des autres ou du respect de la morale. Et pourtant, à cet instant précis, elle était prête à lui permettre toutes les audaces, absolument toutes, pour satisfaire son désir.

— Retourne-toi et penche-toi sur le bureau.

Plus facile à dire qu'à faire… C'était bien d'un homme d'oublier son corset, après lui avoir reproché d'en porter un. Pourquoi n'en essayait-il pas un l'espace d'une journée, lui qui raffolait des expériences scientifiques ?

Mais son regard lui indiqua qu'il n'avait rien oublié du tout. Il était une encyclopédie vivante, mémorisait absolument tout et il savait sans doute dans quelles proportions exactes cette coque rigide limitait ses mouvements et à quel moment la pression pourrait en devenir insupportable.

Il la fit pivoter pour la mettre en position et elle gémit tout bas quand il la fit s'incliner en avant et que le bord du corset s'enfonça dans son ventre.

Geste qu'il accompagna d'un ronronnement de pure satisfaction.

La position était honteuse. Scandaleuse. Merveilleuse.

L'arête de son corset s'enfonçait dans une zone sensible, comme une main imaginaire pressant la racine même de son clitoris. Elle avait envie de sangloter, de se tortiller contre le bureau — et d'abandonner ce qui lui restait de fierté en se caressant elle-même jusqu'à déclencher un orgasme phénoménal.

— Laisse-moi un peu te regarder…

Avec une habileté diabolique, il releva ses jupes et ses jupons à pleines poignées.

— Oh ! Très joli, murmura-t-il en glissant un doigt sous sa jarretelle puis à la lisière de son bas, avant de caresser sa peau nue juste au-dessus.

Elle se mordit les phalanges pour ne pas crier. Combien de temps encore allait-elle pouvoir tenir ? La pression dans son ventre et la tension presque insupportable dans son entrejambe mettaient sa dignité en lambeaux. Lentement, glissant dans une rêverie sensuelle, elle commença à remuer les hanches, tout en contractant ses muscles internes. Peut-être pourrait-elle se satisfaire toute seule et prendre son cousin à son propre jeu ?

Il passa les doigts dans la fente de sa culotte et l'ouvrit largement. Il faisait chaud dans la pièce, mais le souffle d'air sur sa croupe la fit frissonner. Elle laissa échapper un sanglot. Elle était outrageusement exposée. Vulnérable.

Adela Ruffington, tu es le deuxième plus grand monument d'hypocrisie de tout l'empire britannique !

Sa position était magnifique, au contraire ! Et son postérieur offert au regard de Wilson un extraordinaire instrument de pouvoir. Elle sentait son désir sans même avoir besoin de le voir. Ses fesses dénudées étaient pour lui un objet de vénération. A cet égard, il n'était pas différent d'un autre homme. Les garçons de la maison de plaisirs de Sofia Chamfleur aimaient tous lorgner les fesses de leurs clientes, même les siennes, qui n'étaient pourtant pas particulièrement charnues.

Dissimulant un sourire, elle contracta ses muscles pour les faire danser.

Qu'est-ce que tu dis de ça, cher cousin ?

— Della ! Tu es une sorcière ! gronda-t-il en refermant les mains sur ses fesses comme un gamin qui chaparde une poignée de muffins. Tu es sublime. Tellement délectable que je dois te punir d'être aussi irrésistible.

— Tu parles beaucoup, mais tu ne fais pas grand-chose.

Appuyée sur les coudes, elle tourna la tête et le défia de son regard et de sa nudité.

— A tes ordres !

Sa voix était rauque.

Il leva la main.

Elle détourna les yeux, se prépara mentalement.

Sa paume s'abattit sur sa fesse gauche. Une claque rapide, sèche.

Oh… oh… oh…

Elle laissa échapper un petit gémissement haché, la peau brûlante, et son sexe palpita.

— Oh ! S'il te plaît, s'il te plaît…

Elle ne savait pas si elle gémissait de plaisir ou de douleur. Les deux se confondaient. La punition continua et elle perdit tout contrôle sur elle-même, se déhanchant comme une égarée, ondulant comme une folle. La chaleur irradiait dans tout son corps à chaque nouvelle tape.

— Qu'est-ce que tu veux, Della ? Dis-le-moi. Prononce les mots.

Il immobilisa sa main sur ses fesses, les doigts en éventail. Dans un geste de provocation suprême, il insinua un doigt dans la fente séparant les deux globes pâles.

— Fais-moi jouir, sale monstre ! Fais-moi jouir tout de suite ou je jure que je le ferai moi-même !

Elle glissa la main sous ses jupes. Pas question d'attendre le bon vouloir de ce monsieur !

Mais il l'arrêta, lui attrapant le poignet sans douceur.

— Je t'interdis de te toucher. Si tu continues, je t'attache et je t'abandonne ici, insatisfaite.

— Tu n'oserais pas !

Elle se débattit par pur défi.

— Tu crois ça ?

Il lui immobilisa les poignets d'une seule main et glissa un doigt dans son sexe. Puis un deuxième.

Elle poussa un cri étouffé. Il avait de longs doigts minces et élégants, des doigts de scientifique et d'inventeur. Mais ceux qui venaient de prendre possession de son intimité semblaient immenses et terriblement intrusifs. Etait-il surpris de la facilité avec laquelle ils étaient entrés en elle ? Après tout, il la croyait chaste depuis sept ans.

Si tu savais ce que j'ai fait et vu.

Elle contracta ses muscles internes et étouffa un cri en sentant le plaisir monter. Elle y était presque. Elle avait juste besoin d'une pression sur le clitoris pour basculer.

— Si je te lâche, tu me promets que tu ne te débattras pas ?

Il se pencha sur elle, sa bouche contre son oreille.

— Tu ne le regretteras pas…

Tu lis donc dans mes pensées, démon que tu es ?

Elle acquiesça d'un petit signe de tête, incapable de parler. Il fit alors glisser sa main vers son ventre, bataillant avec les épaisseurs de tissus. Le combat était âpre, mais il n'était pas du genre à se laisser impressionner et, en quelques instants, il atteignit la fente de sa culotte et s'insinua dans le triangle de boucles moites. Au même moment, il recourba les doigts qu'il avait glissés en elle, lui tirant un gémissement de surprise et de plaisir mêlés. C'était trop intense, trop scandaleux et en même temps trop bon pour qu'elle puisse résister.

— Je… je…

Sa voix dérailla, étouffée par une agonie de sensations. Impossible de museler les gémissements qui jaillissaient de sa gorge tandis qu'il caressait et titillait son clitoris.

— C'est bon ? chuchota-t-il.

Il fit glisser son majeur autour du delta liquide de son sexe, lui arrachant un sursaut. Elle ondula des hanches pour quémander une autre caresse, qu'il lui refusa avec un rire insolent.

— Je ne m'étais pas rendu compte que tu étais aussi sensuelle. Tu n'as aucune inhibition. Tes amies savent-elles que tu es aussi libertine ?

Il s'inclina pour lui embrasser la nuque, caressant de ses lèvres les petites mèches qui s'étaient échappées de son chignon.

— Que diraient-elles, si elles savaient que tu laisses un homme glisser ses doigts en toi de cette façon ?

— Je n'en sais rien et je m'en moque !

Elle secoua la tête, agrippant le bureau avec ses mains pour garder le contrôle.

— Je t'ai laissé faire uniquement parce que ça *me* plaît. Ton plaisir à toi ne m'intéresse pas.

Il laissa échapper un rire incrédule.

— Tu m'intrigues, Della. Il va falloir que je pose des questions.

Il se colla à elle, frottant son sexe, aussi dur que la pierre, contre sa croupe enflammée.

— Mais je te rassure : mon plaisir est total. Crois bien que te toucher m'a toujours transporté.

— Tu m'en vois ravie !

Elle se trémoussa contre lui et ferma les yeux, submergée de sensations.

— Allez, Wilson ! Tu as conclu un marché, va au bout !

— Bien sûr, ma reine. A tes ordres.

Sa voix était douce et amusée, mais il obéit. Elle poussa un long gémissement tandis qu'il lui donnait enfin satisfaction, cherchant son clitoris et le faisant rouler durement sous son doigt.

Une lumière blanche dansa devant ses paupières closes et ses mains palpitèrent comme des colombes prisonnières. Une longue, une immense vague de plaisir la souleva. Elle entendit le bruit lointain d'un objet qui s'écrase au sol et devina qu'elle venait d'envoyer promener le praxinoscope, anéantissant le travail minutieux de Wilson avec son petit attirail d'outils miniatures.

Ses hanches tressautaient et dansaient comme si un démon avait pris possession de son corps. Elle n'avait pas connu un orgasme de cette intensité depuis longtemps et sa rancœur envers Wilson rendait l'extase encore plus délicieuse. Ce démon avait les mains d'un ange !

Le plaisir monta, descendit, monta, descendit, monta de nouveau avant de la laisser retomber sur le bureau, épuisée, aussi désarticulée qu'une poupée de chiffon. Elle en oubliait presque le corset qui la cisaillait et son postérieur offert impudiquement aux regards.

La porte de la bibliothèque n'était pas verrouillée et elle n'avait même pas l'énergie de s'en inquiéter. Si quelqu'un entrait, ce serait le destin. Tout ce qui lui importait pour le moment, c'était le halo de chaleur qui baignait son entrejambe et le sexe dur de Wilson pressé contre ses cuisses.

Elle lui devait un service. Epuisée ou pas, elle allait se ressaisir et lui rendre la pareille.

Chapitre 5

Chacun son tour

Il n'était pas question d'un rapport sexuel entre eux, bien entendu. Même si elle en mourait d'envie et si son corps hurlait de désir pour lui, c'était tout simplement impossible. D'ailleurs, elle avait le sentiment qu'il ne le lui *demanderait* pas.

En dépit de leurs relations difficiles, Wilson n'avait jamais douté de son intelligence. Sept ans plus tôt, ils étaient encore des adolescents fougueux et naïfs mais aujourd'hui, ils étaient des adultes responsables et parfaitement conscients des conséquences désastreuses que pouvait avoir un rapport non protégé. Wilson avait beau être arrogant et exaspérant, il n'en était pas moins lucide et prudent. Contrairement à bon nombre hommes de la bonne société.

Il ne lui demanderait jamais de se mettre en danger pour pouvoir satisfaire son désir.

Dans le discret établissement pour femmes de Sofia Chamfleur, on utilisait des objets de substitution en caoutchouc. Et des préservatifs qui permettaient d'allier plaisir et sécurité. Elle possédait une petite mallette renfermant plusieurs de ces instruments bien commodes, même si elle n'avait encore jamais ressenti l'envie de s'en servir en dehors des murs de la discrète maison de Sofia. Leur seule possession était un défi aux convenances. Un pied de nez secret à une société uniquement conçue pour et par l'homme, alors même qu'une femme régnait sur l'empire britannique.

Ses jambes cessèrent peu à peu de trembler et elle trouva enfin la force de se redresser. Les longs plis de sa jupe retombèrent jusqu'au sol et, hormis son corsage ouvert, elle redevint décente.

Elle le reboutonna avec des gestes fébriles. Le contrecoup du plaisir et la chaleur qu'elle ressentait encore au niveau de son postérieur la rendaient maladroite. Le regard incisif de Wilson ne l'aidait pas non plus. Les mains dans les poches de son pantalon, il ne faisait aucun effort pour dissimuler son érection. Au contraire, il semblait même s'en faire une gloire.

— Tu veux que j'arrange ça ? demanda-t-elle en désignant son entrejambe du menton.

Inutile de tourner autour du pot.

— Je ne dis pas non.

Sa voix ne laissait rien paraître, mais l'expression de son visage était explicite. Elle combinait un mélange de détachement, comme s'il observait un phénomène scientifique, et une suffisance insupportable, typiquement masculine. Les hommes étaient si fiers de leurs attributs virils ! Les garçons, chez Sofia, avaient exactement la même réaction. Wilson s'en rendrait compte par lui-même s'il trahissait sa parole et ouvrait son portfolio.

On y voyait Yuri, Clarence et Lionel — ses trois partenaires préférés — entièrement nus et le sexe bandé. Ses dessins étaient destinés au journal *Divertissements*, ou à des clientes régulières des trois jeunes gens en question.

Sa carrière secrète sous le pseudonyme d'Isis, artiste érotique en vogue, lui permettait de compléter la maigre rente que son grand-père leur versait, de payer les factures et de maintenir tant bien que mal le train de vie auquel sa mère était habituée. Elle-même n'avait que peu de besoins et sa plus jeune sœur,

Marguerite, était elle aussi très raisonnable. Mais Mama et Sybil n'avaient aucune notion de l'argent — sauf pour le dépenser.

Cette source de revenus était vitale pour sa famille et elle ne devait surtout pas la mettre en péril en révélant sa provenance à Wilson.

Elle opta donc pour une attaque frontale. La meilleure façon de détourner l'attention d'un génie, c'était de s'adresser à l'homme.

— Ne te fais pas d'illusions, je ne vais pas baiser avec toi.

— Je ne te le demande pas.

Elle lui lança un regard incisif. Sa voix était froide, subitement, et il avait l'air en colère. Elle faillit lui demander ce qui avait provoqué cette réaction, puis se ravisa.

— Si Mama était là, elle te traînerait probablement en justice trente secondes après avoir fini de hurler, de pleurer et d'avoir eu ses vapeurs parce que tu m'as compromise.

Elle faillit se mettre à rire. Elle imaginait trop bien la scène.

— Elle ferait n'importe quoi pour que tu m'épouses. C'est d'ailleurs en grande partie pour cette raison qu'elle a accepté l'invitation de Lady Rayworth.

— Je n'en doute pas. Mais elle va être déçue.

La belle bouche de Wilson se serra jusqu'à ne plus former qu'une ligne mince.

— Je n'ai pas l'intention de me marier ni de devenir père.

Comment peux-tu en être aussi sûr ?

La question lui brûlait les lèvres, mais la lueur métallique dans ses yeux gris la dissuada de la poser. *Cette femme* avait-elle refusé de lui donner un enfant ? Etait-ce la vraie raison de leur rupture ?

— Grand-père ne sera pas content. Il met tous ses espoirs en toi, maintenant que la branche de notre famille a été incapable de produire un héritier mâle, seulement des femmes inutiles, tout juste bonnes, selon lui, à dilapider son argent.

— Pas complètement inutiles. De mon point de vue, tout au moins.

Le désir embrasa son regard, et elle jeta un coup d'œil explicite en direction de son entrejambe.

— Tu es irrécupérable !

Elle ne put s'empêcher de sourire, cependant.

Il y avait sept ans qu'elle n'avait pas vu ce qui se cachait à l'intérieur de ce pantalon. Et pourtant, l'image était gravée dans sa mémoire. La première fois qu'elle avait vu un sexe d'homme bandé.

S'il ne l'avait fixée d'un regard de rapace, elle aurait porté la main à son cœur pour en calmer les battements effrénés. Mais elle ne devait surtout pas lui laisser deviner l'effet dévastateur qu'il produisait sur elle. Reconnaître ses besoins sexuels était une chose, mais ses émotions intimes lui appartenaient ; elles étaient son jardin secret.

Et si elle voulait qu'elles le restent, elle devait sortir de cette bibliothèque aussi vite que possible avec son portfolio. Sinon, ce qui s'était passé voilà sept ans risquait de se reproduire. Or, elle avait réussi à trouver un équilibre émotionnel au prix d'un combat difficile, et il n'était pas question de le sacrifier pour quelques moments de plaisir !

D'autant qu'elle pouvait les acheter sans aucune complication à la clé. Flirter avec Wilson, en revanche, se terminerait inévitablement par un désastre…

Quel idiot ! Je ne peux pas m'empêcher de trembler ! C'est Adela, que diable, pas Coraline… Elle est probablement aussi inexpérimentée que nous l'étions il y a sept ans.

Il était habitué aux caresses expertes de Coraline et des quelques partenaires, pas si nombreuses, qui l'avaient précédée. Mais il ne savait pas du tout à quoi s'attendre venant d'Adela. Certes, elle montrait un intérêt inattendu et très excitant pour le sexe, mais n'ayant ni mari ni amant, du moins à sa connaissance, quelle expérience pratique pouvait-elle avoir acquise au cours des sept dernières années ? Aucune.

Pourtant, elle s'était enflammée sous ses caresses. Et elle avait fait preuve d'une coopération étonnante. Elle l'avait même encouragé à lui donner la fessée…

Comme une habituée.

Il commença à déboutonner sa braguette, mais Adela écarta sa main avec une maîtrise confondante. Il sentit son cœur s'emballer alors même que le soupçon s'insinuait en lui.

D'où lui venait cette assurance ? Y avait-il un soupirant secret dans la vie de sa cousine ? La réputation de la famille Ruffington était au-dessus de tout soupçon, mais pour avoir une telle aisance, Adela devait *forcément* avoir déjà caressé un homme.

— Finissons-en, dit-elle d'une voix sèche en terminant de déboutonner son pantalon comme si elle faisait ça tous les jours.

Serrant les dents, il ravala un sentiment absurde de jalousie pendant qu'elle franchissait sans effort le barrage de son pantalon puis de ses sous-vêtements.

Avec qui a-t-elle joué à ces petits jeux ? Il faut que je mène une enquête.

Sa détermination partit en lambeaux lorsqu'elle prit son sexe bandé entre ses doigts et le sortit délicatement de son pantalon.

A cet instant, son cerveau cessa de penser et son univers se réduisit à son sexe brûlant et à cette main douce et légère qui le caressait, faisant naître à chaque passage des sensations exquises. Il gémit et s'adossa au bureau pour se soutenir, les jambes en coton. Quand elle l'enserra entre son pouce et son index, il ne put s'empêcher de se pousser dans sa main.

— Oh Della, Della…

Elle le caressa de bas en haut, effleurant la pointe de son sexe avant de redescendre, stimulant toutes les zones sensibles avec l'art consommé d'une courtisane. Il se mit à trembler et ferma les yeux, tandis qu'elle glissait la main plus profondément dans son pantalon pour prendre ses bourses en coupe dans sa paume.

Oh Dieu ! Il allait jouir d'une seconde à l'autre ! Il avait envie de crier. Cette torture était trop exquise, il voulait qu'elle ne s'arrête jamais.

Dans le même temps, l'un des compartiments de son cerveau se remit à réfléchir fébrilement, à chercher une explication. Où Adela avait-elle appris à satisfaire un homme de cette façon ? Elle n'avait pas de soupirant et pourtant, l'habileté de ses caresses laissait entrevoir un cortège d'amants subjugués, enchaînés et dédaignés, suppliant à genoux qu'elle les reprenne. L'ombre de Coraline plana au-dessus de lui, mais il la renvoya de là où elle venait avec colère. Il était furieux, oui furieux que Coraline ait fait irruption dans sa tête dans un moment pareil ! Il ne voulait pas penser à une autre femme quand Adela réussissait à faire des choses aussi divines avec le bout de ses doigts.

Il se mordit la lèvre. Il *devait* résister même si elle mettait tout en œuvre pour le faire craquer.

— Pourquoi es-tu entrée ici, Della ? Tu n'as pas crocheté la serrure juste pour jouer avec le praxinoscope…

Sa voix était tendue et étranglée et il ne parvenait pas à empêcher ses hanches de bouger. Elles semblaient mues par une vie propre et se poussaient en avant, quémandant l'une de ces caresses dont sa cousine, la déesse de l'amour, avait le secret.

— J'ai entendu dire que le comte possédait une collection de dessins érotiques rares.

Elle continuait à exercer sa magie, pressant, frôlant, stimulant ses points sensibles. Il devait faire appel à toute sa volonté pour garder le contrôle.

— J'ai eu envie de les regarder. Le praxinoscope n'était qu'un bonus en passant.

— Mais… pour quelle raison… voulais-tu voir ces dessins… obscènes ?

Il plia les doigts, prêt à lui agripper les mains avant de se mettre à crier.

— Tu as passé l'âge de ce genre de curiosité, non ?... Et ce n'est pas le genre de choses qui intéresse... une lady.

Elle laissa échapper un éclat de rire âpre et méprisant et cessa de dispenser ses sortilèges.

— Vous êtes tous les mêmes, les hommes ! Vous croyez tout savoir, mais en réalité vous ne savez rien des désirs profonds des femmes.

Elle lui lança un regard hautain.

— Je te pensais plus intelligent, Wilson. Mais apparemment, je me suis trompée. Tu es aussi étroit d'esprit que les autres.

Elle se détourna, mais il lui attrapa les mains au vol et les posa de nouveau sur lui.

— S'il te plaît... pitié... n'arrête pas, Della. Je suis désolé. C'est juste que...

Bon sang, quel effet produisait-elle sur son cerveau ? Il ne parvenait plus à réfléchir. Tous les compartiments de son intellect se mélangeaient en un magma confus. Même Coraline n'avait jamais eu ce pouvoir sur lui.

— Tu ne parviens pas à concevoir qu'une femme qui a reçu une bonne éducation puisse être intéressée par le sexe ? C'est ça ? Surtout une femme sans beauté et sans charme comme moi ?

Elle le fusilla du regard mais, Dieu merci, recommença à le caresser avec ses doigts de magicienne.

— Pour l'amour du ciel, Della, cesse ces sottises ! Tu es belle et tu as une allure folle. Je l'ai toujours dit. Pourquoi ne me crois-tu pas ?

Il retint son souffle. Il était au bord de l'orgasme. Tout au bord.

— Tu as un mouchoir ?

Quoi ?

Il ouvrit les yeux.

— Un mouchoir. Tu en as un ? répéta-t-elle. Même un excentrique comme toi ne peut pas s'afficher dans les salons avec des taches de sperme sur lui. Et ce serait très mal élevé d'éjaculer sur le tapis du comte.

Elle était incroyable ! Il fouilla dans la poche de sa robe de chambre et en sortit un mouchoir d'une blancheur immaculée. Elle le lui prit des mains, le secoua pour le déployer et en enveloppa le bout de son sexe.

Puis elle se concentra sur lui avec des mouvements rapides, fluides. De haut en bas et de bas en haut, avec une dextérité implacable qui le fit gémir, tressauter... et finalement exploser dans un cri sauvage.

Pendant plusieurs secondes, le plaisir le rendit aveugle et sourd tandis que des vagues d'une rare intensité le balayaient. Il eut l'impression que la déferlante durait une éternité, puis elle finit par s'apaiser et il retomba sur terre comme s'il venait de chuter d'une falaise.

Adela le lâcha. Elle se frotta le bout des doigts comme si elle était impatiente de se débarrasser de toute trace de lui.

— Voilà, nous sommes quittes, conclut-elle d'un ton froid. Nous avons eu tous les deux ce que nous voulions. Maintenant, je file. Ce sera bientôt l'heure du dîner et avec une seule femme de chambre pour quatre, nous préparer toutes risque d'être compliqué.

Tout en se rajustant, il vit qu'elle récupérait son portfolio et se dirigeait déjà vers la porte.

— Attends ! Reste encore, juste une minute. J'ai des questions à te poser...

Il bondit pour atteindre la porte avant elle et s'adossa au battant pour l'empêcher de sortir.

Elle tapa du pied, visiblement excédée. Où était passée la sirène qui venait de l'ensorceler ?

La colère le gagna. Bon sang, elle avait pris du plaisir, elle aussi ! Même une actrice accomplie n'aurait pu feindre ces gémissements et la façon dont elle s'était tortillée sous ses caresses. Si elle le niait, alors elle était une menteuse. Il croisa les bras sur sa poitrine pour montrer qu'il n'avait pas l'intention de bouger. Il avait des questions à lui poser et elle ne sortirait pas d'ici tant qu'il n'aurait pas obtenu des réponses. Il pouvait être aussi têtu qu'elle.

— Pourquoi est-ce que tu es venue dans cette pièce ? Qu'est-ce qu'il y a dans ce portfolio que tu tiens tellement à protéger ? Et où as-tu appris à donner du plaisir à un homme d'une manière aussi incroyable ?

Elle écarquilla les yeux et serra le portfolio contre sa poitrine. Elle calculait manifestement ses chances de s'échapper sans livrer son secret. Il voyait les rouages de son cerveau tourner, presque aussi rapidement que les siens. Choisissait-elle ce qu'elle pouvait lui révéler sans dommages ? Le secret qu'elle allait sacrifier pour qu'il la laisse tranquille ?

— Parfait…

Elle redressa le menton. Il eut alors l'impression qu'elle grandissait devant ses yeux, une Amazone guerrière, s'apprêtant à livrer combat.

— Réponse numéro un : je suis venue ici chercher l'inspiration pour mes dessins. Réponse numéro deux : ce portfolio…

Elle le tapota du bout de l'index.

— … est rempli de mes dessins. Des œuvres érotiques, que j'ai apportées pour les comparer à des scènes classiques.

Elle le brava du regard. Cette flamme dans ses yeux, ce n'était pas de l'exaspération comme il l'avait d'abord pensé, mais du défi.

— Réponse numéro trois : je vends ces dessins et j'utilise une partie de l'argent récolté pour m'offrir les services de jeunes hommes spécialistes du plaisir.

Quoi ?

Un étrange silence s'abattit sur les lieux. Au bout de quelques secondes, il prit conscience qu'il était bouche bée et qu'il devait avoir l'air d'un parfait abruti, mais il était abasourdi. Des mots sortirent de sa bouche, qui n'avaient pas de sens.

— Puis-je partir, maintenant ? Je suis fatiguée et j'aimerais faire une sieste avant le dîner.

Elle tira sur sa manche et il s'écarta comme un automate. Avant qu'il ait pu dire un mot, elle ouvrit la porte, passa devant lui dans un bruissement de robe et sortit.

Il était toujours statufié quand elle disparut au bout du couloir.

Des hommes spécialistes du plaisir ?

C'était bien ce qu'elle avait dit ?

Il n'y avait aucun compartiment dans sa tête où il pouvait classer cette information Pour la bonne raison que son cerveau de génie était tout simplement… atomisé.

Chapitre 6

Pourquoi, oh pourquoi ?

— Idiote ! Idiote !

Pourquoi, oh pourquoi ?

Adela se précipita dans la chambre qui lui avait été attribuée, se jeta sur le lit avec son portfolio et martela le matelas de ses poings, la respiration sifflante. Ses pensées étaient en déroute et elle n'arrivait plus à respirer. Les corsets n'étaient pas conçus pour courir… ni pour les moments de panique et d'angoisse.

Mais qu'est-ce qui m'a pris ?

Il n'avait fallu que quelques secondes à Wilson pour se remettre du choc de ses révélations et se lancer à ses trousses — il n'était pas homme à rester longtemps désemparé —, mais par un incroyable coup de chance, elle avait réussi à lui échapper. Elle s'était précipitée dans le petit cabinet de toilette juste à l'angle du couloir et avait réussi à tirer le loquet sans faire de bruit.

Trente secondes plus tard, on tambourinait pourtant furieusement à la porte.

— Della ! Tu es là ? Sors immédiatement ! Il faut que je te parle.

Déchirée entre la volonté de garder le silence, de lui hurler d'aller au diable et de se jeter dans la mare aux nénuphars de Lord Rayworth, elle avait été prise d'une soudaine inspiration. Imitant la voix chevrotante d'une vieille dame scandalisée, elle avait rétorqué :

— Veuillez cesser immédiatement de m'importuner, jeune homme ! Mais quelle impertinence !

Dix secondes s'étaient écoulées, puis elle avait entendu Wilson s'éloigner. Quelques minutes plus tard, elle glissa un coup d'œil dans le couloir. Elle s'attendait à le voir fondre sur elle, mais non : la voie était libre. Elle avait alors couru comme une folle jusqu'à sa chambre.

Maudit sois-tu, Wilson Ruffington ! Chaque fois c'est la même chose. Dès que tu es près de moi, je deviens une imbécile, une traînée, et je laisse échapper le secret que personne, surtout pas toi, ne devrait connaître !

La respiration toujours laborieuse, elle se releva pour aller fermer sa porte à clé. Même s'il ignorait quelle était sa chambre, il ne lui faudrait pas longtemps pour le découvrir, or elle avait besoin d'être seule pour réfléchir aux dégâts qu'elle avait elle-même causés.

Si seulement Sofia et Beatrice étaient là ! Elles étaient pleines de sagesse et d'expérience et elles auraient su la conseiller. Tandis qu'ici, vers qui se tourner ? Ni sa mère ni Sybil ne devaient découvrir ses secrets. Quant à Marguerite... Elle était certes fine et intelligente, mais beaucoup trop jeune pour qu'elle se confie à elle.

Tout était si compliqué ! Sa relation avec Wilson était déjà difficile... Les Ruffington avaient été montés les uns contre les autres par son grand-père, le vieux Curmudgeon, qui n'avait pas de temps à perdre pour des femmes, ces êtres inférieurs...

Mais à cause de ce qu'elle venait de faire, la situation était tout simplement devenue explosive.

Les nerfs à fleur de peau, elle s'approcha de la fenêtre et regarda dehors tout en restant cachée derrière le rideau pour le cas où Wilson aurait décidé d'aller se promener dans les jardins. S'il levait les yeux et l'apercevait, il saurait immédiatement dans quelle chambre elle était.

Heureusement, pas l'ombre d'une silhouette en robe de chambre excentrique…

Les grandes pelouses et les arbres taillés selon les règles de l'art topiaire étaient magnifiques. La maison elle-même était un peu bizarroïde, mais la propriété, en revanche, était harmonieuse et parfaitement entretenue.

Des invités devisaient en buvant de la limonade, assis sur des chaises de jardin peintes en blanc. Certains avaient trouvé refuge sous des parasols rayés aux couleurs vives, d'autres se promenaient au soleil. L'ambiance était détendue, tout en respectant la distance polie que voulait l'étiquette.

Mais qui couche avec qui dans l'ombre ? Je ne suis sûrement pas la seule à avoir une vie sexuelle cachée.

Elle connaissait un peu ces parties de campagne et elle était presque certaine que bien d'inavouables secrets se cachaient derrière la façade des convenances. En apparence, tout le monde semblait respectable. Comme elle. Lorsqu'elle s'encanaillait, c'était derrière les murs de la discrète maison de plaisirs de Sofia. A l'abri des regards. Et ainsi, personne ne pouvait soupçonner son véritable visage.

Sauf Wilson. Deux minutes avec lui avaient suffi à lui faire perdre la raison. Après les insultes d'usage, elle s'était mise à ronronner sous ses caresses. Et le plaisir voluptueux qu'il lui avait donné n'avait réussi qu'à la mettre plus en appétit. Même le lit à baldaquin, derrière elle, semblait réclamer sa présence avec insistance et, du coin de l'œil, elle avait l'impression de voir Wilson allongé sur les draps au milieu des coussins.

Va au diable ! Tu ne m'as jamais causé que des ennuis !

Elle s'obligea à se concentrer sur les jardins. Sa sœur Sybil y papillonnait, un maillet de croquet dans les mains. Elle souriait timidement à Lord Framley, béat d'admiration devant elle. Au moins, sur ce point, le week-end se déroulait comme prévu et Mama était aux anges. Le prétendant était riche à millions et jusqu'ici aucun membre de son illustre famille n'avait soulevé d'objection en voyant qu'il faisait la cour à une jeune fille sans fortune et sans perspective d'héritage. Si Sybil réussissait à se faire épouser, ce serait la fin de tous leurs soucis.

Son regard passa ensuite à sa mère qui minaudait devant Blair Devine, le jeune avoué qu'elle avait rencontré lors d'une soirée poésie chez sa vieille amie Lady Gresham. Adela n'était pas certaine que sa mère s'intéresse réellement à la poésie, mais Mama était apparemment tombée sous le charme de cet homme qui — à en croire Lady Gresham — n'avait pas son pareil pour régler dans la discrétion certaines affaires délicates. Depuis, il était devenu un familier de la famille Ruffington.

Elle ne reprochait pas à sa mère d'avoir envie de se distraire ni même, pourquoi pas, de chercher à refaire sa vie. Après tout, l'une des dernières volontés de son père avait été que sa veuve ne se condamne pas à la solitude. Principe sur lequel elle ne trouvait rien à redire. C'était juste le choix du compagnon qui l'inquiétait et elle s'était alarmée quand Mama avait intrigué pour que Blair Devine soit invité à la garden-party. Elle le trouvait trop élégant, trop doucereux, trop attentionné. Bref, il lui portait sur les nerfs, surtout quand il la regardait, *elle*, d'un air calculateur, comme s'il se demandait s'il ne devrait pas la courtiser plutôt que sa mère. Laquelle était restée une petite fille dans l'âme. Elle s'était mariée alors qu'elle était encore presque une enfant et était devenue mère la première fois à dix-sept ans. Elle était ravissante dans sa robe noire — une femme d'âge mûr, certes, mais vive et pleine de fantaisie.

Que cherchait Devine en se faisant son chevalier servant ? Il était aux petits soins, lui servant un peu plus de limonade, la couvant du regard… Mais il y avait quelque chose de faux dans son attitude, dans ses manières douces et prévenantes. Adela avait beau se raisonner, il la mettait mal à l'aise. Elle se montrait polie néanmoins, pour ne pas blesser Mama. Sybil semblait l'apprécier, mais elle se montrait toujours très indulgente avec les beaux garçons. Marguerite, en revanche, partageait ses réticences. Heureusement, elle était trop jeune pour que Devine ait des vues sur elle.

Si vous avez dans l'idée de jeter votre dévolu sur moi faute de mieux, vous pouvez passer votre chemin. Vous n'avez aucune chance. Je préférerais encore épouser Wilson, c'est dire !

Wilson. Encore lui. Toujours lui. A la fois leur proche et leur ennemi. Mama était prise entre deux feux quand elle parlait de lui. Tantôt elle lui trouvait tous les défauts du monde parce qu'il était l'héritier du titre et de la fortune de leur grand-père. Tantôt elle ourdissait des plans et des intrigues, persuadée — à tort — qu'un mariage était toujours possible entre sa fille aînée et le futur Lord Millingford.

Ça ne marchera jamais, Mama. Tu aurais mieux fait de chercher à jeter Sybil dans ses bras, ou Marguerite à la rigueur.

Mais Sybil ne s'intéressait qu'aux jolies robes, aux petits nœuds dans ses cheveux et à son soupirant, le beau mais très ennuyeux vicomte Framley. Wilson et elle vivaient sur deux planètes différentes. Il admirerait sans doute l'intelligence et la vivacité de Marguerite, mais elle n'avait que treize ans.

Toutes ces pensées lui donnaient le tournis. Elle se détourna de la fenêtre et retira les dernières épingles qui empêchaient son chignon de s'écrouler tout à fait. Sa mère aurait une syncope si elle apprenait que Wilson avait compromis sa fille, mais elle ressusciterait aussitôt, si cela pouvait entraîner un mariage forcé.

Je suis compromise depuis sept ans, Mama. Et la Terre n'a pas cessé de tourner pour autant.

Incapable de tenir en place, elle se mit à arpenter sa chambre, touchant les objets familiers qu'elle avait apportés avec elle comme des talismans : sa brosse à cheveux, un flacon de sels parfumés, le petit flacon de verre contenant sa crème de beauté préférée.

Maudit soit cet homme ! Il suffisait qu'il apparaisse quelque part pour qu'elle soit déboussolée. Son corps bourdonnait de sensations étranges, troublantes. Familières. Et pourtant, la dernière fois qu'elle les avait ressenties c'était il y avait sept ans.

Sors de ma tête, Wilson !

Impossible. Il n'en était jamais sorti. Pas complètement, tout au moins. Une image flotta devant ses yeux, celle d'un garçon de dix-neuf ans, brun, le regard insolent. Le séduisant cousin avec qui elle s'était faufilée dans le sous-bois, à Ruffington Hall, avant de partager avec lui ce bain funeste dans la rivière.

Cet été-là, Wilson n'était qu'un parent éloigné en visite. Il n'était pas encore le futur héritier du titre. Son père était toujours en vie, Mama était jeune et heureuse en ménage. Ils voulaient un quatrième enfant et l'éventualité qu'elle donne enfin naissance à un garçon après trois filles était une hypothèse sérieuse. Et quand bien même, un autre cousin, Henry, était en première ligne pour devenir le prochain Lord Millingford.

A cette époque, aucune querelle d'héritage ne les opposait. Et elle était sous le charme. Fascinée par sa beauté, sa bizarrerie, son intelligence. Un jour où il faisait particulièrement chaud, ils s'étaient éclipsés en douce du jardin où la famille prenait le thé en regardant des invités disputer une partie de badminton.

Et sa vie en avait été changée à jamais.

Chapitre 7

Sept ans plus tôt

Ruffington Hall, été 1884

— On file en douce et on va piquer une tête dans la rivière, Della ?

Les yeux gris de Wilson étincelaient.

— Tu auras un sujet d'inspiration tout trouvé.

Il montra en souriant le portfolio dont elle ne se séparait jamais.

— Qu'est-ce que tu veux dire ?

La question était de pure forme, car elle avait une petite idée de ce qu'il entendait par « piquer une tête ». Il aimait la choquer et il était malin : il savait qu'elle était incapable de résister à un défi.

Les buissons et les ronces s'agrippèrent à ses jupes quand elle se faufila derrière lui à travers bois. Il marchait si vite qu'elle peinait à le suivre. A la première occasion, elle tirerait sa robe de chambre pour l'obliger à ralentir. Elle ne parvenait pas à imaginer pour quelle raison il portait en permanence ce vêtement, si ce n'était pour illustrer son image d'intellectuel excentrique. De son côté — en dépit des protestations horrifiées de Mama, criant à l'inconvenance — elle avait retiré son corset et deux de ses jupons, beaucoup trop pénibles à supporter par cette chaleur. Sa taille était si menue d'ailleurs qu'elle ne pensait pas que quiconque, hormis sa mère, n'avait vu la différence. Sa robe d'après-midi blanche avec sa jolie ceinture vert d'eau était merveilleusement confortable sans tous ces carcans et il était bien plus facile de s'asseoir sans tout ce stupide attirail sous sa jupe !

Non que la couleur blanche soit idéale pour une expédition dans les bois, cela dit... Le bas de sa robe et ses souliers étaient tout couverts de boue, mais au diable la prudence ! L'absence de chaperon et l'émotion qui faisait battre son cœur plus vite chaque fois qu'elle était en présence de Wilson lui donnaient l'impression de flotter au-dessus du sol.

Elle avait hâte de le voir « piquer une tête » dans la rivière. Pourvu qu'il enlève ses vêtements ! Elle n'attendait que ça. Elle en avait assez de prendre pour modèle des classiques de l'art statuaire. Elle voulait dessiner un homme « en vrai ».

— Ne marche pas si vite, Wilson. Le sentier est plein de trous, je vais finir par trébucher. Il n'y a aucune raison de nous presser ainsi. Personne ne nous a vus nous éclipser et je doute qu'on remarque notre absence.

Il s'arrêta si brusquement qu'elle le percuta. Juste comme elle le craignait, elle perdit l'équilibre.

Il la rattrapa entre ses grands bras solides, éveillant en elle un besoin irrationnel de se débattre. Wilson était imprévisible et individualiste, et pourtant, serrée contre lui, elle se sentait étrangement en sécurité. Son torse était ferme et, en touchant le fin tissu de sa chemise blanche, elle constata qu'il ne portait rien en dessous.

— Du calme, Della.

Il y avait un rire dans sa voix et elle se rendit compte qu'elle était en train de le palper pour évaluer sa musculature.

Elle recula si brusquement qu'elle faillit trébucher de nouveau, mais cette fois il la prit chastement dans ses bras. Son cœur battait à tout rompre et elle n'était pas certaine de ce qu'elle voulait. Le sourire arrogant de Wilson, ses yeux étincelants lui donnaient envie de le bombarder de coups de poing mais aussi de l'embrasser comme une folle. Des pensées scandaleuses lui traversaient l'esprit, le genre de pensée qu'une jeune fille comme il faut ne doit pas avoir.

Mais je ne suis pas comme il faut. Je ne suis pas comme les autres jeunes filles.

Ou peut-être que si. Peut-être dissimulaient-elles toutes leurs désirs secrets sous des épaisseurs et des épaisseurs de jupons ?

— Qu'est-ce qu'il y a ?

Il plissait les yeux, comme s'il suivait ses pensées pour les analyser une à une. Elle allait lui demander de cesser de la fixer ainsi quand il sourit et lui donna une petite bourrade amicale.

— Allez, ma vieille. En route ! La rivière nous attend et je meurs d'envie de me jeter à l'eau. Il fait si chaud !

— Si tu as chaud, pourquoi portes-tu cette robe de chambre ?

Il s'était remis à marcher à grandes enjambées. Il éclata de rire sans répondre, continuant à avancer.

Le scintillement du soleil sur l'eau dansa à travers les arbres et l'air parut soudain plus frais, moins étouffant.

— On est arrivés ! s'écria-t-il comme ils sortaient du couvert des arbres et débouchaient dans un petit vallon qui enserrait la rivière.

L'endroit formait une petite crique secrète, merveilleuse, le genre de lieu où on s'attend presque à voir des fées et des elfes surgir parmi les plantes aquatiques.

— C'est magnifique !

Oui, il y avait de la magie à cet endroit… Une sorte de vibration flottait dans l'air immobile, comme si l'eau elle-même générait de l'énergie.

— Je ne suis jamais venue ici.

C'était étrange. Elle avait pourtant exploré souvent le domaine, échappant à la vigilance de Mama, mais elle n'était jamais arrivée jusqu'ici.

— Oui, c'est spécial, n'est-ce pas ?

La voix de Wilson était paisible, presque pensive. Mais quand elle se tourna vers lui, son regard posé sur elle était chargé de défi.

— Je crois que je vais dessiner un peu.

Elle ne devait pas se laisser déstabiliser. Et pour cela, le mieux était de s'installer et de s'occuper tranquillement de son côté. Mais où s'asseoir sans tacher sa robe ?

Il parut comprendre son problème car il retira sa robe de chambre dans un tourbillon de soie et l'étendit sur l'herbe, sous les ombrages.

— Ne reste pas au soleil, Della. J'ai lu des études sur ses effets et je crois qu'une exposition prolongée a des conséquences néfastes sur les peaux claires.

Il lissa le vêtement pour l'aplatir.

— Ta peau est claire et très fine, tu dois en prendre soin. Je peux te composer une lotion émolliente si tu veux.

— Oh euh… oui, merci. Ce serait très gentil…

C'était tout Wilson : un compliment tempéré d'instructions scientifiques. Peut-être essayait-il de l'amadouer pour pouvoir ensuite prendre des libertés avec elle ?

Mais tu n'attends que ça, qu'il prenne des libertés !

La voix de la raison la ramena sur Terre. Elle savait ce dont elle avait envie et savait tout autant qu'elle était folle d'y penser. Et pourtant, elle ne parvenait pas à contrôler son désir. Elle retint son souffle tandis qu'il déboutonnait rapidement sa chemise et la faisait passer par-dessus sa tête.

— Bon, moi, je vais m'offrir un petit plongeon.

Il se débarrassa du vêtement, dévoilant son torse et ses épaules parfaitement charpentées. Elle effleura du regard son pantalon d'été en flanelle en se demandant ce qu'il portait en dessous. Un caleçon ou… rien ?

Il éclata de rire. Comme d'habitude, il semblait avoir deviné ses pensées.

— Il va falloir attendre pour savoir !

Agitant les sourcils d'un air espiègle, il s'assit dans l'herbe, tout près d'elle, et attaqua les lacets de ses chaussures.

Adela se pencha sur son portfolio, mais malgré la magnifique source d'inspiration que lui offraient la nature et son crayon fraîchement taillé, elle était incapable de se concentrer.

Envoyant promener chaussures et chaussettes, Wilson se releva. Il se tourna vers elle et, dans un acte de provocation évident, déboutonna lentement son pantalon, puis le laissa tomber à ses pieds. Il éclata de rire une fois encore quand elle détourna les yeux.

Il portait un caleçon, mais un modèle en coton léger qui s'arrêtait aux genoux. Il le retira dans la foulée, sans qu'elle ait rien vu venir. Elle se plongea alors instantanément dans l'étude d'une petite fleur blanche qui poussait à quelques centimètres de l'endroit où elle était assise. Une merveille de délicatesse et de fragilité.

— Tu ne t'intéresses pas à l'anatomie masculine ?

La tentation de le regarder était irrésistible. Sa nuque était douloureuse de l'effort qu'elle s'imposait pour ne pas tourner la tête.

— Si, beaucoup, mais pas à la tienne, Wilson. Je sais très bien à quoi ressemble un homme. J'ai étudié de nombreux ouvrages d'art.

Son rire résonna de plus belle, insouciant, séducteur. Elle serra les dents de colère. Il se moquait d'elle constamment et pourtant elle ne pouvait s'empêcher de rechercher sa compagnie.

— Ah Della, Della, Della… Tu ne sais pas ce que tu perds ! Les artistes classiques minimisent les attributs masculins. C'est beaucoup plus impressionnant en vrai, crois-moi.

— Ne sois pas répugnant !

Elle résistait pour ne pas regarder ce qu'elle mourait d'envie de voir, mais c'était de plus en plus difficile.

Et puis zut !

Feignant l'indifférence, elle tourna lentement la tête… et découvrit qu'il était déjà au bord de l'eau, lui tournant le dos.

Raté…

Ses épaules, son dos, ses fesses étaient magnifiques, en tout cas. Avant qu'elles ne disparaissent sous l'eau, elle admira leur musculature ferme et puissante. La petite fleur blanche oubliée, elle les dessina avec vélocité, son crayon volant sur la page. C'était toujours ainsi quand un sujet l'inspirait. Elle travaillait à la vitesse de l'éclair. L'image prenait forme sur le papier, mais restait également gravée dans sa mémoire comme sur une plaque photographique. Il lui suffisait de la faire rejaillir pour la reproduire ou la retravailler à l'infini.

C'était une sorte de don qu'elle avait là, et elle savait que même si elle ne revoyait plus jamais les fesses splendides de son cousin, elle pourrait les dessiner aussi souvent qu'elle le souhaiterait.

Il ne lui fallut que quelques minutes pour terminer son étude. Wilson nu, de dos, ses cheveux sombres bouclant sur sa nuque. Elle tourna la page en souriant et captura une autre impression, le croquant cette fois de trois quarts. Mais elle n'essaya pas de dessiner son sexe. Ce ne serait pas juste, elle risquait de le léser.

— Pourquoi tu ne viens pas te baigner, Della ? L'eau est très fraîche, ça te fera du bien.

Il se tourna à demi et lui sourit par-dessus son épaule.

— Tu sais nager ?

— Oui. Je me suis baignée dans la mer et j'ai trouvé ça très revigorant. Même avec le poids de mon costume de bain, j'ai compris très vite les mouvements.

Il pencha la tête sur le côté. Il avait l'air impressionné.

— En ce cas, tu trouveras que c'est beaucoup plus facile et plus plaisant quand on est nu.

— Tu dis n'importe quoi ! Je ne peux pas enlever mes vêtements devant toi. C'est totalement inconvenant. Je ne sais même pas comment tu oses le suggérer !

Tout en lui répondant, elle faillit rire de sa propre hypocrisie. Elle l'avait suivi jusqu'à la rivière uniquement dans l'espoir de le voir nu et de faire des choses totalement inconvenantes avec lui. C'était dans sa nature. Elle avait d'ailleurs déjà retiré la moitié de ses sous-vêtements, tout en sachant que c'était scandaleux et que Mama aurait une crise d'apoplexie si jamais elle s'en apercevait.

— Je ne pense pas que tu te soucies des convenances, Della, la provoqua-t-il, se retournant pour revenir vers la rive.

Je dois me détourner. Maintenant. Tout de suite.

Mais elle n'en fit rien. Elle fixa la ligne sous laquelle le corps de Wilson disparaissait dans l'eau et continua à regarder tandis qu'il avançait, dévoilant progressivement son ventre puis le reste.

Elle cilla. Elle n'aurait pas cru que *ça* tiendrait sous une de ces feuilles de vigne minuscules qui ornaient la plupart des statues classiques. Son sexe était épais et il avait une allure assez insolente. Tandis qu'elle le fixait, il fut parcouru d'une sorte de contraction et elle aurait pu jurer qu'il avait grandi.

Wilson lâcha un rire étouffé tout en continuant d'avancer vers elle.

— Tu es déçue ? Tu t'attendais à un harpon aux dimensions herculéennes ? Désolé…

Elle crut que son cœur allait cesser de battre quand il se caressa avec sa main. Son sexe en doubla de volume littéralement sous ses yeux !

— Mais pour ma défense, je dois confesser que l'eau est assez froide. C'est un phénomène physique. Le pénis se rétracte pour se protéger.

— Oh ! Eh bien, en ce qui me concerne, il me semble tout à fait… correct…

Elle posa la pointe de son crayon sur le papier et il se mit à dessiner la partie manquante sur son deuxième dessin presque comme s'il était animé d'une vie propre. Vite, elle attaqua un autre croquis, cette fois du sexe de Wilson, tout seul, dans un glorieux isolement.

— Dois-je poser pour toi ?

Son cœur battit à toute volée. Oui, elle voulait qu'il pose pour elle. Mais pas seulement. Elle mourait d'envie de le toucher, le caresser, l'explorer. Sentir sous ses mains la réalité d'un corps d'homme et non simplement le regarder et le dessiner à distance.

Mais si elle l'avouait à Wilson, il n'y aurait plus de retour en arrière possible. C'était un homme et les hommes avaient l'art de profiter de la situation. On baissait sa garde d'un centimètre et ils prenaient aussitôt des kilomètres de libertés.

Et en parlant de centimètres… c'était un effet de son imagination ou son sexe avait encore grossi ?

— Oui… merci. Tu pourrais peut-être t'allonger là ?

Elle lui montra un rectangle d'herbe à une distance prudente. Il était ombragé par des branches basses qui plongeaient dans l'eau et les jeux d'ombre et de lumière donnaient un relief intéressant à la scène.

Concentre-toi sur la technique. Regarde-le uniquement comme une composition naturelle que tu dois fixer sur le papier.

Il haussa les épaules, signifiant que cela lui était égal, et se dirigea vers l'endroit qu'elle lui avait indiqué. Avec une grâce qui lui arracha presque un soupir, il se laissa tomber sur le sol et prit la pose, comme un Apollon moderne. Fermant les yeux, étirant ses bras en arrière, créant une tension dans les muscles de son torse et de son ventre. Une jambe étendue, l'autre repliée, il semblait lui offrir sa virilité dans toute sa splendeur.

Rappelle-toi : ce n'est qu'une composition naturelle, agréable à regarder.

Dessinant presque sans réfléchir, elle se concentra, les sourcils froncés. Elle n'avait pas le moindre soupirant, mais même s'il s'en présentait un, elle n'était pas certaine d'en vouloir un qui n'aurait pas le temps de poser pour elle. D'après ce qu'elle avait pu constater chez certaines de ses amies qui s'étaient mariées très jeunes, le mariage n'était pas aussi agréable qu'on voulait le leur faire croire. Elle n'était pas du tout excitée à l'idée de s'occuper d'une maison, d'obéir en toutes choses à son mari et de lui donner une ribambelle d'enfants. Un ou deux lui suffiraient amplement, même si elle était très intéressée par l'étape de la conception. Elle n'avait pas d'instinct maternel et trouvait les enfants des autres assez fatigants.

Pendant que ces pensées lui traversaient l'esprit, une autre région de son cerveau analysait et reproduisait ce qu'elle voyait et une troisième se demandait à quoi ressemblait la texture de sa peau à cet endroit-là et… et jusqu'à quand son sexe allait continuer à grandir. Car il grossissait de seconde en seconde maintenant et se redressait même avec une énergie fascinante !

— Désolé, dit-il sans paraître le moins du monde désolé, mais ce genre de réaction peut se produire en présence d'une jolie femme.

— Tu ne peux pas le contrôler ?

La mine de son crayon cassa : elle l'appuyait trop fort. Ouvrant son portfolio, elle en sortit un petit étui plat en cuir et en retira un minuscule couteau dont elle se servit pour tailler la pointe. Cette activité lui offrait un répit salvateur : pendant ce temps, elle ne regardait pas le sexe de Wilson.

— Je suppose que si, répondit-il d'un ton léger. Je pourrais réfléchir au nombre de décimales infinies du nombre pi ou me concentrer sur la résolution d'un ou deux théorèmes qui m'occupent actuellement. Le fautif rentrerait probablement peu à peu dans le rang…

Elle avait fini de tailler son crayon. Levant les yeux, elle s'aperçut qu'il souriait en la regardant.

— Mais je n'en ai aucune envie. Etre excité est très… excitant. J'aime qu'on me rappelle que je suis un mâle, un animal à sang chaud et que je suis porté sur la chair.

Il fit glisser lentement un doigt le long de son sexe bandé.

— Et j'adore te voir rougir.

Elle prit une rapide inspiration. Elle ne voulait pas qu'il s'arrête. Elle voulait savoir ce se passerait s'il continuait à se caresser. Elle s'était glissée dans la bibliothèque privée de son grand-père — avec l'aide de Wilson, d'ailleurs —, avait feuilleté des livres interdits et entendu certaines jeunes ladies délurées discuter de ces choses-là… Elle était au courant de ce qui arrivait aux hommes quand ils avaient du plaisir et des conséquences que l'acte sexuel pouvait avoir.

Mais son savoir était purement théorique. Assister au phénomène lui donnait le vertige.

— Vous n'avez qu'à retourner vous refroidir dans la rivière, ton appendice viril et toi, dit-elle d'un ton qu'elle espéra détaché. En ce qui me concerne, j'en ai assez vu. Je peux dessiner le reste de mémoire.

— J'aime assez l'idée que mon érection sera à jamais gravée dans ta mémoire. A partir de maintenant, chaque fois que je te regarderai, je me demanderai si tu penses à mon sexe.

— Ne sois pas ridicule. Je te dessine comme un sujet d'étude, pas pour penser à… à…

— Ça s'appelle un sexe, Della, et dans l'intérêt de l'art et de la science, je pense que tu devrais le toucher pour te faire une idée de sa texture. Ça t'aiderait pour les détails.

Elle était tellement troublée qu'elle en tremblait. Comment pouvait-elle espérer dessiner quoi que ce soit, maintenant ? Elle était venue ici pleine d'audace, mais confrontée à la réalité, ses peurs resurgissaient. Indécise, elle lui lança un regard méfiant, veillant à conserver les yeux au-dessus de sa taille.

Il avait de nouveau cette expression compatissante, très éloignée de cette autorité arrogante qui servait d'armure à son intelligence hors norme. Il lui adressa un sourire repentant, comme s'il s'excusait de l'avoir déstabilisée.

— Je crois que je vais aller me rafraîchir. Tu as raison, c'est une bonne idée.

Il se leva et elle détourna aussitôt les yeux. La façon dont son sexe se balançait la faisait rougir.

— Tu devrais venir, Della. Si ça peut te rassurer, je ne regarderai pas jusqu'à ce que tu aies de l'eau jusqu'au menton.

— Je... je ne suis pas sûre.

L'eau était tentante et elle avait très chaud même sans son corset. Elle enviait l'absence de pudeur de Wilson et la liberté qu'elle lui procurait.

— Allez, viens !

Il entra dans l'eau et elle ressentit aussitôt son éloignement comme un manque.

— Je pourrais garder ma chemise et ma culotte.

Il se retourna. Par chance, l'organe qui la fascinait était maintenant sous la surface.

— Ne sois pas idiote. Tu veux rentrer à la maison avec des sous-vêtements trempés ?

Il recommençait à se montrer sarcastique. Qu'il aille au diable !

— Oh ! Très bien !

Posant son portfolio sur l'herbe, elle délaça ses bottines, les envoya promener et se leva d'un bond. Le cœur battant à tout rompre, elle déboutonna son corsage en essayant de maîtriser le tremblement de ses mains. Il se détourna quand elle ouvrit le vêtement.

— Tu peux regarder si tu veux, je m'en moque !

Mais pourquoi avait-elle dit ça ?

— Très tentant, mais je pense que tu as droit à un peu d'intimité, cousine.

Il avança dans l'eau. Son dos s'enfonça sous la surface puis ses épaules et l'extrémité de ses cheveux.

Elle continua à se dévêtir en marmonnant. Wilson était

vraiment l'être le plus contrariant qu'elle ait jamais rencontré ! Il changeait d'humeur tellement vite qu'on ne savait jamais à quoi s'en tenir avec lui.

Les boutons, les rubans, les jarretières résistaient à ses doigts tremblants. Elle tira dessus, tordit le tissu. Ah, il la croyait incapable de se déshabiller devant lui ? Eh bien, elle allait lui montrer ! Mais elle avait intérêt à faire vite, avant que ses nerfs ne la lâchent.

Malgré la chaleur, elle frissonna en ôtant le dernier vêtement. C'était étrange de sentir la caresse du soleil sur sa peau nue. Elle ne se déshabillait que pour se laver, dans le secret de sa chambre ou de la salle de bains. Même le jour où elle était allée dans la mer, elle s'était changée dans la cabine de plage et en était ressortie avec son costume de bain volumineux. Une brise tiède effleurait sa peau comme la caresse d'un zéphyr. La pointe de ses seins durcit. C'était à la fois douloureux et très agréable.

Du coin de l'œil, elle vit Wilson tourner la tête vers elle. La regardait-il malgré sa promesse ? Ça ne la surprendrait pas… Elle résista cependant à la tentation de se couvrir de ses mains. Qu'il regarde donc ! Elle n'avait pas peur de lui ! Elle marcha jusqu'à la rive d'un air crâne, alors que sa pudeur et son audace se livraient une guerre impitoyable. Mais elle réussit à garder les bras le long du corps.

— Oh mon Dieu !

La rivière était glacée ! Le froid lui coupa le souffle, mais elle continua à avancer, serrant les dents pour les empêcher de claquer.

— Je t'avais dit qu'elle était fraîche, lui rappela Wilson en nageant vers elle comme elle s'enfonçait jusqu'aux épaules, presque en état de choc.

— Je croyais que c'était juste un prétexte pour justifier la taille minuscule de ton organe, rétorqua-t-elle d'une voix hachée.

— Bien dit.

Il était tout près d'elle.

Très près, vraiment.

Baissant les yeux, elle se rendit compte que l'eau était aussi transparente que du cristal et qu'elle pouvait voir chaque détail de son anatomie.

Tout comme il pouvait voir la sienne. Il en avait parfaitement conscience, évidemment. Il flottait sur place, ses mouvements faisant ondoyer son sexe. Il avait dû s'acclimater à la température de l'eau car il était d'une taille respectable.

— On nage un peu ? Là où tu n'as pas pied ?

J'ai déjà perdu pied !

Il lui prit la main sous l'eau, et l'entraîna vers la partie la plus profonde de la rivière.

Le courant était plus prononcé à cet endroit et pendant un instant elle eut peur d'autre chose que de son incontrôlable cousin. Quand elle s'était baignée dans la mer, c'était dans une petite crique abritée et dépourvue de vagues. Cette rivière était beaucoup plus dangereuse.

Comme s'il percevait sa peur, il serra plus fort sa main et elle se sentit immédiatement rassurée. Du moins, en ce qui concernait sa survie. Pour le reste, elle était moins sûre.

Il la lâcha dès qu'elle retrouva sa confiance et elle nagea près de lui, grisée par la sensation de liberté. La caresse de l'eau sur son corps nu était encore plus excitante que celle de la brise. C'était comme une écharpe liquide qui glissait sur les parties les plus intimes de son corps. Son âme s'ouvrait comme une fleur, stimulée par la présence de son magnifique compagnon et son regard rivé sur elle.

Aussi revigorante qu'elle soit, la baignade finit par la fatiguer et elle regagna la rive en essayant de rester aussi digne et gracieuse que possible.

Une fois sur la berge, la brise mordit sa peau nue comme une lame de rasoir et elle se mit à grelotter.

Zut, comment je vais me sécher ?

Elle allait devoir utiliser ses jupons et les remettre mouillés pour rentrer. La baignade avait été merveilleuse, mais elle n'avait pas réfléchi à l'après.

Elle entendit le clapotis de l'eau quand Wilson sortit à son tour. Manifestement, il l'avait vue grelotter.

— Assieds-toi sur ma robe de chambre. Je vais te sécher.

— Mais…

— Pas de mais. Ne sois pas sotte.

Elle obéit. Ramassant sa chemise, il s'en servit alors comme d'une serviette et la frotta vigoureusement, stimulant son sang en même temps qu'il la séchait.

C'était délicieux et formidablement relaxant. Elle ronronna presque de plaisir pendant que tout son corps se réchauffait.

— Mieux ?

— Je suis au paradis, souffla-t-elle sans réfléchir.

Le danger de cet aveu lui apparut une seconde plus tard. Elle était nue, séparée d'un homme nu lui aussi par un simple morceau de tissu. Un homme qui ne s'imposait aucune limite. Ses gestes ralentirent quand il arriva au niveau de sa poitrine. Elle aurait dû lui dire d'arrêter, mais elle garda le silence. Elle aimait ce qu'il faisait. Enormément. Elle se mit à genoux sous le prétexte de remettre en place des mèches échappées de son chignon, l'invitant à prendre davantage de libertés.

Roulant la chemise en boule, il la fit glisser entre ses cuisses et l'essuya lentement, délicatement.

Elle lui agrippa les épaules et leurs regards se rencontrèrent. Il continua ses lents va-et-vient mais une question brillait dans ses yeux : *Dois-je m'arrêter ?*

C'était scandaleux. Honteux. Au-delà de l'indécence. Et pourtant tellement merveilleux qu'elle ne voulait pas que ça s'arrête. Elle enfonça ses ongles dans ses épaules et laissa échapper un petit soupir de reddition.

Le tissu humide se posa sur son sexe et elle sentit les doigts de Wilson bouger à travers l'étoffe. Il s'allongea près d'elle pour accéder plus facilement à son intimité, pendant qu'il posait son autre main au creux de ses reins. Elle ondula, haletant sous la caresse. Elle savait comment fonctionnait le corps d'une femme. Les livres érotiques, dans la bibliothèque de son grand-père, s'intéressaient très peu au plaisir féminin, mais les plus délurées de ses camarades de classe étaient au courant de ces choses-là et leurs confidences lui avaient donné envie de tenter l'expérience. Elle s'était caressée la nuit dans son lit et l'intensité de son plaisir avait été une révélation. On voulait leur faire croire que ces pratiques solitaires étaient un péché, mais elle ne pouvait pas imaginer que quelque chose d'aussi agréable soit mauvais.

Et ce qui se passait maintenant avec Wilson non plus. C'était juste merveilleux. Même si elle prenait un risque en laissant son insupportable cousin prendre l'ascendant sur elle.

— Dois-je m'arrêter ?

La question la choqua encore plus que ses caresses.

— Non, articula-t-elle d'une voix vacillante, tout en nouant ses bras autour de son cou.

Rien ne l'empêcherait d'aller au bout, pas même la conscience de Wilson. Il retira sa main, mais uniquement pour se débarrasser de la chemise devenue gênante. En l'espace d'un soupir, sa main nue revint se nicher entre ses cuisses.

Le contact de ses longs doigts dessinant des petits cercles autour de son clitoris était plus qu'elle n'en pouvait supporter. Le plaisir la submergea instantanément et elle jouit avec une violence qui lui coupa le souffle. Elle l'étreignit de toutes ses forces sans même songer qu'elle lui faisait probablement mal. Elle voulait le sentir tout contre elle, ne faire plus qu'un avec lui. Elle enfouit son visage dans son cou pour étouffer son cri.

Elle tremblait, consumée par l'orgasme, mais cela ne lui suffisait pas. Elle en voulait davantage.

Elle se laissa aller en arrière, l'entraînant avec elle, et ressentit une joie triomphante quand son sexe se pressa contre son ventre, dressé, énorme, aussi dur que du fer.

Elle avançait maintenant en territoire inconnu, dans un monde très éloigné des rêves romantiques des jeunes filles et de ce qu'elle avait imaginé pour sa nuit de noces. C'était un voyage effrayant, sans retour, mais la rebelle en elle était prête à braver tous les risques. Il gronda quand elle referma les doigts sur son sexe bandé. Elle n'était pas certaine de ce qu'elle devait faire, mais elle devinait que cette partie de son anatomie était très sensible et qu'il fallait la manipuler délicatement. Elle se mit à le caresser, à moitié ébahie par ce qui était en train de se passer.

— Oh Della, Della, tu as le toucher incroyable d'une courtisane, balbutia-t-il en bougeant les hanches au même rythme que sa main.

Elle s'interrompit, déstabilisée. Devait-elle se sentir flattée ou humiliée d'être comparée à une professionnelle du sexe ? Et puis comment se faisait-il qu'il s'y connaisse en courtisanes ?

— Non, ne t'arrête pas ! Tu as des mains magiques. Ce doit être l'artiste qui est en toi.

Sale flatteur !

Mais à quoi bon nier ? Elle était heureuse de le satisfaire. Il lui avait donné du plaisir et il n'était que justice qu'elle lui rende la pareille. Le contact de son sexe dans sa paume était fascinant, intrigant. Il semblait presque animé d'une vie propre, autonome.

Wilson poussait des gémissements et des soupirs étouffés. Parfois des mots sans suite lui échappaient, certains très crus, choquants mais excitants. Les inflexions mêmes de sa voix étaient comme une caresse qui l'émoustillait sans la toucher.

— Oui, c'est ça… continue… oui… j'y suis presque… Oh bon sang…

Elle sentait qu'il essayait de se contrôler pour ne pas la choquer ni céder à la tentation de la toucher. Pourquoi ? Pensait-il qu'elle avait peur ? Qu'elle était indifférente, maintenant qu'elle avait obtenu satisfaction ? Eh bien, il se trompait. Son appétit venait tout juste d'être aiguisé.

Sans cesser de le caresser, elle se pressa contre lui. Le désir l'embrasa de nouveau et son ventre brûla d'une faim que seul son sexe en elle pourrait satisfaire. C'était de la folie, sa raison le lui hurlait, mais son bon sens avait été emporté par une force aussi irrésistible que le courant de la rivière.

Refermant la main sur le sexe bandé de Wilson, elle ouvrit les cuisses et se tortilla pour se placer sous lui, offerte.

— Della, non ! On ne peut pas faire ça !

Elle plongea son regard dans le sien. Ses yeux assombris par le désir démentaient ses protestations tout comme son sexe qui palpitait dans sa main. Il mourait d'envie de la prendre, mais l'homme rationnel, le scientifique qui était en lui, luttait pour garder le contrôle…

Bien sûr que si, on peut. Je ne supporterais pas qu'il en soit autrement.

Elle ne dit rien, incapable de parler. Mais elle n'en avait pas besoin, il la comprenait.

— Oh ! Della, balbutia-t-il en se plaçant au-dessus d'elle. Je t'adore. Tu es… tu es… oh Dieu, tu es parfaite. Incroyablement parfaite !

Toi aussi, Wilson. Et tellement… gigantesque…

Elle sentit le bout de son sexe se presser à l'entrée de son vagin, brûlant, énorme. Beaucoup trop pour se frayer un passage. Il poussa un peu plus fort puis, sentant la résistance, eut un mouvement de recul.

— Non ! Je t'interdis de me rejeter !

Elle lui agrippa les fesses, stupéfaite par sa propre voix. C'était celle d'une inconnue, une Amazone, une déesse impérieuse qui ne souffrait pas qu'on lui résiste.

Au-dessus d'elle, Wilson cilla comme s'il était aussi étonné qu'elle par sa métamorphose, puis une flamme s'alluma dans ses yeux.

— Très bien, gronda-t-il.

Il prit appui sur ses coudes et glissa une main entre eux. Son contact la fit gémir de plaisir ; la sensation était si divinement impudique ! Elle souleva les hanches, incapable de se contrôler.

— Tiens-toi tranquille, je ne veux pas te faire mal.

— Je m'en fiche. Fais-le ! Baise-moi !

Il sursauta, comme si ce mot interdit dans la bouche d'une jeune lady le cinglait. Le mouvement involontaire pressa le bout de son sexe contre son vagin. Elle enfonça ses doigts dans ses fesses dures, plus pour calmer son appréhension que pour le retenir.

— Bon sang, Della… je ne devrais pas faire ça !

Pour toute réponse, elle souleva les hanches, ne lui laissant aucune chance de se raviser. Il gronda et se poussa en elle.

Elle cria de douleur. Ça faisait mal. Terriblement mal. Comme un coup de poignard. Mais la souffrance n'était rien comparée au bonheur d'avoir atteint son but et de ne faire plus qu'un avec lui. Désormais, il n'y avait plus de retour en arrière possible.

Haletante, elle s'agrippa à lui, lui empoignant les fesses, nouant ses jambes autour de sa taille. Elle ne se posait pas de question ; son corps agissait de lui-même comme s'il avait été conçu pour cet acte et habité par un savoir ancestral. Elle ressentit encore une aiguille de douleur quand elle souleva les hanches en se poussant vers lui, mais elle semblait lointaine, assourdie, comme si c'était une autre femme qui la ressentait.

Ils tremblaient tous les deux, mais elle n'aurait su dire si c'était de froid, d'excitation, de peur ou de plaisir. Elle continuait à étreindre Wilson comme si sa vie en dépendait, le souffle suspendu. Tout au fond de son être, la pensée qu'elle n'était plus vierge la faisait exulter.

— Je t'ai fait mal ?

Son chuchotement était rauque, sa voix tendue.

— Non.

Ce n'était qu'un demi-mensonge. Tout ce qu'elle ressentait

maintenant, c'était une tension délicieuse, comme quand elle se caressait elle-même, mais subtilement différente. L'envie de bouger contre lui était irrésistible.

— Tu es sûre ? Tu as crié.

— Je suis sûre. Oui. Je suis sûre.

Elle avait envie de lui demander de finir le travail, mais ça lui paraissait trop cru. Son instinct lui soufflait que les hommes étaient aussi susceptibles que les femmes dans ces moments-là et que son impatience risquait de tout gâcher.

— Et toi ? Tu te sens bien ?

La question glissa de ses lèvres, un peu trop prosaïque peut-être. Elle n'avait jamais imaginé avoir une conversation au milieu de son premier rapport sexuel mais c'était venu tout seul.

— Oui.

Il avait les dents serrées.

— Oh ? Bien… Euh. Tu… tu ne devrais pas bouger ou quelque chose de ce genre ?

Il exhala un long grognement désespéré, son corps tendu comme un câble, totalement immobile à l'exception d'un léger tremblement.

— Pour l'amour du ciel, Della… j'essaie de ne pas jouir. Je ne veux pas que ce soit terminé avant même d'avoir commencé. J'aimerais que tu aies aussi du plaisir.

Elle fronça les sourcils. Le besoin dévorant de le caresser, de l'embrasser, la tuait littéralement. Elle l'adorait avec tous ses défauts et sa générosité. Elle voulait être une sirène pour lui, une houri, une enchanteresse.

— Mais j'ai eu du plaisir. Ne t'inquiète pas pour ça. C'est à ton tour.

Elle contracta ses muscles internes, l'étreignant intimement.

— Oh Della, Della…, gémit-il contre son oreille. C'est trop bon… Tu vas me tuer si tu recommences.

Elle recommença, gémissant presque elle-même des sensations exquises qui déferlaient en elle. C'était comme si elle se tenait au bord d'un précipice, prête à basculer.

— Della, non !

Il essaya de se retirer mais, telle une lionne, elle l'étreignit plus fort, serrant les dents, écrasant ses hanches sur les siennes. Elle sentit le changement qui s'opérait en lui alors que le désir balayait sa résistance. La transformation d'un gamin insolent en un homme passionné, dominateur. Il donna un coup de reins, puis un autre, encore un autre, poussant toujours plus loin, l'étreignant comme elle l'étreignait, son sexe entrant toujours plus profondément en elle, sans relâche, son corps écrasant le bourgeon sensible de son clitoris.

Elle était toute proche, toute proche… Elle se cambra, tangua, ses doigts s'arquant tandis qu'elle enfonçait ses ongles dans les fesses de Wilson. Il gronda, se contracta, mais son geste parut le galvaniser. Ses hanches la martelèrent en cadence. Encore et encore.

Oui ! Oh oui !

Mais alors même qu'elle voyait scintiller la récompense qu'elle appelait de ses vœux, elle fut trahie. Il se retira brusquement et continua à donner des coups de reins contre sa hanche.

Elle sentit bientôt un liquide chaud contre sa peau. Un tumulte d'émotions la secoua. Elle savait pourquoi il venait de faire ça et elle aurait dû lui en être reconnaissante, mais la frustration l'emporta sur son bon sens. Son corps inassouvi hurla de l'outrage qui venait de lui être fait.

Pendant un moment, Wilson parut foudroyé, sans vie. Puis il s'ébroua, se laissa glisser à son côté et glissa ses doigts entre ses cuisses, cherchant sa chaleur palpitante.

— Qu'est-ce que tu fais ? gronda-t-elle en repoussant sa main.

— Tu n'as pas joui.

— Ce n'est pas la peine !

— Bien sûr que si !

Elle essaya de lui échapper mais il était trop habile, trop

concentré sur la zone la plus délicieusement sensible de son être. Elle céda avec un sanglot, l'agrippant, se soulevant, son corps acceptant malgré elle ce que son esprit rebelle ressentait comme une insulte.

Haletante, elle se cambra comme un arc, pressant son sexe contre sa main. Il l'embrassa avec douceur, sa langue cherchant à l'amadouer. Il essayait de rendre sa première expérience plus tendre, d'apporter un peu d'humanité à l'acte. Pourtant, en cet instant, elle le haïssait autant qu'elle l'aimait.

Une boule de chaleur se forma au creux de son ventre comme du sirop en ébullition. Elle allait mourir si la délivrance ne venait pas. Elle arriva. Elle ouvrit la bouche pour crier de plaisir mais Wilson l'embrassa plus fort, étouffant son cri, accentuant son plaisir.

Elle tressauta, se souleva, trembla, le cerveau déconnecté de son corps, son sexe se contractant dans le vide.

— Je suis désolé, dit-il un peu plus tard comme elle restait roulée en boule sur sa robe de chambre, essayant de ne penser à rien.

— Désolé de quoi ? demanda-t-elle d'une voix étranglée.

Sa froideur lui faisait mal. Ce n'était pas ainsi qu'elle avait rêvé les minutes divines qui suivraient sa première fois. Mais bien sûr, elle avait toujours pensé que ce serait la nuit de son mariage et qu'elle partagerait ces instants avec un mari amoureux d'elle. Comme toutes les femmes, sûrement…

— Je n'aurais pas dû profiter de la situation. Je n'aurais pas dû céder à tes avances.

Elle s'assit toute droite et se tourna vers lui.

— Mes avances ? Tu avais l'air plutôt satisfait de ma coopération il y a quelques minutes. Qu'est-ce que tu sous-entends, Wilson ? Que je suis une créature faible et scandaleuse qui ne peut contrôler ses désirs et que je… que je t'ai perverti ?

— Je suis désolé, répéta-t-il, le visage rouge d'embarras. Je me suis mal exprimé. Je n'ai pas voulu insinuer... Je dis seulement que j'aurais dû me contrôler et me montrer plus responsable.

Il se passa les doigts dans les cheveux pour les lisser en arrière.

— Je ne prétends pas que je ne te désirais pas... ou que je ne te désire pas en ce moment même. Mais j'aurais dû résister à mes pulsions au lieu de t'encourager. Maintenant, il risque d'y avoir des conséquences.

Elle le savait, même s'il s'était retiré. Il était possible qu'un peu de son sperme soit encore en elle. Et qu'il fasse... ce qu'il était censé faire. Elle n'allait sûrement pas dévoiler sa naïveté en lui posant la question.

— En effet. Je pourrais me retrouver enceinte.

— Oui.

Elle tendit la main vers ses vêtements, attrapa sa culotte. Les rubans et les liens s'étaient emmêlés. Elle tira dessus, les mâchoires serrées. Et les serra encore plus fort quand Wilson lui prit le vêtement des mains et le démêla tranquillement. Il le lui rendit sans un mot et elle se détourna pour s'habiller, bataillant avec les boutons. Par chance, elle réussit à passer sa chemise à l'endroit.

Wilson se rhabillait de son côté mais soudain, sans le moindre avertissement, il laissa éclater sa colère.

— Comment as-tu pu être aussi inconséquente, Della ? Je ne suis qu'un gamin stupide et faible, dévoré d'envie de découvrir le sexe avec une femme. Tu aurais dû te douter que je ne serais pas capable de me contrôler ! Et tu m'as attrapé dans tes filets tout en sachant que tu risquais de te retrouver enceinte !

Elle se leva pour passer sa robe, écrasant sous son pied une petite fleur délicate. Avec elle, c'était toutes les notions romantiques et stupides auxquelles elle croyait sans même s'en rendre compte qui venaient de trépasser.

Avait-elle voulu *l'attraper dans ses filets* ? Un bon nombre de ses amies étaient déjà fiancées. Certaines avaient même trouvé un mari. Elle-même n'était pas obsédée par l'idée de se marier mais ça lui avait traversé l'esprit, en effet. Et chaque fois, c'était Wilson qu'elle avait imaginé dans le rôle du mari. Tout en reboutonnant son corsage, elle entendit résonner de nouveau ses paroles : « J'étais dévoré d'envie de découvrir le sexe avec une femme. »

Comme le mécanisme d'une pendule sonnant l'heure, ces mots s'enfoncèrent dans son cœur.

Elle n'avait donc pas été la seule à perdre sa virginité, dans ce vallon ?

Des larmes lui montèrent aux yeux. Ce qui aurait dû être un moment de paix et de douceur s'était transformé en une scène affreuse où chacun rejetait sur l'autre la faute de ce qui était arrivé.

L'amertume lui noua la gorge.

— Eh bien, je suis désolée, Wilson. Je ne suis qu'une femme de chair et de sang. J'ai des pulsions, tout comme vous, les hommes. J'ai eu envie de sexe et c'est tombé sur toi parce que tu étais là à ce moment-là, voilà tout.

Mais qu'est-ce qui ne va pas chez moi ? Pourquoi faut-il toujours que je me comporte comme une mégère ?

Il eut l'air horrifié. Son visage exprimait un mélange de choc et de souffrance. Mais cela ne dura pas. Sa belle bouche se serra pour former une ligne dure presque laide — à supposer que Wilson soit capable de devenir laid.

— Merci, Adela. C'est instructif d'apprendre que mon sexe n'a rien été d'autre qu'un instrument de plaisir. Je n'avais pas deviné que tu étais une telle progressiste.

Il la toisa, ses yeux gris changés en glace.

— Naturellement, je t'épouserai si tu es enceinte, même si ce que je peux ressentir n'a strictement aucune espèce d'importance pour toi.

Ce n'est pas vrai. Tes sentiments sont tout pour moi, Wilson. Ou du moins ils l'étaient, jusqu'à ces dernières secondes…

— Ne t'inquiète pas, je suis sûre que je ne suis pas enceinte.

Respire, tout va bien. Tu ne seras pas obligé de t'enchaîner à quelqu'un d'aussi répugnant que moi !

Elle se laissa tomber sur le sol pour enfiler ses bottines, incapable de le regarder. Elle avait de nouveau les larmes aux yeux et elle ne voulait pas qu'il le voie. Plutôt mourir !

— Je ne te trouve pas répugnante, Della. Au contraire. Il me semblait que c'était évident.

Elle sentit une petite secousse et se rendit compte qu'il essayait de récupérer sa robe de chambre sur laquelle elle était assise. Il n'allait quand même pas la déloger comme un rustre, si ?

— Ce qui me répugne, c'est d'être poussé au mariage contre ma volonté. Je ne suis pas aveugle, je vois bien la façon dont ta mère nous observe chaque fois que nous sommes dans la même pièce. Elle voit en moi un bon parti pour toi.

— Ne sois pas ridicule !

Elle se leva d'un bond, trop honteuse pour admettre qu'il n'avait pas tort. Après tout, sa mère avait trois filles à marier. Elle-même, dans le secret de son cœur, avait les mêmes espoirs que Mama, même si elle n'en avait jamais parlé.

Il secoua sa robe de chambre et s'en drapa d'un mouvement qu'elle aurait sans doute trouvé plein d'allure en d'autres circonstances.

— Je ne vois pas en quoi je suis ridicule. Nous sommes cousins mais éloignés. Ta mère avance ses pions. Trois filles, pas de fils. S'il devait arriver quelque chose à cousin Henry, je me retrouverais en première ligne.

Et s'il n'avait déjà été engagé ailleurs, Mama aurait certainement essayé de la marier à Henry, juste au cas où elle ne parviendrait pas à donner naissance à un héritier mâle ! Elle était prête à tout pour s'assurer que l'héritage de grand-père et le titre reviennent malgré tout à sa fille aînée.

— Tu as assouvi ton envie de sexe avec moi, Della, mais ce n'est sûrement pas pour déplaire à ta mère. C'est elle qui t'a suggéré ce petit scénario tordu ?

La colère souffla sur elle comme une tornade. Comment pouvait-il être aussi odieux ? Pour qui les prenait-il, Mama et elle ?

Elle leva la main pour le gifler, mais il lui attrapa le poignet au vol, les yeux étincelants. Ils se fixèrent avec la même colère. L'espace d'un instant, elle crut qu'il allait l'embrasser pour la punir. Il baissa sa garde une fraction de seconde. Elle en profita pour lui échapper et se mit à courir dans le sous-bois pour rentrer à la maison.

Elle courut droit devant elle, les yeux remplis de larmes, la gorge nouée par les sanglots. Elle voulait juste fuir loin de lui, aussi vite que possible. Elle se fiait à son instinct sans même être certaine d'avoir pris le bon chemin…

Et soudain… Un obstacle surgi de nulle part vola vers elle et la frappa en plein visage. Il y eut un craquement ; une douleur aiguë lui traversa l'arête du nez. Elle vit des étoiles fourmiller devant ses yeux tandis qu'un flot de sang éclaboussait son corsage. Au même instant, elle entendit un pas approcher à toute vitesse et quelqu'un se frayer un passage dans le sous-bois.

Va au diable, Wilson !

Ce fut sa dernière pensée avant de perdre connaissance.

Chapitre 8

Mère et fille

Rayworth Court, 1891

Mais où Adela était-elle encore passée ?

Amelia Ruffington promena un regard anxieux dans les jardins, guettant la silhouette fine et altière de sa fille aînée. L'après-midi était splendide, la compagnie agréable, mais « égarer » Adela de la sorte lui rappelait de trop sombres souvenirs.

Elle n'oublierait jamais cette peur atroce qui l'avait étreinte un certain après-midi d'août. Elle était assise au jardin, comme maintenant, une tasse de thé à la main, comme maintenant, quand Wilson Ruffington avait subitement surgi du petit bois, portant dans ses bras Adela, le visage et la robe ruisselant de sang.

Jour funeste… Jour de désastre… Et pauvre, pauvre Adela… Non seulement elle avait souffert, mais elle avait été défigurée. Ils avaient fait appel au meilleur chirurgien, mais malgré toute sa science, ce dernier n'avait pas réussi à remettre parfaitement en place son nez si élégant et si gracieux.

Amelia porta sa tasse à ses lèvres et s'aperçut avec stupéfaction qu'il s'agissait d'un verre de limonade. Bonté divine, son inquiétude lui brouillait l'esprit ! Elle en but une gorgée et fit la grimace. Trop de citron, pas assez de sucre. Une acidité qui lui rappelait son aînée. Adela était une jeune femme terriblement entêtée et directe, mais adorable à sa façon. Une forte personnalité. Un défi permanent, pour elle-même et pour les autres.

Où pouvait-elle bien être ? Et Wilson qui n'était pas là non plus… Serait-il possible… Elle sentit son cœur frémir de joie. Serait-il possible qu'ils soient ensemble ? Y avait-il encore une chance que ces deux-là se marient, en dépit de l'indifférence glaciale qu'Adela affichait à l'égard de son cousin ? Elle ne savait qu'en penser. Jusqu'à ce fameux jour où Adela s'était fracturé le nez, elle avait nourri le secret espoir de la marier avant ses dix-huit ans, en dépit de son tempérament indépendant et rebelle.

Mais il y avait eu cet accident et tout avait changé. Adela n'avait plus jamais adressé la parole à Wilson. Pourtant, elle aurait dû lui être reconnaissante : il l'avait portée jusqu'à la maison après l'avoir trouvée évanouie dans le bois.

Un vieux soupçon revint la hanter, mais elle le repoussa, comme toujours. Non, il ne s'était rien passé entre eux ce jour-là. Absolument rien.

Pourtant l'animosité d'Adela envers son cousin n'avait pas faibli au fil des années, et cet étrange garçon, qui jadis semblait assez épris d'elle, lui témoignait de son côté, depuis lors, une froideur presque insultante.

Chassant ces pensées déprimantes, Amelia observa les deux jeunes gens qui jouaient au croquet sur la pelouse et son visage s'éclaira : Sybil, ravissante dans l'une de ses robes d'été toutes neuves, souriait avec grâce à Lord Framley, et le jeune aristocrate semblait frappé d'extase devant elle.

Ah, l'amour !

Marier Sybil à un homme noble et riche les mettraient toutes à l'abri du besoin pour le restant de leurs jours. Elle n'aurait plus à s'inquiéter qu'Adela s'entête à rester vieille fille et la belle-famille de Sybil leur assurerait un train de vie digne et rembourserait leurs dettes.

Elle n'aurait plus besoin de vendre ses diamants.

— Tout va bien, madame Ruffington ? Vous semblez contrariée. Voulez-vous un peu plus de limonade ? Ou un biscuit, peut-être ?

— Oh ! Merci, monsieur Devine. C'est vraiment très aimable à vous…

Elle esquissa un geste gracieux en direction de son verre, espérant que le jeune avoué remarquerait la finesse de ses poignets sous ses mitaines de dentelle noire.

— Je me demandais où était passée Adela. Quel dommage qu'elle ne profite pas de cette magnifique journée.

Blair Devine lui adressa un sourire plein de séduction. Quel jeune homme charmant, vraiment ! Elle ne remercierait jamais assez Violet de le lui avoir présenté. Depuis, elle ne cessait de s'émerveiller de son intelligence et de ses compétences professionnelles. Il avait rendu de discrets mais inestimables services à plusieurs de ses relations, et certaines suggestions qu'il lui avait faites concernant sa propre situation financière étaient très intéressantes. Si l'arrangement dont il lui avait parlé se concrétisait, elle n'aurait plus à s'inquiéter de l'avenir. Mais elle ne voulait pas se réjouir trop vite. Elle avait peur d'être déçue, si cela ne devait pas aboutir.

— Ne vous inquiétez pas. Elle s'est probablement installée quelque part pour dessiner, déclara Devine tout en remplissant son verre de limonade.

Il était vraiment très serviable. Et si élégant dans son costume d'été en lin clair !

— Adela a beaucoup de talent. C'est rare chez une femme. Je suis sûr qu'en cet instant elle se promène dans la roseraie ou l'arboretum, à la recherche de l'inspiration.

Amelia lui sourit. Il était beau avec ses cheveux châtains impeccablement coiffés, ses yeux tendres et ses traits réguliers.

Devait-elle se sentir coupable de le trouver séduisant et de nourrir de douces pensées pour lui ? Sans doute serait-il plus raisonnable d'encourager son intérêt pour Adela. Il semblait admirer ses dons de dessinatrice. Qui sait si ce n'était pas les prémices d'un sentiment amoureux ?

Si seulement Adela faisait un effort pour se mettre en valeur ! Une coiffure un peu plus seyante, par exemple, une nouvelle robe... Elle pouvait se le permettre, avec cet argent de poche qu'elle gagnait si facilement en dessinant des animaux de compagnie et des fleurs. Il n'y avait pas de solution pour son nez, malheureusement, mais avec un peu de poudre elle devrait pouvoir dissimuler les cicatrices que lui avait laissées la varicelle.

— Oui, vous avez sans doute raison, monsieur Devine. Ma fille est une artiste dans l'âme. Il est rare de la voir sans son cahier de croquis. Je suis sûr qu'elle est en train de dessiner quelque part.

Elle se pencha et lui effleura la manche.

— Je suis si fière d'elle, vous savez. C'est une jeune fille magnifique. Très recherchée mais... très exigeante. Je suis sûre néanmoins qu'avant peu elle trouvera celui qui saura la combler.

— Tout homme serait honoré de l'avoir pour épouse.

Elle répondit d'un battement de cils approbateur, sentant son excitation monter en même temps qu'un certain embarras. Devait-elle l'encourager à courtiser sa fille ? Tout espoir de voir Adela conquérir Wilson était-il perdu ?

Comment réagirai-je, si elle épouse l'homme qui me plaît ?

Vieille toupie ! Comme si les candidats se bousculaient au portillon pour épouser Adela ! Celle-là, elle n'est pas près de quitter le bataillon des vieilles filles et pourtant mademoiselle se permet de toiser de haut les hommes qui croisent son chemin !

Sous ses airs aimables, il n'avait que mépris pour Amelia

Ruffington. La plupart des coureurs de dot les auraient considérées, elle et sa fille, comme des proies sans intérêt, mais elles avaient à ses yeux l'une et l'autre des atouts non négligeables.

D'abord, il y avait les fameux diamants. Ils appartenaient légalement à Amelia — un présent de son défunt mari — et ne faisaient pas partie de l'héritage familial. Il lui avait discrètement laissé entendre qu'elle pourrait les vendre pour se renflouer sans que l'affaire ne s'ébruite. Il chargerait un spécialiste d'en faire réaliser une copie insoupçonnable avec de fausses pierres et s'occuperait de la transaction.

Bien sûr, il s'était bien gardé de lui dire qu'il en obtiendrait un excellent prix et que sa « commission » dépasserait largement la somme qu'elle toucherait au final. C'était une arnaque qu'il avait utilisée à plusieurs reprises déjà et les dames qu'il avait roulées étaient si satisfaites de ses services qu'elles le recommandaient à toutes leurs amies. Amelia Ruffington était une proie idéale. Il suffisait de la voir battre des cils comme une oie blanche pour s'en convaincre ! Réussir à faire croire à une veuve grassouillette qu'elle était toujours désirable était le meilleur moyen de la mettre dans sa poche.

Mais les diamants n'étaient pas le seul attrait de ces deux péronnelles.

Par hasard et par opportunisme, il avait été amené à nouer des relations fort peu recommandables pour l'homme de loi qu'il était et à mettre en place un système infaillible pour arrondir ses fins de mois : le chantage. Au fil du temps, c'était même devenu sa principale source de revenus. Une activité lucrative et d'autant plus amusante que ses victimes lui remettaient l'argent de bon cœur, soulagées qu'il accepte de jouer les intermédiaires… sans se douter un instant que le maître chanteur c'était lui.

Actuellement, il essayait de mettre la main sur un certain paquet de lettres… Amelia Ruffington avait commis une indiscrétion un jour où ils prenaient le thé ensemble. Elle avait évoqué à demi-mot un scandale dans lequel s'était trouvé impliquée sa deuxième fille, Sybil. La jeune écervelée aurait écrit des lettres compromettantes à un amoureux. Le scandale avait été étouffé à temps, mais Blair avait failli exulter en apprenant que les fameuses lettres n'avaient pas été détruites. Depuis, il rêvait de mettre la main dessus.

Ces petits écrits indiscrets et potentiellement explosifs étaient toujours très précieux. Il pouvait les revendre immédiatement à leur propriétaire ou les garder pour plus tard et faire monter les enchères.

Les lettres n'étaient pas ses seuls trésors. Il possédait également des documents qu'il avait discrètement subtilisés quand il avait commencé à s'intéresser à la famille Ruffington. Une conversation à son club, un soir, lui avait offert la perspective alléchante de pratiquer l'échange d'informations avec un ami qui partageait la même vision de l'avenir que lui.

Sourire aux lèvres, il observa les invités qui se prélassaient dans les jardins.

Vous êtes tous des imbéciles. Vous vivez pour la plupart au-dessus de vos moyens et tout ce que vous possédez, vous n'avez pas levé le petit doigt pour le mériter !

Il haïssait l'aristocratie, en particulier la petite noblesse. Des profiteurs qui gardaient jalousement leur héritage pour eux seuls. Il avait fait lui-même les frais de ces legs injustes. Un de ses cousins, déjà riche à millions, avait hérité d'une grosse somme d'argent à cause d'un testament qui n'avait pas été correctement enregistré. C'était ce qui l'avait poussé à faire carrière dans le droit… pour pouvoir utiliser la loi à son avantage et la tordre en cas de besoin.

De quelque manière que ce soit, il obtiendrait une somme rondelette des Ruffington. Et si tout se passait comme il l'espérait, il pourrait même leur soutirer une véritable petite fortune. Cela vaudrait peut-être le coup d'épouser l'aînée pour s'assurer le pactole ? Un mariage avec ce laideron lui ouvrirait la porte des millions de son grand-père. Si toutefois le plus audacieux de ses plans se concrétisait.

Et qui sait ? En éteignant la lampe, ça pourrait même être amusant de la baiser de temps à autre.

Chapitre 9

Les diamants des Ruffington

Adela se redressa sur son lit et porta instinctivement la main à son nez. Il n'était plus douloureux après toutes ces années, mais l'accident était toujours aussi vivant dans sa mémoire. Elle fut presque étonnée de ne pas voir de sang sur sa robe.

Hormis le souvenir aigu de son étreinte avec Wilson, elle ne se rappelait rien, ou presque, de son retour à la maison. Il l'avait portée, mais dès qu'elle avait repris connaissance, elle s'était débattue à coups de pieds et de poings et il avait dû la reposer. Titubante, elle avait avancé dans une sorte de brouillard, acceptant son soutien avec répugnance. Elle savait aujourd'hui, et au fond de son cœur elle l'avait toujours su, que ce n'était pas la faute de Wilson si elle avait percuté cet arbre. Mais à l'époque, elle était trop en colère, trop blessée pour se rendre à la raison. Et dans son esprit, le désastre de cette journée avait été à jamais associé à son cousin.

Quelques jours après l'accident, on lui avait rapporté son portfolio intact et soigneusement enveloppé dans un paquet. Pas de message, mais le nœud complexe qui le fermait ne pouvait avoir été façonné que par la main de Wilson. Elle avait brûlé de rage les dessins qu'elle avait faits de lui. Puis les avait reproduits de mémoire.

La position du soleil derrière la fenêtre la poussa à jeter un coup d'œil à la pendulette en bronze sur le manteau de la cheminée. Elle poussa un cri de surprise. Presque l'heure du dîner et elle n'avait pas commencé à se changer !

Pour réduire les frais, elles ne disposaient que d'une seule femme de chambre pour quatre et Mama la monopolisait la plupart du temps. Venait ensuite Sybil, prioritaire à cause de son soupirant. Si bien que Marguerite et elle ne pouvaient compter que sur elles-mêmes. A son âge, Marguerite gardait les cheveux libres et ne portait pas encore de corset. Cela allait donc vite. Quant à elle, elle avait appris à se débrouiller seule. Bien obligée.

Le gong du dîner allait retentir d'une minute à l'autre. Ce n'était pas le moment de ressasser le passé. Le présent était déjà bien assez compliqué, en particulier depuis son tête-à-tête avec Wilson et les libertés insensées qu'elle l'avait autorisé à prendre.

Autorisé ? Encouragé, plutôt, folle que tu es !

Repoussant cette vérité trop dérangeante, elle se déshabilla en un tournemain, tira, marmonna, laissa échapper des jurons qui auraient fait s'évanouir Mama d'horreur. Il n'y avait pas d'eau dans le broc ni dans la cuvette. Elle tenta un aller-retour en chemise jusqu'à la salle de bains au bout du couloir afin de se rafraîchir. En regardant son postérieur, elle constata avec soulagement qu'il n'était plus que très légèrement rosé. Wilson s'y connaissait manifestement en fessée. Avait-il acquis ce talent avec *cette femme* ?

Elle regagna sa chambre au pas de course, chassant de son esprit la très exquise et très élégante ex-maîtresse de son cousin. Coraline n'était certainement pas femme à attendre la dernière minute pour se préparer à un dîner où tous les invités apparaîtraient dans leurs plus beaux atours !

Comme par un fait exprès, les petites ruses qu'elle employait d'ordinaire pour nouer seule son corset ne fonctionnaient pas aujourd'hui. Les lacets lui glissaient sans arrêt des doigts, les petites agrafes se dérobaient. Si elle avait sonné, il se serait peut-être trouvé une femme de chambre disponible pour l'aider. Mais c'était peu probable. Les Ruffington étaient tout en bas de la liste des invitées de marque et les chambrières de Rayworth Court ne se précipitaient pas pour leur être agréables.

Toi qui es si intelligent, Wilson, tu pourrais inventer un système de laçage plus commode.

Le dernier nœud enfin attaché, elle posa les mains sur sa taille. Dieu merci, elle était mince, elle n'avait pas besoin de serrer trop fort les lacets.

Ou mieux encore, puisque tu as une si mauvaise opinion des corsets, pourquoi n'en parles-tu pas à un de tes amis haut placés pour qu'il réforme la loi sur l'habillement des femmes anglaises ?

Pensait-il réellement ce qu'il lui avait dit ? La sublime Coraline était toujours étroitement corsetée. A chacune de ses apparitions, elle affichait avec insolence une poitrine ronde et généreuse et une taille de guêpe qu'on pouvait enserrer entre ses deux mains.

Adela ajustait les rubans de son deuxième jupon quand on tambourina à sa porte. Avant même qu'elle ait pu répondre, le battant s'ouvrit à la volée et Sybil fit irruption dans la chambre. Elle était habillée de pied en cap, mais sa magnifique chevelure blonde était hirsute. La moitié des mèches semblaient avoir été fixées au petit bonheur avec des épingles pendant que les autres tombaient en fouillis sur ses épaules.

— Della, pitié, aide-moi ! Mama a réquisitionné Lazzis, Maggie ne m'est d'aucune utilité et personne ne répond quand je sonne ! J'ai essayé de me coiffer toute seule, mais c'est une catastrophe !

Adela sourit. Sybil pouvait être une chipie égoïste par moments mais la plupart du temps, c'était une jeune fille adorable. Et puis elle était tellement jolie qu'il était impossible de ne pas l'aimer. Elle était toute en courbes douces, comme Mama. Marguerite et elle tenaient davantage de leur père : minces, souples, les cheveux châtains.

— Ne t'inquiète pas, je suis sûre qu'on peut arranger ça. Viens là…

Sybil traversa la pièce en coup de vent, le satin blanc de sa robe bruissant à chacun de ses pas. Sa coiffure mise à part, elle était magnifique. Ses épaules rondes et crémeuses émergeaient magnifiquement de son décolleté. Mais n'était-elle pas trop jeune, à dix-huit ans seulement, pour se découvrir autant ? Certes, leur période de deuil était terminée, mais le décolleté lui paraissait quand même excessif.

— Tu devrais porter une écharpe ou une gaze, Sybil. Ta robe te découvre beaucoup trop. Que va dire Mama ?

— Oh Della, quelle oie blanche tu fais ! C'est elle qui m'a conseillé de mettre cette robe. Elle veut absolument qu'Algernon demande ma main ce week-end.

Elle tourna la psyché pour s'admirer et sourit à son reflet.

— Elle ne se rend pas compte qu'il est déjà fou de moi.

Oh seigneur, qu'avait fait Sybil ? Elles n'étaient pas sorties pendant deux ans du fait du décès de leur père et elle supputait que sa sœur avait dû mettre les bouchées doubles pour parvenir à ce résultat en deux ou trois rencontres furtives à un concert ou un dîner.

— Qu'est-ce que tu veux dire ? C'est à peine si tu le connais !

— Détrompe-toi, je le connais très bien au contraire.

Elle pressa les mains sur sa poitrine insolente.

— Et lui aussi, il me connaît. Il m'a entraînée à l'écart lors de cette soirée musicale chez les Wotherington. Il m'a dit qu'il n'avait jamais vu une femme aussi belle de toute sa vie et que…

Elle prit une profonde inspiration, faisant la démonstration qu'elle ne pouvait décemment pas porter cette robe sans une écharpe de mousseline. Adela allait dire deux mots à Mama !

— Et qu'il mourrait si je ne lui donnais pas une raison d'espérer.

— Sybil !

— Aïe ! Tu me fais mal !

L'inquiétude d'Adela n'était pas feinte. Sybil s'était déjà mise en danger par le passé en jouant les coquettes avec plusieurs jeunes gens. Il y avait même eu un incident avec le fils d'un jardinier, alors qu'elle avait à peine seize ans. La romance avait été interrompue à temps, et sans conséquences, heureusement. Mais Adela s'inquiétait du caractère spontané et capricieux de sa sœur.

Ce qui m'est arrivé à moi n'a pas d'importance. Même si mon secret venait à être dévoilé, mon avenir ne serait pas compromis puisque de toute façon aucun homme ne veut de moi. Mais toi *tu dois absolument préserver ta réputation, ma chérie !*

— Tu n'as rien fait d'inconsidéré, j'espère ?

Elle la fixa dans le miroir, essayant de jouer son rôle de sœur aînée, raisonnable et exemplaire. Quelle hypocrite elle faisait !

— Dis-moi que tu ne t'es pas compromise, Sybil !

— Bien sûr que non. Nous avons échangé quelques lettres, c'est tout.

Des lettres ? On non, pas encore des lettres ! C'était pire que des baisers ou des caresses. Les lettres étaient des preuves matérielles et elles pouvaient tomber en de mauvaises mains !

— Tu n'as rien raconté de stupide, au moins ?

Sybil s'épanouit.

— Si tu savais ! C'est un véritable poète. Il écrit des choses merveilleuses, Della… J'en ai la chair de poule en les lisant !

Elle pressa de nouveau sa main sur son décolleté et Adela en arriva à se demander si elle n'avait pas glissé une de ces épîtres dans son corset.

— Ce qui m'inquiète, c'est ce que tu as pu écrire, *toi.* Tu te souviens des problèmes que nous avons eus à cause de ces courriers que tu as follement envoyés à Jimmy Roberts ? Si quelqu'un les avait trouvés, ta réputation en aurait été irrémédiablement ternie. C'est une chance que personne ne les ait lus. Et une chance plus grande encore qu'il te les ait rendus quand cette folie a pris fin !

Sybil secoua la tête, faisant retomber dans une cascade d'or la tresse qu'Adela venait de fixer avec une épingle.

— Ne t'inquiète pas, j'ai retenu la leçon. Je range ses lettres dans un endroit sûr, et Algernon en fait autant. Nous ne sommes plus des enfants !

Adela soupira. Non, en effet. Sa sœur était une adulte, même si elle ne voyait pas le danger qu'il y avait à céder à ses désirs… et à les raconter ensuite noir sur blanc.

Comment pourrais-je lui reprocher de s'abandonner à ses pulsions ? Ce n'est pas elle qui a perdu sa virginité avec le premier homme qui s'intéressait à elle. Et ce n'est pas elle non plus qui paie de beaux jeunes gens expérimentés pour qu'ils lui donnent du plaisir.

Effleurant la joue de sa sœur d'un baiser, elle continua à la coiffer.

— Promets-moi seulement d'être prudente, ma douce. Je ne supporterais pas que tu sois malheureuse.

Elle tressa une autre mèche de cheveux blonds et la releva.

— C'est promis, promis !

Dans le miroir, le sourire de Sybil était un peu penaud mais sincère et adorable.

— Ne t'inquiète pas. Et merci de t'inquiéter pour moi comme tu le fais, Della. Ce ne doit pas être facile pour toi puisque tu n'as pas d'amoureux.

Son sourire se fit éclatant.

— Mais je vais assurer l'avenir de tout le monde en me faisant épouser par Algernon. Puisque grand-père est un grippe-sou et que tu ne veux pas faire un effort avec Wilson, il faut bien que quelqu'un se débrouille pour nous procurer un revenu !

C'est donc si flagrant, mon inimitié avec Wilson ? Je pensais avoir réussi à la cacher.

— Ce n'est pas une question d'effort, Syb. Wilson et moi n'avons rien en commun en dehors du fait qu'il est notre cousin éloigné. Nous n'avons quasiment aucun contact l'un avec l'autre.

Elle résista à l'envie de planter les épingles à cheveux un peu plus brutalement que nécessaire. Sa sœur ne faisait pas exprès de manquer de tact, mais tout ce qui touchait Wilson était un sujet délicat — surtout maintenant.

— Si ça t'ennuie tant que ça que Wilson hérite de l'argent de grand-père, pourquoi ne jettes-tu pas ton dévolu sur lui plutôt que sur Algernon ?

Sybil secoua la tête, la faisant aussitôt protester. Les cheveux de sa sœur étaient aussi épais et brillants que les siens, et tout aussi indisciplinés. Il fallait une main ferme pour les dompter.

— Je suis bien trop stupide pour l'intéresser. Et ce n'est pas vrai ce que tu dis. Vous avez beaucoup de choses en commun, au contraire… Tu es très intelligente, tu es une véritable artiste et tu sais un tas des choses. Et puis, il préfère les femmes mûres.

Pour Sybil, à vingt-cinq ans on était une vieille dame.

— Et il t'admire, c'est évident.

— Je n'arrive pas à imaginer ce qui peut te fait penser ça.

Adela releva les tresses une à une et les fixa.

— Comme je te l'ai dit, nous ne nous voyons pour ainsi dire jamais. D'ailleurs, je crois qu'il n'est pas encore remis de la perte de sa petite amie.

— Oh celle-là, bon débarras ! Cette pimbêche l'a jeté comme un vieux chiffon. Il doit être fou de rage qu'elle l'ait quitté pour un vieux duc italien encore plus riche qu'il va le devenir…

Elle serra ses jolies lèvres dans une moue belliqueuse et Adela dut réprimer un sourire devant son expression.

— Riche grâce à *notre* argent. Oh ! Je déteste grand-père ! Si seulement tu avais été un garçon, Della, nous vivrions dans le luxe aujourd'hui. Si Mama lui avait donné un petit-fils, il ne nous traiterait pas de cette façon !

L'éternelle histoire... A quoi bon la ressasser ?

— Mais je ne suis pas un garçon et nous n'avons pas d'autre choix que d'accepter la situation. Maintenant cesse de bouger pour que je puisse finir de te coiffer. Algernon sera tellement éperdu d'amour en te voyant qu'il demandera ta main dès ce soir et tu n'auras plus besoin de lui écrire des lettres stupides.

Elle épingla la dernière tresse et disposa gracieusement des petites mèches bouclées sur le front de Sybil.

— Par pitié, dis-moi au moins que tu as brûlé les autres !

Sybil avait continué à chérir les lettres de son amoureux bien après la fin que leur idylle. Il n'y avait pas si longtemps encore, Adela l'avait surprise en train de les relire.

Sa sœur se retourna avec une expression outragée.

— Jamais je ne ferai une chose pareille. Jamais !

— Mais Sybil...

— Je ne veux pas en discuter, Della. Si tu avais connu un amour aussi beau, tu ne voudrais pas détruire son souvenir.

Elle était têtue comme une mule. Adela eut l'impression de la voir ranger mentalement le chapitre des lettres dans un tiroir et le fermer définitivement à clé.

Souriant à son reflet, Sybil toucha sa coiffure, rose de plaisir.

— C'est parfait, Della. Absolument parfait !

Elle posa les doigts sur sa gorge.

— Avec les diamants des Ruffington, ce soir, je serai irrésistible !

Encore un sujet d'inquiétude. Mama avait-elle vraiment apporté les bijoux avec elle ? Si oui, c'était de la folie. Non seulement parce qu'on risquait de les voler, mais aussi parce qu'ils étaient au centre d'une controverse.

Les « Ruff », comme on les surnommait, étaient la propriété exclusive de Mama : un cadeau personnel de leur père, le jour de leur mariage. Mais le bruit courait que le vieux Curmudgeon en revendiquait la propriété. Leur père les avait achetés avec ses propres deniers, mais comme il tenait sa rente de son père, le vieux grigou clamait que c'était lui, au final, qui les avait payés. Mama tenait bon cependant, ce qui expliquait peut-être qu'elle ait engagé cette belette fuyante de Blair Devine comme conseiller.

— Tu crois qu'il est raisonnable de les porter, Syb ? Ils appartiennent à Mama, mais imagine que Wilson se range du côté de grand-père et décide qu'ils font partie de *son* héritage ? Ce n'est peut-être pas une bonne idée de les exhiber devant lui.

Prenant des pauses, sa sœur s'examinait devant la glace en pied, comme si elle ne l'avait pas entendue. Elle dit pourtant en se retournant :

— Wilson n'a jamais manifesté le moindre intérêt pour les Ruff. S'il avait voulu les récupérer, il l'aurait fait pour sa maîtresse française. Mais maintenant qu'elle l'a plaqué, il n'en a plus besoin, pas vrai ?

Elle sourit d'un air entendu.

— A moins qu'il ait une autre personne en tête.

Adela lui lança un regard sévère.

— Combien de fois dois-je te le dire ? Wilson ne s'intéresse pas à moi. Et surveille ton langage. Mama aurait une attaque si elle savait que tu utilises des mots comme « maîtresse ». Et si elle apprenait que tu as recommencé à écrire des lettres compromettantes. Elle pense que tu t'es assagie.

Hypocrite ! Hypocrite ! Hypocrite ! Si Mama découvrait ce que moi *j'ai fait, à coup sûr elle en mourrait !*

Sybil éclata de rire, un son joyeux qui fit sourire Adela en dépit de ses soucis.

— Eh bien, si tu n'as pas prévu d'impressionner Wilson ce soir, tu n'as pas besoin des diamants… Je peux donc les porter pour éblouir Algernon et faire de lui mon esclave pour la vie.

— Sybil !

Sa jolie sœur se jeta dans ses bras et l'étreignit.

— Je suis seulement pragmatique, Della. Tu sais que je pense à nous quatre.

Adela serra les lèvres, résignée. Comme toujours, Sybil croyait que son teint de neige et son petit nez charmant étaient une baguette magique et qu'à l'inverse les défauts de son aînée la rendaient sans pouvoir.

— Ce n'est pas une raison pour que tu portes seule le fardeau, ma chérie. Mes dessins se vendent bien à mon club de couture, cela nous assure de petits revenus.

Sybil lui lança un regard étrangement sagace.

— Tu ne nous as jamais montré tes œuvres… Juste les dessins que tu fais pour t'amuser. Je me demande ce que ça cache.

Adela la repoussa en souriant. Sybil était peut-être plus fine qu'on ne le pensait.

— Ce que je vends ressemble à ces études de M. Kipper que je t'ai montrées la semaine dernière. Rien de bien palpitant, comme tu le vois…

M. Kipper était leur chat, câliné avec tendresse par toute la maisonnée.

— Ça n'a rien d'exaltant, mais les membres du club adorent leurs animaux de compagnie et j'aime leur faire plaisir. Il m'arrive aussi de dessiner la nature.

Des animaux de compagnie et la nature… Ce n'était pas totalement faux. Certaines ladies avaient leurs chouchous parmi les jeunes gens qui leur tenaient compagnie. Et la tenue vestimentaire de ces derniers était tout ce qu'il y avait de plus… naturel !

En plus de ses dessins pour les membres du club, elle avait une liste de clientes très intéressées par l'art érotique sous toutes ses formes. La plupart lui avait été adressées par sa chère amie Sofia. Des nus de plusieurs très beaux pensionnaires de son établissement privé avaient trouvé acquéreurs bien au-delà du club de couture, et bon nombre de ladies de la haute société possédaient des œuvres d'Isis, discrètement cachées au milieu de leur lingerie ou au fond du tiroir secret d'un secrétaire. Cette année, les dessins d'Adela avaient également illustré les pages du magazine de charme *Divertissements*. Certaines femmes n'hésitaient pas à y puiser l'inspiration pour mettre un peu de piment dans leur vie conjugale.

Chaque vente était une bénédiction.

Ses dessins de chatons ou de chiots n'auraient pas suffi à payer les rubans de satin de la robe de Sybil. Grâce à son travail, Adela avait réussi à améliorer la maigre rente que leur versait leur grand-père.

— Adela, pour l'amour du ciel, tu n'es toujours pas prête ! cria Mme Ruffington qui venait de faire irruption à la porte de la chambre.

Sa nouvelle robe n'avait de deuil que le nom. Elle était noire mais rehaussée de nœuds, de dentelle, et dévoilait sa poitrine aussi généreusement que la robe de Sybil. Elle entra en agitant les bras comme un moulin à vent, traînant dans son sillage une jeune Marguerite silencieuse et une Lazzis visiblement épuisée.

— Tu n'es pas habillée et la réception commence dans dix minutes !

— Je n'en ai que pour un instant, Mama.

En réalité, son cas était quasiment désespéré, mais Lazzis intervint avec son efficacité habituelle et l'aida à enfiler et agrafer sa robe en un temps record.

Tout en l'observant, Mama ne cessait de marmonner et de froncer les sourcils.

— Tu devrais te mettre un peu plus en valeur, Adela.

Elle pinça les lèvres en observant le décolleté carré et sage de sa robe noire.

— Tu es si mince. Ce n'est pas appétissant. Les hommes aiment que les femmes aient des courbes généreuses.

Elle s'approcha et tira sur son décolleté pour le faire descendre un peu.

— J'aurais dû insister pour t'acheter une robe neuve,

chérie. Je suis sûre que Mme Gwendolynne aurait accepté de nous faire encore crédit… Le noir est si triste, surtout sur une jeune femme !

Adela s'obligea à sourire.

— Je trouve que cette robe me va très bien, Mama. Tu me l'as toujours dit, d'ailleurs.

Subrepticement, elle remonta son décolleté.

— Et Lazzis fait de telles merveilles avec mes cheveux… Je pourrais peut-être porter mes jolies perles ?

Lazzis était déjà en action. Elle s'était mise au travail à la seconde où Adela s'était assise, façonnant de magnifiques boucles avec sa lourde chevelure.

Mama fit signe à Marguerite d'approcher.

— Tu as sans doute raison à propos de cette robe, Adela. Elle te va à merveille et elle est la tenue idéale pour mettre en valeur ce que tu sais.

Marguerite ouvrit le coffret en velours qu'elle tenait dans ses mains. Comme chaque fois, Adela ne put s'empêcher de retenir son souffle. Les Ruff étaient réellement magnifiques et même si elle n'accordait guère d'importance aux choses matérielles, elle était toujours émerveillée par leur beauté et leurs reflets d'arc-en-ciel.

Comme hypnotisée, elle les toucha du bout des doigts tout en sachant que ce ne serait pas elle qui les porterait ce soir.

Certains disaient ce collier sans égal, plus beau encore que celui que portait la reine en personne. Blottis sur leur lit de velours bleu, les joyaux scintillaient comme d'énormes pendeloques en cristal reflétant tout le spectre de la lumière. A côté d'eux, une paire de pendants d'oreilles assortis, tout aussi féerique.

J'aimerais tant les porter ! Mais ils paraîtraient déplacés sur un vilain petit canard comme moi.

— Si tu les portes et que tu mets un nuage de poudre ici et là, on ne remarquera peut-être pas tes petites imperfections, ma chérie.

L'éclat sublime des joyaux s'éteignit d'un coup. Adela avait beau se répéter qu'elle se moquait de son physique, il y avait des jours où ce n'était pas vrai. Parfois, elle regrettait amèrement de ne pas être jolie. Parfois, elle priait pour pouvoir revenir en arrière, vivre de nouveau cette journée… et ne pas fuir Wilson comme une idiote. Si elle ne s'était pas disputée avec lui, si elle ne s'était pas jetée stupidement sur cette branche, elle ne se serait peut-être pas trouvée à un endroit fatidique au mauvais moment et elle n'aurait pas attrapé la varicelle.

Si. Si. Si.

Si elle avait été jolie, ils seraient peut-être mariés aujourd'hui et Mama et ses sœurs auraient leur avenir assuré en dépit des manœuvres du vieux Curmudgeon.

A quoi ressemblerait ma vie, si j'étais mariée à Wilson ? Serions-nous heureux ensemble ?

M'aimerait-il ?

Perdue dans sa rêverie, elle tendit la main vers le collier de diamants et le passa à son cou. Lazzis se précipita pour attacher le fermoir sur sa nuque. On aurait dit que leur dévouée femme de chambre voulait que ce soit *elle* qui le porte, plutôt que sa sœur.

En voyant son reflet dans la glace en pied, Adela retint un cri. Elle avait déjà porté les Ruff, mais jamais avec une robe de soirée. L'effet était… magique ! Les joyaux la rendaient presque belle. Ils lui donnaient une aura de féminité incroyable. Ses cicatrices se remarquaient à peine. Mieux : elles lui donnaient de l'allure au lieu de lui nuire.

Isolée dans cette bulle enchantée, il lui sembla voir Wilson la fixer. Son regard étincelait comme les joyaux qu'elle portait autour du cou, mais elle savait que c'était elle qu'il désirait et non les diamants. Il se tenait derrière elle, les mains sur ses épaules nues. Puis dans un autre flash, elle se vit nue à la même place. Wilson l'enlaçait, son sexe bandé pressé contre la courbe de sa hanche…

Assez, Della ! Tu es en train de perdre complètement la tête !

Son cousin pouvait condescendre à badiner avec elle faute de mieux parce qu'il était seul en ce moment, mais cela n'allait pas plus loin. Il ne voulait rien avoir à faire avec elle, ni maintenant ni jamais.

— Adela ? Ça ne va pas ?

Marguerite, sensible et intuitive, la dévisageait d'un air inquiet.

— Tu es toute pâle. On dirait que tu vas t'évanouir.

Adela se ressaisit. Sa mère semblait pétrifiée, comme si l'espoir de la caser un jour venait de renaître. Marguerite paraissait soucieuse. Sybil aussi — mais pas pour la même raison. Portant les mains à sa nuque, Adela ouvrit le fermoir du collier.

— Tout va bien, Maggie, merci. Mais ces pierres sont trop voyantes sur moi. Elles jurent avec la teinte de mes cheveux. Elles seront beaucoup plus en valeur si c'est Sybil qui les porte. Qu'en penses-tu, Mama ?

Mama semblait perplexe. Elle les aimait toutes les trois et s'efforçait de ne pas faire de préférence… mais Sybil était son étoile la plus brillante.

L'étoile brillante affichait un sourire radieux à présent et traversa la pièce d'un pas joyeux pour venir l'embrasser.

— Merci, chuchota-t-elle.

Adela sut qu'en dépit de sa légèreté, Sybil avait conscience du sacrifice.

— Non, merci à toi, Syb, répondit-elle tout bas, passant les diamants autour du cou neigeux de sa sœur.

Ce sera plus facile pour moi de ne pas les porter. Ainsi je pourrai dîner tranquille sans attirer les regards sur moi et Sybil pourra ensorceler son vicomte.

Oui, elle avait fait le bon choix, décida-t-elle en suivant sa mère et ses sœurs dans le grand escalier qui conduisait dans le salon de réception, son collier de perles de jais autour du cou.

Et cependant, pourquoi avait-elle envie qu'une personne ne voie qu'elle, ce soir ?

Pourquoi souhaitait-elle tellement éblouir Wilson, avec ou sans diamants ?

Chapitre 10

Regards croisés

Ce dîner était interminable ! Beaucoup trop de plats, tous horriblement gras et lourds. Wilson avait mangé du bout des lèvres, regrettant de ne pas être dans son atelier, attablé devant un simple morceau de pain et de fromage en buvant un verre de bière.

Sa seule consolation, c'était qu'il n'était visiblement pas le seul à manquer d'appétit ce soir : Adela renvoyait elle aussi ses assiettes quasiment intactes.

« Des hommes spécialistes du plaisir… »

Il serra les mâchoires. La mousse à la framboise avait un goût de cendres et il reposa sa cuillère, abandonnant tout espoir de feindre de l'appétit par politesse pour leur hôtesse.

Della lui avait-elle dit la vérité ? Avait-elle réellement des relations sexuelles tarifées avec des hommes ? Assise en face de lui, légèrement plus à droite, elle discutait paisiblement avec son voisin de gauche, Sir Horace Blatchford, s'il ne se trompait pas. L'homme semblait boire ses paroles.

Où es-tu allée chercher l'idée saugrenue que tu n'es pas séduisante, cousine ? Ton interlocuteur est visiblement sous le charme. Tout ça parce que ton idiote de mère te raconte que tu n'es pas parfaite et que tu n'as pas assez de poitrine… Je suis sûr que tes « jeunes hommes » te trouvent adorable.

Il résista à l'envie d'écraser sa cuillère sur la table et de la tordre en deux.

— Que pensez-vous de Rayworth Court, monsieur Ruffington ? Les jardins sont superbes à cette époque de l'année, ne trouvez-vous pas ?

Arraché à ses noires pensées, il se tourna vers la matrone assise à sa droite et lui décocha un sourire radieux. Il avait mis au point depuis des années une méthode infaillible pour converser de manière naturelle, sans mobiliser les fonctions les plus performantes de son cerveau. Il put ainsi tenir une conversation aimable sans déployer trop d'effort et fit même quelques plaisanteries, à la fois pour sa grosse voisine de droite et pour la petite maigrichonne aux dents de lapin assise à sa gauche. Il aurait pu s'amuser de les duper ainsi, faisant mine d'être intéressé par leurs propos. Mais ce n'était pas le cas.

Il ne pensait qu'à une seule personne.

Ce n'était pourtant pas faute d'essayer de se concentrer sur autre chose ! Sa cuillère à dessert, par exemple. La forme en était lourde, le poids mal équilibré. Il aimerait assez dessiner un modèle plus élégant et plus fonctionnel. Et pourquoi pas une ménagère entière ? Quand il ne travaillait pas sur l'un de ses projets officiels, il entretenait le moteur de son cerveau en réfléchissant à des solutions pour améliorer toutes les petites choses du quotidien.

Ce soir, c'étaient les cuillères, l'alimentation trop grasse et l'art d'entretenir une conversation superficielle avec des invités inintéressants. Tout pour s'empêcher de rester bouche bée devant Adela et de l'imaginer au lit avec un autre homme, gémissant sous ses caresses, se tortillant d'extase.

Pourquoi ne t'adresses-tu pas à ce Blatchford pour satisfaire tes besoins sexuels ? Il ne dirait sûrement pas non et ça ne te coûterait pas un penny !

Adela semblait avoir développé le même talent de société que lui, excellant à ne pas montrer à son compagnon de table qu'il l'ennuyait à mourir. Sir Horace était aux anges et semblait persuadé d'avoir fait une conquête, mais certains petits détails ne trompaient pas.

La façon dont elle jouait, elle aussi, avec sa cuillère à dessert... La légère tension dans la courbe délicate de sa joue... La veine qui battait à la base de sa gorge, près de son collier de perles sinistres... Sa peau brillait comme du satin à cet endroit et il mourait d'envie d'y presser les lèvres, même de la mordiller, juste pour lui prouver qu'elle n'avait pas besoin de l'étreinte d'un gigolo pour avoir du plaisir.

Elle lui lança un regard noir. Avait-elle entendu ses pensées ? Il leva son verre dans un toast silencieux. Après une hésitation, elle leva le sien imperceptiblement en guise de réponse.

Puis elle détourna la tête et continua à feindre un intérêt poli pour son voisin de table. Wilson contempla un instant sa mousse à la framboise intacte, puis revint à sa cousine.

Ces perles sinistres l'irritaient. C'était à elle de porter les Ruff et non pas à Sybil qui ne savait que minauder ! Elle était trop insipide pour de tels joyaux. Trop pâle, trop lisse. Adela était d'une autre trempe. Altière, secrète, indomptable. Aussi complexe et mystérieuse que les formes les plus résistantes de carbone cachées sous la surface de la terre.

Il la fixa avec colère. Pourquoi avait-elle autorisé sa cadette à porter ce collier ? Etant l'aînée, c'était à elle que revenait ce privilège. Jamais Coraline ne se serait laissé voler ainsi la vedette. Elle aurait exigé que les diamants lui reviennent. Et en aucun cas elle n'aurait accepté un lot de consolation aussi misérable que ces perles de jais !

Mais Adela n'était pas Coraline. Elles n'avaient rien en commun et le seul fait qu'il puisse les comparer le mit plus en colère encore. Contre lui-même. Et contre elle.

Pourquoi les femmes me rendent-elles stupide ?

Il avait passé tout un mois à fulminer contre la trahison de Coraline. Et il avait suffi de quelques instants de plaisir avec son intraitable cousine pour qu'il perde la tête et oublie complètement la femme dont il se croyait amoureux fou.

C'est absurde. A cause de toi, j'ai l'impression d'être superficiel et inconstant, Della.

Mais peut-être était-il superficiel et inconstant de nature ? Tout ce qu'il ressentait maintenant c'était de la jalousie. Il était jaloux de ce plaisir qu'elle achetait. Jaloux qu'elle puisse écarter les cuisses pour un autre homme. Jaloux qu'elle ait des orgasmes sans qu'il y soit pour quelque chose.

C'était insupportable, mais il n'allait pas rester assis à ruminer. Il passait sa vie à résoudre les équations les plus complexes. Il trouverait une solution au « problème Della ». Même si ça devait le tuer !

Pourquoi me regarde-t-il de cet air furieux ?

Adela se leva pour suivre les dames dans le salon, tandis que les hommes restaient dans la salle à manger pour fumer leur cigare en buvant du brandy. Elle avait mal à la tête et c'était en grande partie à cause de Wilson. Mais pas uniquement.

Trop de sujets la tenaient en souci. Sybil, qui avait encore eu l'imprudence d'écrire des lettres ; les attentions sirupeuses dont Blair Devine entourait sa mère ; sans oublier ce moment de pure folie dans la bibliothèque avec Wilson. Ecouter poliment des conversations insipides pendant cet interminable dîner lui avait mis les nerfs à vif, et les regards furibonds que Wilson lui avait lancés tout au long du repas n'avaient rien arrangé.

Il ne l'avait quasiment pas quittée des yeux. Elle aurait pu jurer qu'il la surveillait, même quand il discutait avec ses voisines de table ! Pour une raison qu'elle ne parvenait pas à s'expliquer, son collier lui déplaisait. A une ou deux reprises, elle l'avait vu le fixer puis froncer les sourcils, comme si sa vue le mettait en colère. Elle aurait pu comprendre si elle avait porté les Ruff, mais en quoi ses perles de jais pouvaient-elles l'offenser ?

Le passage dans le salon lui offrit un répit, même si elle trouvait cette pratique archaïque et sexiste. Elle était prête à parier que les hommes disaient tout autant de bêtises devant leur brandy que les femmes devant leur café. Mais bien sûr, elle n'avait aucun moyen de le vérifier.

La pièce où on les fit entrer était magnifique… Des miroirs superbes aux murs, du parquet ciré, des canapés confortables et des fauteuils profonds, disposés intelligemment, de façon à favoriser des conversations en petits comités… La plupart des invitées avaient convergé vers l'élégant piano à queue qui trônait près de la porte-fenêtre, mais Adela opta pour une chaise en retrait, à côté d'un grand palmier en pot. Elle s'en félicita quelques instants plus tard quand on lui servit son café et qu'une jeune invitée décida de les régaler d'un récital.

Courage ou inconscience ? Minnie Blankenship n'était pas musicienne et encore moins chanteuse. Adela serra les dents tandis qu'une énième fausse note vibrait dans l'air, sans pitié pour sa migraine. Et la gorgée de café délavé qu'elle avala ne lui apporta aucun réconfort ! Elle se massa la tempe de ses doigts gantés, une technique qui portait rarement ses fruits mais qui lui donnait au moins l'illusion de tenter quelque chose.

— Tu es souffrante ?

Elle sursauta et sa tasse de café tressauta sur la soucoupe. Wilson la rattrapa juste à temps et posa le tout sur la petite table, à côté d'elle.

— Tu as la migraine ?

Il avait l'air contrarié, mais elle n'aurait su dire si c'était dû à l'inquiétude ou à l'agacement.

— Pas du tout. Je vais très bien.

Joignant les mains, elle afficha un petit sourire aimable. Mieux valait paraître affable et polie. L'apparition de Wilson dans ce sanctuaire réservé aux dames et aux jeunes filles suscitait déjà un certain émoi autour d'eux.

Il se laissa tomber sur une chaise, près d'elle.

— Tu en es sûre ?

Il baissa la voix comme s'il venait de se rendre compte qu'il était en terrain miné. Célibataire, futur héritier d'une grosse fortune, il était un gibier de choix. Les mères qui avaient une fille à marier étaient déjà en train d'affûter leurs sourires carnassiers — Mama en tête de la meute.

— Oui. Ce n'est rien…

Minnie poussa une note aiguë particulièrement discordante. Adela frémit et Wilson ferma douloureusement les yeux.

— On l'a forcée ou elle s'est proposée toute seule ?

— Toute seule.

— Au moins, elle y met de l'enthousiasme !

— En effet. On doit l'admirer d'avoir au moins ce talent.

Elle reprit sa tasse pour se donner une contenance. Wilson continuait à l'observer et son regard n'était pas particulièrement amical.

— Son talent ne t'arrive pas à la cheville, dit-il d'un ton provocant, tout en étendant ses longues jambes devant lui.

Que voulait-il dire ? Quel talent ? Convaincue qu'il ne faisait pas référence à ses œuvres artistiques, elle reposa sa tasse et l'observa du coin de l'œil. Il avait renoncé à ses excentricités vestimentaires habituelles — enfin, à sa manière. Pas de robe de chambre chamarrée mais pas d'habit de soirée classique pour autant. Sa seule concession à la convention était une redingote d'une coupe relativement classique, sa teinte bleu nuit relevée par un de ces gilets flamboyants dont il avait le secret. Celui-ci était entièrement brodé de motifs byzantins dans différentes teintes de bleu qui auraient pu décorer les murs d'un palais mauresque. Le tout rehaussé de fils d'or et d'argent. Adela avait vu de vieux gentlemen afficher une moue réprobatrice devant cette extravagance, mais pour sa part elle trouvait ce vêtement splendide. Et Wilson le portait à la perfection.

Petit pied de nez supplémentaire aux conventions, il portait une chemise à col souple et un foulard noué négligemment faisait office de cravate. Comme d'habitude, ses cheveux n'avaient pas croisé un peigne. Ou alors de très loin.

Conscient de son attention, il fit bouffer son foulard, puis toucha les broderies de son gilet du bout des doigts.

— Tu aimes ?

C'était un effet de son imagination ou sa main s'attardait intentionnellement vers son entrejambe ?

Elle leva les yeux et lut dans les siens un mélange de froideur et d'excitation. Ses joues s'enflammèrent. Cette main l'avait caressée, quelques heures plus tôt. Elle s'était abattue sur sa croupe, lui tirant des gémissements de plaisir.

— Ma foi oui, répondit-elle d'un ton léger. Cette redingote est un indéniable progrès par rapport à ta robe de chambre… même si tu aurais pu te coiffer pour l'occasion.

Elle marqua une courte pause. L'intensité de son regard l'intimidait.

— Y a-t-il quelque chose chez moi qui te déplaît ? reprit-elle. Tu n'as pas cessé de me foudroyer du regard pendant le dîner.

Il serra les lèvres et, pendant un moment, parut presque consterné. Puis son visage se durcit de nouveau.

— Tu es splendide, comme toujours, Della.

Elle sentit son cœur faire une embardée. Ce n'était pas son genre de faire des compliments de convenance. Il était toujours d'une franchise impitoyable. Il lui avait confié un jour combien il détestait ces jacasseries hypocrites de salon. Il pensait toujours ce qu'il disait et même si elle se revendiquait indépendante et moderne, ces mots étaient agréables à entendre.

— C'est à cause de ces perles, poursuivit-il en les touchant.

Pendant un instant, elle crut qu'il allait les arracher de son cou et les éparpiller sur les tapis. Mais il se contenta de les effleurer d'un geste méprisant.

— Tu devrais porter les Ruff, Della, pas ce collier sinistre. Toi seule peux rivaliser avec leur beauté et leur éclat. Et tu es l'aînée, c'est à *toi* qu'ils reviennent, pas à Sybil !

Voilà donc la raison pour laquelle il lui avait lancé des regards furibonds toute la soirée ? Non, inutile de se voiler la face. Il était furieux parce qu'elle payait des hommes pour lui faire l'amour.

— Les diamants appartiennent à Mama, c'est à elle de décider qui les porte. Je n'ai aucun droit particulier sur eux.

Combien de temps allaient-ils tourner autour du pot avant d'aborder de front la vraie raison de sa colère ?

— En fait, je pensais que tu allais en réclamer la propriété. Je m'attends à ce que grand-père lance d'un jour à l'autre une procédure contre nous pour les récupérer.

Il éclata d'un rire qui fit se retourner plusieurs ladies.

— Moi ? Mais que veux-tu que j'en fasse ? J'ai tout l'argent dont j'ai besoin ! Les diamants ne m'intéressent pas, pas plus que le titre, d'ailleurs, ajouta-t-il d'un ton dédaigneux.

Adela se raidit malgré elle. Elle avait vu un porc-épic relever ses piquants dans un réflexe défensif quand elle avait visité les Jardins zoologiques de Regent Park. Elle se sentait exactement dans le même état d'esprit.

— Parce que moi, bien sûr, je ne rêve que de ça ? C'est ce que tu penses ? A tes yeux, nous ne sommes que des parasites, uniquement capables de pleurnicher parce que l'héritage dont nous nous croyons propriétaires va nous filer sous le nez !

— Je n'ai jamais dit ça !

Mais il avait l'air mal à l'aise et elle en ressentit un petit sentiment de triomphe.

— D'accord, j'ai peut-être dit quelque chose de ce genre, mais je ne le pensais pas. J'étais en colère, déstabilisé…

Oubliant où il était, il ferma les yeux et prit une longue inspiration. Elle le dévisagea, fascinée. Il essayait de se contrôler, comme elle le faisait souvent elle-même. C'était excitant de l'observer. Elle avait envie de le défier, de mettre sa résistance à l'épreuve.

— Je suis désolé, dit-il tout bas. Ce que j'ai dit sur vous était stupide et méchant. Je le retire.

Il ébaucha un geste pour lui prendre la main, puis se ravisa. Son visage se ferma de nouveau. Avait-il perdu la bataille ?

Elle ne savait pas si elle devait le pousser à avouer la vraie raison de sa mauvaise humeur, ou tenter une trêve. Ce ne serait correct ni pour Mama ni pour leurs hôtes de se livrer à une scène désagréable devant eux. Mieux valait donc opter pour la conciliation.

Elle cherchait des paroles apaisantes quand la double porte du salon s'ouvrit. Ces messieurs firent bruyamment leur entrée, leur bonne humeur exaltée par le brandy. Une affreuse odeur de tabac entra avec eux et Adela se félicita que Wilson ne fume pas — du moins à sa connaissance.

Le père de Minnie prit très vite la mesure du désastre et éloigna prestement sa fille du piano. Une autre jeune fille s'installa à sa place. Elle attaqua avec beaucoup de maîtrise une pièce de Schubert.

— Ah, voilà qui est mieux, observa Wilson.

— Elle est douée. J'aimerais savoir jouer comme elle.

Elle avait pris des leçons de piano comme la plupart des jeunes filles de bonne famille. Mais elle n'avait aucune disposition pour cet art et avait rapidement abandonné les cours pour se consacrer à sa vraie passion, le dessin.

— Ton talent va bien au-delà de ça.

Elle ouvrit la bouche pour protester, mais il leva la main.

— Ne le nie pas.

Il sourit et elle fut incapable de dire si c'était sincère ou s'il cherchait à la défier.

— J'aimerais beaucoup voir ce qui se cache dans ton

portfolio, Della. Tu as réussi à détourner mon attention cet après-midi d'une façon très agréable…

Ses longs cils noirs eurent un frémissement.

— Mais je suis déterminé à découvrir tes secrets… *Tous* tes secrets…

Sois maudit ! Pendant une seconde tu te comportes comme un être humain et la seconde qui suit, tu recommences tes petits tours sournois. Mais je ne te dois rien, ni explication ni justification !

— Ce qui s'est passé cet après-midi était une aberration. J'ai dû gérer de nombreux problèmes dernièrement et j'ai eu un moment de folie. Je n'étais plus moi-même.

Elle s'exprimait tout bas. Il y avait des invités autour d'eux et au moins deux ou trois mères de famille qui voyaient en Wilson le gendre idéal.

— S'il y a une once de chevalerie en toi, cousin, tu oublieras cet épisode désolant.

Il fixait sur elle un regard métallique, tranchant comme une lame. Allait-il mordre à l'hameçon ? Allait-il lui laisser le dernier mot ?

Il haussa les épaules. L'artiste en elle nota combien elles étaient larges sous le tissu sombre de sa redingote. Il s'était étoffé en sept ans. Il avait pris des muscles, il était devenu un homme à part entière, laissant derrière lui les derniers vestiges de son adolescence.

On servait du café à ces messieurs maintenant et Wilson en prit une tasse, acceptant un nuage de crème mais pas de sucre. Il goûta le breuvage, fit la grimace et reposa sa tasse sur la petite table. Adela jeta un regard autour d'elle. Sa migraine était revenue, plus insistante que jamais, comme si un petit démon s'amusait à taper sur ses tempes avec un gong, excité par l'odeur du tabac, la lumière vive des lampes à gaz et le bruit des conversations monté de plusieurs crans depuis l'entrée des hommes.

— Ce sont les portraits de tes « spécialistes du plaisir » que tu caches dans ton portfolio, j'imagine ? Entièrement nus, et en pleine possession de leurs moyens… comme tu m'as dessiné autrefois ?

Le démon frappeur venait de prendre le visage de Wilson et sa question lui fit l'effet d'un poignard qui se serait planté jusqu'à la garde dans sa jugulaire.

Chapitre 11

Les molécules mêmes de la nuit

— Je n'ai pas à te répondre.

Le regard d'Adela était froid, distant.

— C'est déjà bien assez que tu saches que je dessine des sujets érotiques. L'identité de mes modèles ne te regarde pas.

Au contraire, Della… Tout ce qui te concerne me regarde.

Il faillit se mettre à rire. Il se comportait de manière puérile mais c'était plus fort que lui. Il ne parvenait pas à mettre ses émotions de côté. Elles le prenaient à la gorge chaque fois qu'il posait les yeux sur elle et l'homme pragmatique qu'il était, habitué à raisonner en termes de logique, était déboussolé par cette nouveauté.

Le seul fait de l'imaginer avec un homme — avec *des* hommes — lui faisait bouillir le sang ! Il avait un caractère affable et détestait le recours à la violence dans les affaires privées comme à l'échelle d'une nation, mais en cet instant, il ne pensait qu'à une chose : mettre la main sur ces « spécialistes du plaisir » et leur infliger une correction dont ils se souviendraient longtemps. Il serrait les poings, prêt à boxer, à se battre.

— J'aimerais savoir qui ils sont. Et ce que tu leur trouves de si séduisant.

Elle poussa un soupir excédé.

— On pourrait changer de sujet ? Je… je t'ai menti. J'ai raconté n'importe quoi pour faire diversion. Sinon, tu ne m'aurais pas laissée tranquille.

Ses pommettes s'étaient empourprées. Elle avait rougi de la même façon dans le feu de la passion, dans l'après-midi. Il imagina son visage rosissant sur la blancheur d'un oreiller, son corps alangui au milieu de draps froissés, épuisée et comblée. L'image était irrésistible et suffit à le faire bander.

Ses lèvres étaient serrées de colère, mais il les imagina gonflées par ses baisers. Les siens, pas ceux d'un gigolo anonyme. La colère bouillonna de nouveau en lui. Qui l'avait embrassée ? Qui avait osé la toucher ? Lui faire l'amour ? Il voulait connaître son nom pour le détruire !

— Je ne te crois pas, Della, gronda-t-il. Il y a forcément un fond de vérité, sinon pourquoi inventer une histoire pareille ?

Son visage se tendit et il sut qu'il avait vu juste. Elle n'avait pas menti. L'aveu lui avait échappé malgré elle, et maintenant elle essayait de se rétracter mais il était trop tard. La rage battait à ses tempes. Il voulait lui faire l'amour jusqu'à ce qu'elle crie grâce. La rendre folle de plaisir, l'étourdir de bonheur pour qu'elle n'ait plus jamais envie d'aller voir un autre homme que lui !

— Je n'ai aucune envie d'en discuter, Wilson. Je te l'ai dit, ce ne sont pas tes affaires et tu n'as aucun droit sur moi.

Elle se détourna pour reprendre sa tasse même si de sa place il voyait très bien qu'elle était vide.

— S'il te plaît, va-t'en. Tu m'embarrasses. On nous observe.

— Je m'en moque !

Il lança un regard féroce aux visages intrigués qui s'étaient tournés vers eux, puis se força à sourire en voyant Amelia Ruffington tordre anxieusement son mouchoir de dentelle. Il lui adressa un petit signe amical de la main et elle sourit avec soulagement.

Allons bon, qu'avait-il fait ? Donné à la mère d'Adela de

nouvelles raisons d'espérer ? Bah, tant pis… C'était bien le cadet de ses soucis pour le moment.

— Della, qui sont ces hommes ? J'ai besoin de savoir… Je m'inquiète pour toi.

Ce n'était pas complètement un mensonge. A quels petits arrangements sordides avait-elle pu céder ? Elle était une femme sensée malgré son tempérament téméraire, mais le désir et la frustration pouvaient pousser même les esprits les plus raisonnables à commettre des folies.

— Je ne veux pas en discuter !

Sa résistance attisa encore son désir. Elle était magnifique. Une reine guerrière. Il mourait d'envie de la jeter sur le tapis d'Aubusson, de relever ses jupes et de la prendre, là, devant tout le monde.

— Tu es lâche, Della. Tu as peur de te montrer honnête avec moi.

Quelle absurdité ! Elle était tout le contraire d'une lâche, mais il voulait la pousser dans ses retranchements.

— Tu t'es déjà enfuie plutôt que d'affronter la vérité et maintenant tu recommences.

— J'ai mal à la tête. Je sors respirer un peu dans les jardins.

Attrapant son réticule, elle se leva et se détourna de lui dans un ample mouvement de taffetas noir.

— Si tu veux me suivre, ça te regarde, lança-t-elle par-dessus son épaule.

Oh ? Elle le défiait ? Il se leva et la suivit, les yeux rivés à sa taille étroite et à la ligne altière de son dos.

— Mama, j'ai un peu mal à la tête… Je crois que marcher un moment dehors me fera du bien, dit-elle en s'approchant du petit groupe où sa mère tenait sa cour.

Il s'attendait à ce qu'elle ne fasse aucun cas de lui, mais elle le surprit en ajoutant :

— Cousin Wilson a offert de m'accompagner pour s'assurer qu'il ne m'arrive rien.

Il retint un éclat de rire. Qu'aurait pensé Amelia Ruffington si elle avait pu lire dans ses pensées ? Mais elle n'avait manifestement pas ce don et la nouvelle la plongea dans un état proche de l'extase. Voilà que sa fille incasable était courtisée par l'un des célibataires les plus recherchés de Londres !

— Quelle bonne idée, chérie ! Je suis sûre que l'air frais sera souverain contre ton mal de tête.

Elle tapota la main de sa fille et s'épanouit en se tournant vers lui.

— C'est si gentil à toi, Wilson. Je sais qu'avec toi elle ne risque rien.

Otant son châle noir, elle le tendit à sa fille.

— Couvre-toi, chérie…

— Merci Mama.

Adela attrapa sèchement le châle et s'éloigna aussitôt. Wilson s'attarda juste le temps de saluer la mère — notant au passage l'expression contrariée de Blair Devine. Etrange… Qu'est-ce que cela signifiait ?

Il rangea cette pensée dans un tiroir de son cerveau pour l'analyser plus tard. Pour l'instant, Adela était son seul sujet d'intérêt et elle était en train de filer à toute vitesse à travers les jardins, dans l'espoir manifeste de le semer.

Tu peux courir autant que tu veux, Della, je t'attraperai quand même. Tu es à moi, tu ne peux pas m'échapper.

A lui ? Cette pensée l'arrêta presque dans sa poursuite. Mais pas tout à fait. Adela prenait le large. Il accéléra le pas.

C'était sans espoir. Elle ne se débarrasserait jamais de lui ! Il avait de longues jambes, l'allure rapide d'un pur-sang et elle était ralentie par ces maudits jupons qui ne cessaient de s'entortiller autour de ses chevilles.

Une fois loin de la maison et des lumières, elle tourna rapidement dans une allée et se jeta sur un banc, à bout de souffle.

Mais c'était plus la tension et la colère — sans oublier son corset de malheur — que l'épuisement qui lui coupaient la respiration.

Wilson la rejoignit avant même qu'elle ait eu le temps de se composer un visage et s'assit à côté d'elle, étendant ses longues jambes devant lui. Ses yeux étincelaient dans l'ombre, mystérieux et menaçants.

— Je t'écoute, pose tes questions ! lança-t-elle rageusement. C'est pour ça que tu m'as suivie, non ?

Il garda le silence. Elle aurait dû s'en douter. Il prenait un malin plaisir à ne jamais faire ce qu'on attendait de lui.

— Très bien, si tu n'as rien à me dire…

Elle se leva, mais il lui saisit le bras et le serra dans une étreinte de fer.

— Lâche-moi !

— Non. Assieds-toi, Della… Je veux que tu me parles de ces hommes que tu rencontres.

Elle essaya de se dégager, mais elle avait l'impression d'être tenue dans un étau.

— Tu me fais mal !

C'était un mensonge, mais il la lâcha instantanément.

Si je cours me réfugier dans ma chambre, il me suivra. Si je ferme la porte à clé, il l'enfoncera ou il restera assis devant jusqu'à ce que je lui ouvre.

Elle se rassit avec un soupir exaspéré.

— Si je te dis que j'ai menti, tu me croiras ?

— Non. L'aveu t'a échappé dans le feu de la colère. Je sais que tu ne mentais pas, même si tu voudrais me faire croire le contraire maintenant.

Une onde de chaleur l'envahit, pas uniquement parce qu'il l'avait mise au pied du mur, mais parce que l'idée de cette confession l'excitait. Dire qu'elle lui reprochait d'avoir l'esprit de contradiction ! Mais sa vie était aussi lisse et limpide qu'un lac comparée aux peurs et aux fantasmes qui peuplaient la sienne.

— Je n'ai pas peur de ressentir du désir. Ni de chercher à le satisfaire, lança-t-elle alors en préambule.

Il y eut un long silence. L'air nocturne les enveloppait, lourd de pensées et de non-dits.

— Tu ne dis plus rien, Wilson ?

Il regardait l'herbe entre ses pieds comme si la réponse à ses questions y était cachée.

— J'essaie de mettre de l'ordre dans mes idées. De confronter mes réactions épidermiques à ma raison.

Il réfléchit, les mains jointes, les index pressés sur ses lèvres. Elle avait l'impression de voir les rouages de son cerveau tourner, s'associer, se dissocier, puis se verrouiller de nouveau.

— Et peut-on connaître tes conclusions ?

Il tourna vers elle un regard brûlant.

— Pourquoi ? Pourquoi fais-tu appel à des gigolos ? Je comprends tes motivations, mais n'aurait-il pas été plus… moins compliqué d'assouvir tes pulsions dans le cadre du mariage ?

Elle éclata d'un rire incrédule. Lui si progressiste, si libre penseur… Depuis quand était-il devenu un tel fossile ?

— Quelle déception ! Moi qui voyais en toi un fervent défenseur des droits et de l'émancipation des femmes. Tu sais : l'égalité sur le plan économique, politique. Sans oublier la liberté de disposer de son corps comme on l'entend. Tu es comme tous les autres, finalement.

Il eut l'air horrifié, mais elle n'aurait su dire si c'était à cause d'elle ou de lui.

— C'est justement parce que je défends la cause des femmes que je ne supporte pas l'idée que tu fréquentes des inconnus. C'est dangereux, Della. Tu pourrais tomber enceinte, attraper une maladie…

Il lui agrippa le bras.

— Je ne supporte pas l'idée qu'ils te touchent !

La colère brûla le cœur d'Adela comme de l'acide. Comment osait-il se comporter comme si elle lui appartenait, alors qu'il ne s'était pas préoccupé d'elle pendant sept ans ? Et comment osait-il mépriser à ce point son intelligence ? Malgré leurs différends, elle avait toujours pensé qu'il la connaissait un peu mieux que ça.

— Pour quelle espèce d'idiote sans cervelle est-ce que tu me prends ?

Elle essaya de dégager son bras.

— Je sais me protéger. Je ne suis pas une petite sotte naïve qui succombe au premier venu sans réfléchir !

Il éclata d'un rire grinçant et elle se rendit compte de ce qu'elle venait de dire. Sept ans auparavant, c'était exactement ce qu'elle avait fait. Elle s'était donnée à lui stupidement, sans même savoir qu'il y avait des précautions à prendre. Elle pouvait remercier le ciel que cette folie n'ait pas eu de conséquences !

— J'ai mûri, tu sais. Je me suis peut-être comportée comme une idiote avec toi, mais ça ne s'est jamais reproduit.

Il desserra légèrement son étreinte quand elle secoua le bras, sans la lâcher pour autant.

— Là où je vais, rien n'est laissé au hasard. Les jeunes gens sont régulièrement contrôlés par un médecin et… et quoi qu'il se passe, on utilise toujours des préservatifs.

Un odieux juron résonna dans le noir, déchirant les molécules mêmes de la nuit. Wilson, l'homme le plus intelligent et le plus beau qu'elle ait jamais connu, ressemblait subitement à une bête enragée et blessée.

— Tu préférerais qu'ils n'utilisent pas de protection ? Ne sois pas ridicule !

Il la lâcha. Il avait l'air assommé.

— J'ai le droit d'avoir du plaisir. Comme n'importe quelle femme, poursuivit-elle d'une voix sourde.

Elle ne voulait ni s'excuser ni exprimer de faux regrets.

— Je n'ai pas de soupirant, donc aucun moyen d'obtenir ce que je souhaite par des moyens conventionnels. J'ai saisi ma chance…

— Tu aurais pu t'adresser à moi.

Elle le fusilla du regard.

— Tu plaisantes ? Tu courtisais d'autres femmes, tu…

Elle secoua la tête devant son air têtu.

— Wilson, tu n'étais *même pas là* !

— Eh bien, maintenant, je suis là !

Avec la vivacité d'une panthère, il la plaqua contre le dossier du banc, saisit son visage entre ses mains et écrasa sa bouche dans un baiser sauvage.

Elle le frappa de ses poings serrés, alors même que sa résistance vacillait. Elle sentit sa langue chercher la sienne, tentatrice, exigeante, tandis qu'il enfonçait ses doigts dans ses cheveux pour l'empêcher de se dérober.

Tu n'es qu'un animal !

Elle avait les yeux grands ouverts et elle croisa son regard d'acier, étincelant comme du métal en fusion. Il se moquait d'elle ! Il riait de ses efforts ridicules pour lui échapper.

Refusant d'admettre qu'elle savourait son baiser et qu'elle en voulait davantage, elle empoigna ses cheveux ébouriffés à pleines mains, et tira dessus jusqu'à ce qu'il pousse un cri et la lâche.

— Tu ne te bats jamais à la loyale, Della !

— Tout comme toi, espèce d'hypocrite !

Il avait toujours un regard animal. En lui tirant les cheveux, elle n'avait réussi qu'à l'exciter davantage.

— Tu ne recommenceras pas, dit-il quand elle le lâcha. La prochaine fois, je t'attacherai les mains !

Elle aurait dû avoir peur. Mais ce n'était pas ce qu'elle ressentait en cet instant. Seulement de la colère mêlée de désir. Son corps était en feu ; chaque centimètre carré de sa peau réclamait d'être caressé. La pointe durcie de ses seins était douloureuse et le désir lui broyait le ventre, meule inexorable qui ne lui laissait aucun répit.

— Il n'y aura pas de prochaine fois. Maintenant laisse-moi, Wilson. Va-t'en.

Il rit de nouveau, plus légèrement cette fois, et son rire sonna comme une musique dans la nuit.

— Qui est l'hypocrite maintenant ?

Il lui saisit délicatement le menton entre le pouce et l'index. Un geste léger, plein de douceur, mais qui la retint captive plus encore que son étreinte brutale, quelques instants plus tôt.

— Tu ne veux pas que je m'en aille. Tu veux que je reste et que je te fasse l'amour. Ne le nie pas. Tout en toi me le crie. Tu as envie de moi, cousine.

Il l'observa, paupières plissées.

— Tu revendiques le droit de ressentir du désir comme un homme… Alors pourquoi tentes-tu de cacher ce que ton corps réclame ?

Il écrasa de nouveau ses lèvres sur les siennes. Il la tenait à peine. Elle aurait pu se dégager aisément, mais elle ne le fit pas.

Elle céda sans résistance à son baiser féroce, laissant sa bouche dévorer la sienne, sa langue l'explorer, s'enivrant des sensations qui l'envahissaient comme d'un vin capiteux et rare.

Quand il se détacha d'elle, la tête lui tournait. Tout son corps frémissait d'excitation et elle n'aspirait qu'à une seule chose : goûter encore à cette délicieuse ivresse.

— Ils t'embrassent comme ça, les hommes que tu paies ? Tu penses à eux, à leurs caresses, quand je te touche ?

Les questions fusaient, dures, comme dans un tribunal.

Eh bien, étrangement, non… Elle n'avait pas pensé un seul instant à eux. Yuri, Clarence et Lionel, les trois séduisants partenaires qui avaient répondu à tous ses désirs. Ils étaient beaux, expérimentés, rompus à tous les jeux érotiques, mais aucune de leurs caresses ne tenait la comparaison avec la passion brutale, rageuse de Wilson.

— Est-ce qu'ils t'embrassent ?

Elle se rendit compte subitement que ses pensées l'avaient entraînée très loin et prit une courte inspiration.

— Bien sûr, mentit-elle. Ils excellent même dans l'art du baiser !

— Pas autant que moi, reconnais-le. Tu ne peux pas me mentir. Je le sais.

Il avait raison, mais pas question de le reconnaître.

— Je ne peux pas te comparer à eux, Wilson. Qu'est-ce que tu as fait d'exceptionnel ? Quelques caresses, deux ou trois baisers plutôt rustres… Tu ne m'as baisée qu'une seule fois en sept ans. C'est très peu.

Il lui adressa ce sourire lent et calculateur qui la faisait frissonner et caressa son poignet, à la lisière de son gant de satin.

— Mais nous allons y remédier, Della. Et très bientôt, tu peux me croire !

Il accentua la pression de ses doigts, dessinant des petits cercles sur sa peau et elle sentit son clitoris palpiter de désir.

— Peut-être pas ce soir, ni demain, mais bientôt… Et ce jour-là, tu me supplieras de te prendre.

Elle avait *déjà* envie de le supplier.

— Aucune chance !

Elle se maudit en entendant sa voix trembler.

— Pourquoi refuses-tu d'admettre la vérité ?

Il semblait très calme, maintenant. Elle respira plus vite, consciente d'un danger imminent. Elle aurait dû se lever et partir. Il ne l'aurait pas retenue.

Mais elle était incapable de bouger.

— Que dois-je faire pour te prouver que tu me désires ? Même si je ne suis à tes yeux qu'un pâle remplaçant de tes précieux gigolos.

Non, au contraire. Ce sont eux, *les remplaçants.*

— Laisse ton corps s'exprimer. Montre-moi ton désir…

Il releva le bas de sa robe et elle l'agrippa par les cheveux dans un réflexe paniqué.

— Non. Non, non…

Avec une facilité outrageante, il immobilisa ses deux poignets d'une main, dénoua adroitement son foulard de l'autre et s'en servit pour l'attacher.

Elle poussa un cri.

— Wilson ! Qu'est-ce que tu fais ?

Elle tira vainement sur le tissu pour se dégager.

Il sourit, mais la petite flamme qui couvait dans ses yeux n'avait rien d'amical.

— Chut… Ne m'oblige pas à enfoncer mon mouchoir dans ta bouche pour te faire taire.

— Tu ne ferais pas ça !

L'idée était effrayante et en même temps terriblement excitante. Attacher son partenaire, le bâillonner, lui bander les yeux… Ces petits jeux érotiques étaient très prisés dans la maison de plaisir de Sofia et elle y avait goûté une ou deux fois. Mais porter un bandeau de soie et recevoir une petite fessée espiègle de Clarence était sans commune mesure avec cet affrontement dangereux.

Clarence et ses compagnons n'étaient là que pour satisfaire *ses* désirs. Pas Wilson. Wilson, lui, cherchait à satisfaire ses propres envies. Avec une froide détermination qui rendait le jeu un millier de fois plus périlleux.

— Tiens-toi tranquille, alors. A moins que tu n'aies envie que tout le monde t'entende crier de plaisir.

— Tu n'es qu'un prétentieux ! dit-elle sèchement.

Il lui lança un regard hautain.

— Tu crois que ces types que tu paies sont les seuls à connaître quelques petits trucs ?

Serrant ses poignets entravés dans une main, il prit un sein en coupe dans sa paume et en pressa la courbe douce.

— Maudit corset ! Pire qu'un mur d'enceinte. Je ne peux pas atteindre tes tétons. A moins que je l'ouvre en deux avec mon canif. Dois-je le faire ? Découper ta jolie robe et ton stupide corset pour que je puisse sucer tes mamelons jusqu'à ce que tu cries ?

Elle frissonna à ce programme. Son visage brûlait en dépit de la fraîcheur de la nuit et une pellicule de sueur mouillait le sillon entre ses seins. Elle mourait d'envie qu'il mette sa menace à exécution. Elle voulait qu'il découpe ses vêtements et qu'il l'embrasse sur tout le corps. Peut-être aussi qu'il lui donne la fessée jusqu'à ce que son postérieur soit en feu et qu'elle sanglote, non pas de douleur mais du besoin dévorant de sentir son sexe en elle. Elle imaginait la scène aussi clairement que si elle l'avait dessinée. Son corps blanc, entièrement nu à l'exception de ses bas et de ses souliers. Agenouillée sur le banc, offrant sa croupe enflammée et son intimité ruisselante à Wilson. Et lui se préparant à la pénétrer de son sexe bandé, magnifique.

— Oh…

— C'est vraiment ce que tu veux ?

Abandonnant son sein, il plongea la main dans sa poche et en sortit un petit cylindre en argent brillant. Le couteau était enfermé à l'intérieur, le mécanisme verrouillé, mais dans son étui la lame était sans nul doute aussi tranchante qu'un rasoir. Wilson était un perfectionniste. Même enfant, il fallait toujours qu'il ait les meilleurs outils.

— Non ! C'est ma plus jolie robe… et je n'en ai pas beaucoup. *Lâche !*

— Je t'achèterai des dizaines de robes, Della. Je t'en achèterai des milliers ! J'occuperai M. Worth pendant un an, rien qu'avec toi !

Lâchant ses mains, il fit glisser ses doigts le long de l'étui. Une fine chaîne en argent et une breloque y étaient attachées à la façon d'une montre gousset.

— Je ne veux rien de toi. Laisse-moi tranquille !

— Menteuse !

Il se rapprocha et malgré ses efforts pour le repousser de ses mains attachées, il resta inflexible.

— Tu veux quelque chose de moi, Della. Tu veux jouir. Et tu ne peux pas te satisfaire toute seule avec tes mains liées, n'est-ce pas ?

Il insinua lentement l'étui entre ses seins et le laissa glisser au fond de son corset pendant qu'il inclinait son visage et léchait la courbe d'un sein, puis l'autre.

Elle poussa un cri, troublée par ces sensations inconnues. La froideur de l'étui entre ses seins, la langue chaude et humide de Wilson sur sa peau nue. Il parcourut sa gorge frissonnante de baisers, laissant ses dents affleurer mais sans la mordre.

— Tu meurs déjà d'envie de jouir, avoue…, chuchota-t-il.

Il pressa ses lèvres sur son cou, juste sous la clavicule, et suçota la petite zone sensible encore et encore.

Elle renversa la tête en arrière, submergée par le plaisir. Son corps la trahissait complètement. Son entrejambe palpitait douloureusement. Un appel insistant, lancinant. Sans presque en avoir conscience, elle se tortilla sur le banc, essayant de se soulager à travers les épaisseurs de ses jupons.

— Non, non, non… pas avant que je t'autorise à jouir, gronda Wilson en déposant un baiser à l'endroit qu'il avait gentiment martyrisé.

Elle baissa la tête pour regarder. Qu'il soit maudit, il y avait une marque violacée ! Elle allait devoir la cacher sous le châle de Mama.

Elle le fixa, ondulant des hanches avec défi. Elle n'avait aucune chance de trouver l'apaisement de cette façon, mais il était hors de question qu'elle se tienne tranquille sous prétexte qu'il l'avait exigé.

— Je n'avais jamais remarqué que tu étais aussi demandeuse, cousine. Pas étonnant que tu aies recours à des services payants pour satisfaire tes appétits !

Il se pencha et l'embrassa dans le cou, juste derrière l'oreille.

— Tu pourrais gagner des fortunes, si tu vendais ton petit

corps insatiable. Je suis sûr que tu pourrais racheter le fonds de commerce de Worth.

— Tu es méprisable et dégoûtant !

Ses propos lui faisaient tourner la tête. Pourquoi l'idée d'être insatiable la rendait-elle… encore plus insatiable ? Elle aurait dû en avoir honte, et pourtant elle adorait cette idée.

Son entrejambe brûlant palpitait d'impatience, et quand Wilson y pressa la paume elle ne put réprimer un gémissement.

— Oh oui, il faut que je le voie. Que je le touche. Que je le goûte.

Il appuyait un peu plus fort à chaque mot. Elle réprima un sanglot, sur le point de perdre tout contrôle.

— Oui, c'est ça…

Il lui sourit comme Satan en personne.

— Débarrassons-nous de ces stupides jupons…

Il la fit lever, attrapa par-derrière sa robe et ses dessous et les retroussa. Puis il fit glisser ses doigts sur sa culotte et en écarta la fente pour dénuder ses fesses. Elle sentit la fraîcheur de la nuit sur sa croupe vulnérable.

Submergée de sensations divines, elle pressa son visage rougissant contre l'épaule de Wilson, tandis qu'il lui caressait les fesses d'une main, tout en maintenant ses vêtements relevés de l'autre, touchant, effleurant, sondant, palpant sa peau frissonnante.

— Si sauvage…, lui susurra-t-il à l'oreille. Si incontrôlée, si audacieuse… Sais-tu qu'il y a encore des médecins réactionnaires qui pensent que le désir est une maladie chez les femmes ? Une dangereuse dégénérescence ?

Elle retint son souffle quand il insinua un doigt à l'entrée de son intimité. Elle se pressa contre sa main, l'invitant à aller plus avant dans l'étroit passage.

Il ne céda pas, se contentant de décrire des cercles en évitant de toucher son clitoris. Elle ondula, essayant de le guider vers le bouton de chair gonflé et douloureux, mais il ne voulut rien entendre.

— Non, non. Pas avant que je le décide, petite renarde !

Dévorée de frustration, elle le frappa de ses mains liées.

— Ne sois pas désagréable, la taquina-t-il. Les médecins te diagnostiqueraient comme hystérique. Tu sais quel est le traitement pour soigner cette maladie ?

Il effleura de nouveau son sexe, la faisant presque crier.

— Non, je ne sais pas, fulmina-t-elle. Mais ça ne peut pas être pire que ce que tu es en train de faire — ou plutôt de ne pas faire !

— Eh bien, certains praticiens utilisent des machines électriques. Des engins qui vibrent et qu'on applique sur le clitoris des patientes jusqu'à ce qu'elles se calment.

Elle se mit à rire.

Oh ! Monsieur Je-Sais-Tout. Tu te crois si savant ?

— Qu'ai-je dit d'amusant ? demanda-t-il en insinuant le bout de son doigt en elle.

Elle haletait, au bord de la jouissance. Mais elle n'était pas dupe, il n'allait pas lui donner satisfaction… pas encore.

— Le… la maison dans laquelle je me rends possède un de ces appareils.

Elle lutta pour retrouver son souffle.

— Certaines d'entre nous l'ont essayé. Moi non, mais on m'a dit que c'était assez bruyant et… euh… dissuasif…

— Je pourrais peut-être concevoir une version améliorée de cette admirable invention médicale. Quelle source d'énergie utilise ton appareil ? Electricité ? Piles sèches ou piles liquides ? L'établissement où tu vas est alimenté par une compagnie d'électricité ou dispose de son propre générateur ?

— Mais comment veux-tu que je le sache ? C'est toi, le génie, pas moi !

Si seulement elle avait cet appareil avec elle en cet instant !

Elle pourrait déclencher toute seule son orgasme, sans qu'il ait son mot à dire !

Ce fut à son tour de rire.

— Je pourrais facilement en fabriquer un, en y apportant quelques petits raffinements. J'ai le courant électrique chez moi. Je t'utiliserais comme cobaye dans mon atelier.

Elle vit ses yeux étinceler dans l'ombre.

— Ce ne serait pas fantastique, Della ? Je t'attacherai les mains et les pieds aux montants d'un lit et je testerai l'appareil sur toi… jusqu'à ce que tu deviennes folle de plaisir ou que tu me supplies d'arrêter.

— J'aimerais en avoir un sous la main, ici, tout de suite, en format portatif.

Elle se frotta sur lui, mais il ne se laissa pas faire.

— Tu es aussi affamée avec les hommes que tu paies ?

Il retira son doigt et s'attarda si près de l'endroit où elle voulait le sentir la caresser qu'elle faillit se mettre à crier.

— Tu dois avoir la réputation d'une cliente très exigeante.

Loin de là. En réalité, elle n'était qu'une visiteuse occasionnelle. Mais pas question de le lui dire.

— Absolument ! Maintenant, si tu pouvais cesser de parler et passer à l'acte !

— Très bien, acquiesça-t-il d'une voix basse et dure.

Agrippant ses fesses sous la masse de ses jupons, il l'embrassa brutalement sur la bouche et la poussa sur le banc. Elle sentit le bois froid et rugueux contre sa peau nue et tressaillit de surprise.

Il lui laissa à peine le temps de goûter cette sensation inconnue : déjà il relevait sa robe par devant, repoussant les épaisseurs de jupons toujours plus haut, jusqu'à ce qu'apparaisse son triangle de boucles châtain. Le contraste avec la peau blanche de son ventre et le bouillonnement de la dentelle était presque choquant.

— Le dîner était insipide, mais je vais savourer *ce* festin, dit-il en s'agenouillant dans l'herbe devant elle.

Empoignant ses fesses par en dessous, il la fit glisser vers lui et lui ouvrit les jambes.

Oh ! Oh non ! Oh oui !

Sans une hésitation, il glissa sa tête entre ses cuisses et écarta ses boucles humides avec deux doigts pendant qu'il lui agrippait les fesses de l'autre, ses doigts frôlant son anus.

Sans sacrifier aux préliminaires, il titilla son clitoris avec sa langue, puis le happa entre ses lèvres et le suça durement, sans pitié.

— Oh… oh, Dieu ! Oh Seigneur !

L'orgasme se déclencha instantanément, trop soudain, trop intense, presque douloureux. Elle avait voulu la délivrance mais cette satisfaction rapide, presque violente, était aussi décevante qu'elle était délicieuse. Tandis que les spasmes du plaisir l'emportaient toujours plus haut, elle agrippa les cheveux de Wilson de ses mains liées. Il gronda mais continua à la sucer sans relâche, transformant la passion en feu d'artifice.

Et comme il l'avait prédit, elle dut se mordre les lèvres pour ne pas crier.

Chapitre 12

Un festin pour les sens

Une telle intensité ne pouvait durer. Et ce n'était sans doute pas plus mal, parce qu'elle aurait pu défaillir. Elle reprit pied sans être certaine d'avoir apprécié l'expérience et rouvrit les yeux. Elle agrippait toujours les cheveux de Wilson à pleines mains. Etonnant — et décevant — elle ne les avait pas arrachés par poignées.

Lui avait-elle fait mal ? Elle espérait sincèrement que oui. Il lui avait donné du plaisir, mais en même temps il l'avait escroquée. Lui arracher une jouissance aussi rapide, presque brutale, s'apparentait à du vol. Elle était furieuse !

— Détache-moi, commanda-t-elle.

Elle résista à l'envie de le frapper de ses poings. Surtout quand il se mit à sourire.

— Pourquoi le ferais-je ?

Il se lécha les lèvres d'un air provocant.

— D'après mon expérience, les femmes apprécient doublement le plaisir quand elles sont attachées. Tu as sûrement goûté à ces subtilités, dans ta maison de rendez-vous ?

Une fois ou deux, oui. Mais il y avait une énorme différence entre les petites menottes en fourrure de Yuri ou Clarence, des jeunes gens de confiance, payés pour respecter les limites imposées par leurs clientes, et un homme comme Wilson en qui elle n'avait aucune confiance et qui passait sa vie à explorer toutes les limites de l'univers !

— Détache-moi !

Elle le frappa du dos de la main.

Il continua à sourire sans bouger.

— Parfait : je vais le faire moi-même !

Elle mordit le nœud avec ses dents. L'exercice était désagréable, mais au bout de quelques instants elle réussit à le desserrer un peu.

Saisissant alors ses mains, Wilson finit de dénouer le foulard, le glissa dans sa poche et frotta doucement ses poignets comme s'ils avaient été attachés à l'aide d'une corde rugueuse et non liés par de la soie.

— Mieux ? demanda-t-il en se penchant pour déposer un baiser sur chacun de ses poignets.

Oui, mieux, mais au fond d'elle-même elle regrettait de ne plus être attachée. Sa nature sombre et passionnée aspirait à ce frisson du danger que seul Wilson était capable de lui procurer. Elle mourait d'envie qu'il l'attache à un lit et qu'il se livre sur elle à toutes sortes d'expériences érotiques. Mais nul besoin de l'un de ces appareils électriques. Il saurait la rendre folle de plaisir, rien qu'avec ses mains, sa bouche… et son sexe.

— Oui, merci, dit-elle sèchement en se dégageant.

Elle essaya de se lever, mais il la retint.

— Wilson, je dois partir. Ce qui vient de se passer était irresponsable. Tu t'en rends compte, j'espère ?

— Je suppose, oui…

Il porta de nouveau sa main à ses lèvres et embrassa le creux de sa paume avec une douceur exquise.

— Je n'ai pas été tendre, exact ?

Elle cilla. Elle n'attendait pas de lui qu'il soit tendre. Ces sentiments-là appartenaient au passé, bien avant qu'ils fassent l'amour pour la première fois, quand tout était encore simple entre eux. Mais il était tendre en cet instant et la chaleur de son baiser s'attardait sur sa paume.

Encore une ruse ?

— Tu as rempli ton rôle. Tu m'as fait jouir, ce qui était le but. Sans doute voulais-tu me prouver que tu étais capable de surpasser mes autres partenaires ?

Elle vit ses traits se crisper, mais resta fascinée par la rapidité avec laquelle il réussit à effacer toute expression de son visage.

— Et je n'ai réussi qu'à prouver le contraire, n'est-ce pas ? Je me suis comporté comme un rustre, et au final ça n'a pas été très satisfaisant pour toi. Je me trompe ?

Il pressa une fois encore ses lèvres sur sa paume.

— Laisse-moi me racheter, d'accord ? Ensuite, si tu le souhaites, je te laisserai tranquille, je ne t'ennuierai plus.

Il voulait faire l'amour avec elle ? Non. C'était impossible. Impensable. Elle en mourait d'envie mais… non.

De toute façon, il était hors de question d'avoir un rapport non protégé avec lui. Au cours de ses conversations avec Sofia Chamfleur et ses amies du club des couturières, elle avait appris tout ce qu'il y avait à savoir sur les dangers d'une sexualité non contrôlée — entre autres que même si un homme se retirait avant de jouir, le risque de grossesse n'était pas écarté.

— Je ne peux pas coucher avec toi, tu le sais bien. J'ai beau être une vieille fille aux yeux de la société, je suis toujours fécondable.

— Ne sois pas ridicule, tu n'as rien d'une vieille fille ! Et ce n'est pas ce que je voulais dire. Je propose simplement de recommencer ce que je viens de faire, mais cette fois dans les règles…

Elle voulait lui dire non, mais la caresse de sa bouche sur sa paume était pleine de promesse. Elle ne doutait pas qu'il soit aussi talentueux que ses partenaires de chez Sofia. *Cette femme,* et toutes les maîtresses qui l'avaient précédée, ne devaient rien attendre de moins que l'excellence.

Il dut sentir son hésitation parce qu'il se rapprocha, ses lèvres toutes proches de son oreille, maintenant. Son souffle effleura les petites mèches folles qui s'étaient détachées quand elle avait secoué la tête, chatouillant sa joue.

— Allez, cousine… Laisse-moi t'impressionner. Montre-moi que tu n'as pas peur de t'ouvrir au plaisir. Que tu es une vraie libertine, que tu ne fais pas semblant.

Oh ! le démon ! Il savait comment la provoquer ! Elle pouvait s'en aller mais elle était tentée, terriblement tentée. A quoi bon se mentir à elle-même ? Tournant la tête, elle l'embrassa sur les lèvres et se délecta de son expression surprise tandis qu'il reculait.

— Très bien. Mais ce sera la dernière fois. Ensuite, tu devras tenir parole et me laisser tranquille.

Wilson se retint d'exulter. Il n'aurait su dire d'où lui venait ce besoin de se racheter. Qu'est-ce que ça pouvait faire qu'elle ait d'autres amants, des hommes dont elle payait le savoir-faire ? Il aurait dû s'en moquer.

Mais ce n'était pas le cas. Il était très possible qu'ils ne se revoient plus jamais après ce soir, sauf peut-être chez le notaire d'ici quelques années pour régler cet affreux dossier de succession. Et il ne voulait pas qu'elle garde de lui l'image vague d'un homme qui l'avait conduite à l'orgasme. Un anonyme parmi d'autres. Il voulait lui laisser une impression inoubliable. C'était une question d'honneur.

Il l'embrassa lentement, sa langue flirtant sensuellement avec la sienne, tout en remontant habilement ses jupes. Sa culotte s'était refermée et cela le frustra. Il voulait avoir libre accès à ses cuisses si douces et pétrir ses fesses pendant qu'il l'embrassait. Tout en la caressant à travers la fine mousseline, il fit remonter son autre main vers ses hanches puis sa taille, jusqu'à ce qu'il trouve les attaches du sous-vêtement. Dieu merci, elle portait un ancien modèle et non ceux d'une seule pièce fermés par des boutons que les femmes de la haute société avaient mis à la mode. Il en défit les lacets avec célérité et tira sur le tissu pour le faire descendre.

— Mais qu'est-ce que tu fabriques ? protesta-t-elle contre sa bouche.

Elle était inquiète, mais en même temps il sentait son excitation. C'était ce qui la différenciait d'une jeune fille inexpérimentée : elle connaissait la chanson. Non qu'il ait jamais fréquenté des demoiselles inexpérimentées. Elle avait été la première… et l'unique.

— Je dégage le champ de bataille. Ne t'inquiète pas, je t'aiderai à te rhabiller ensuite.

Elle parut rassurée et lui prêta même main-forte pour faire glisser le sous-vêtement le long de ses jambes. Il nota qu'en dépit de sa bordure en dentelle, il avait été reprisé à plusieurs endroits.

Ce n'est pas juste. Tu mérites ce qu'il y a de mieux, Della. De jolies robes, des déshabillés vaporeux…

Il veillerait à lui faire envoyer des dessous féminins en cadeau. Peut-être pas de soie noire, comme il avait d'abord pensé. Plutôt quelque chose de très pur, de virginal.

— Ah, c'est beaucoup mieux ! dit-il en s'agenouillant de nouveau entre ses jambes.

Au milieu du bouillonnement érotique de ses jupons, sa nudité était magnifique ! Sa peau ivoire, son triangle de boucles châtain, un ton plus clair que ses cheveux. La courbe délicate de son ventre était sublime et le dessin de ses hanches et de ses cuisses à tomber. On pouvait mourir à cet endroit soit en l'embrassant, soit en lui faisant l'amour, et cette pensée fit instantanément bouillir son sang dans ses veines.

Résiste, contrôle-toi ! Prends ton temps. Donne-lui un plaisir tendre et voluptueux. Tu l'as promis...

Mais pourquoi devrait-il se retenir ? Elle aimait le sexe. Elle payait des hommes pour ça. Une colère sourde monta de nouveau en lui à la pensée de ces autres hommes, mais il prit une grande inspiration et se calma.

Il s'inclina et commença par déposer un baiser très doux sur le triangle de boucles soyeuses. C'était à peine un effleurement, mais elle frémit et souleva les hanches vers lui. Etait-ce son plaisir favori ? Beaucoup de femmes, le premier émoi passé, y prenaient goût. Avec son expérience, Adela avait sûrement eu l'occasion d'en apprécier toutes les subtilités...

Il lui embrassa le ventre, la lisière du sexe, puis descendit lentement vers le relief sensible de ses hanches. Chaque baiser la faisait frissonner. Elle écartait les cuisses, l'invitant à aller plus loin. Elle mourait d'envie de l'exhorter de la voix, il le sentait, mais se retenait.

Tu résistes toujours à ta façon, n'est-ce pas, Della ?

Saisissant ses chevilles, il la fit glisser vers lui et lui ouvrit plus largement les cuisses. Ecartant ses boucles, il mit à nu sa chair brûlante. Puis il récupéra le petit cylindre en argent qui renfermait son couteau miniature.

Il l'avait conçu lui-même. Le capuchon était parfaitement hermétique et nécessitait une série de manipulations secrètes, qu'il était le seul à connaître, pour en dégager la lame.

Il n'y avait aucun risque qu'il s'ouvre par inadvertance et qu'elle soit blessée.

— Oh non, Wilson, non !

Il n'allait pas faire ça ? C'était trop pervers, trop obscène.

— Oui, Wilson, oui, fredonna-t-il en réponse.

Avant qu'elle ait pu l'en empêcher ou protester de nouveau, il fit tournoyer le petit cylindre au bout de sa chaîne, puis l'attrapa et le pressa doucement à l'entrée de son vagin.

— Un petit quelque chose à étreindre, ma douce, pendant le plaisir.

Il insinua en elle l'étui en argent. Le contact froid lui arracha un petit sursaut. La présence de ce corps étranger en elle était bizarre. Moins envahissante qu'un sexe d'homme ou que l'un de ces jouets érotiques dont elle avait eu l'occasion de se servir, et cependant elle créait une tension intrigante et délicieuse.

— Agréable ? murmura-t-il, son souffle chaud caressant son sexe et l'intérieur de ses cuisses.

La petite chaîne cliqueta quand elle bougea prudemment. Elle cliqueta de nouveau quand il plaça ses jambes sur ses épaules et enfouit son visage entre ses cuisses.

L'assaut de sa langue fut très différent.

Il l'avait dévorée, attaquant son sexe presque cruellement, la tourmentant avec plaisir. Cette fois, il la dégustait à petits coups de langue patients et voluptueux. Il faisait monter le plaisir, alternant caresses et petites morsures. Rien que la façon dont il la soulevait du banc, jambes écartées, était déjà d'une audace presque choquante. Tout comme la présence du couteau en elle.

Il se rassasiait d'elle et cependant, comme un fin gourmet, il semblait analyser chaque nuance de goût et de texture. Elle sentait sa langue fouiller ses pétales intimes, les titiller, les explorer. Il excitait son clitoris par de petites incursions, puis faisait preuve de mansuétude en revenant le caresser plus longuement, plus complètement.

Les sensations montaient par paliers, comme si de l'énergie s'accumulait peu à peu dans son ventre, dans son sexe, s'enroulant autour de l'étui d'argent. Elle tâtonna derrière elle pour agripper le dossier du banc et s'y arrima, cambrant les reins pour se presser davantage contre sa bouche chaude et experte. Tandis qu'il la léchait sans relâche, elle enfonçait ses talons dans son dos et se soulevait toujours plus hardiment contre lui.

— Tu es merveilleuse, Della ! Un vrai festin de roi ! Je n'ai jamais goûté de banquet plus somptueux et plus savoureux.

Il inclina de nouveau la tête, taquinant son clitoris à petits coups de langue.

L'idée contrariante qu'il puisse la comparer à d'autres, qu'il lui mente ou se moque d'elle se désagrégea avant même de s'être complètement formée dans son esprit. Son cerveau se vida puis se remplit de lumière, tandis que des vagues sublimes envahissaient son ventre et son sexe.

Elle jouit pour la deuxième fois, longuement, intensément, enserrant la tête de Wilson entre ses cuisses, frappant son dos de ses talons. Tout son corps se cambra comme un arc, écrasant son sexe contre sa bouche. Elle enfonça ses dents dans sa lèvre inférieure pour étouffer un cri.

Le plaisir monta, monta encore, puis soudain la vague retomba et elle s'affaissa sur le banc, vidée. Elle aurait glissé sur le sol si Wilson ne l'avait retenue.

Elle se sentait épuisée. Ses pensées tournoyaient ; le reste du monde n'existait plus. Elle ouvrit finalement les yeux tandis qu'un ultime spasme la parcourait : Wilson venait de retirer l'étui. Il le pressa sur ses lèvres, enroula la petite chaîne et le glissa dans la poche de sa veste. Toujours agenouillé, il remonta ses bas et sa culotte, soulevant ses jupes pendant qu'elle se tortillait pour ajuster les liens.

— Te voilà de nouveau décente, dit-il en rabattant jupons et jupe.

Elle ne trouvait rien à dire. Elle aurait pu le remercier mais après tout, il avait obtenu ce qu'il voulait : sa capitulation et l'aveu qu'elle n'était qu'une fille facile. Il y avait encore quelques instants, elle s'était crue au paradis, transcendée par l'extase. Mais à présent, elle se trouvait méprisable. Quelles que soient les circonstances, il parvenait toujours à lui démontrer qu'elle était esclave de ses sens.

— Il faut que je rentre. Mama va s'inquiéter.

Ce n'était pas tout à fait exact. Plus elle resterait avec lui, plus Mama serait aux anges, au contraire. Elle devait même déjà commencer à entendre tinter les cloches du mariage !

— Bien sûr. Elle doit penser que j'ai débauché sa fille.

Elle l'observa dans la lumière de la lune. Ses sourcils étaient froncés et ses cheveux ébouriffés. Il prit un mouchoir dans sa poche, puis s'assit près d'elle et tamponna doucement sa lèvre avec le tissu d'une blancheur immaculée. Elle eut un mouvement de recul.

— Tu t'es mordu la lèvre. Elle saigne.

Des petites taches rouges apparurent sur le tissu. Elle s'était blessée sans même s'en rendre compte. Elle toucha la meurtrissure du bout de sa langue et tressaillit. C'était à vif.

Une étrange expression apparut alors sur le visage de Wilson. Il continua à fixer sa bouche tout en rangeant son mouchoir dans sa poche. Son regard la troubla et elle passa de nouveau sa langue sur sa lèvre, dans un réflexe nerveux. Une flamme s'alluma dans les yeux de Wilson.

— Oui, tu ferais mieux de rentrer, cousine, dit-il d'une voix brusque.

— Je… j'y vais.

Elle chercha son réticule et le ramassa sur le sol, indécise. Maintenant qu'il connaissait son secret, elle allait devoir éviter tout contact avec lui. Et pourtant elle ne parvenait pas à s'en aller. Et elle savait pourquoi.

Il n'avait pas eu de plaisir.

Il avait redoré son image en lui donnant un orgasme mémorable, mais elle lui serait redevable si elle ne lui rendait pas la pareille.

— Qu'est-ce que tu attends, Della ? Retourne auprès de ta mère.

— Nous n'avons pas terminé.

Elle posa la paume de sa main sur son entrejambe et sentit avec satisfaction son sursaut de surprise.

— Ne t'inquiète pas pour moi. Je sais dominer mes appétits, dit-il en essayant d'écarter sa main.

— Et moi non, c'est ce que tu veux dire ? susurra-t-elle en laissant sa main bien en place.

Il avait beau feindre l'indifférence, son sexe était aussi dur que la pierre sous la fine laine de son pantalon. Il lui sembla même qu'il grossissait tandis qu'elle le caressait.

— J'ai *choisi* de te laisser me donner du plaisir, Wilson. Nous savons l'un comme l'autre que tu ne m'aurais pas retenue, si j'avais vraiment souhaité m'en aller.

Ses yeux étincelèrent. Le désir et l'admiration qu'elle y lut la ravirent.

— Je ne suis pas en état de protester, Della.

Il baissa les yeux et se mit à rire quand elle exerça une nouvelle pression sur son entrejambe.

— Tu vas encore avoir besoin de mon mouchoir ?

Il était si sûr de lui, si arrogant ! Il avait tort de la sous-estimer. Elle allait le faire danser, même si c'était la dernière chose qu'elle devait faire de sa vie.

— Ce ne sera pas nécessaire…

Elle se laissa glisser à genoux et, avant qu'il ait pu protester, défit les boutons de son pantalon.

— Qu'est-ce que tu fais ?

C'était moins une question que l'expression de son excitation.

Elle leva les yeux vers lui.

— A ton avis ? Un libertin comme toi n'en est sûrement pas à sa première fellation ?

Glissant sa main à l'intérieur de son pantalon, elle trouva son sexe, énorme, dur et étrangement familier. Ce sexe qui l'obsédait depuis sept ans.

— D'après la rumeur, la sublime Coraline est une experte en la matière… Mais j'espère que ma modeste prestation te satisfera quand même.

Elle sentit sa soudaine crispation.

— Va-t'en, Della. Laisse-moi tranquille.

Ah, elle avait touché une corde sensible… Malgré sa détermination, l'inquiétude lui glaça le cœur. Bien sûr, la sublime Coraline était sacrée pour lui. Une simple mortelle comme elle n'était pas digne de prononcer son nom, même si la simple mortelle en question s'apprêtait à lui faire une fellation.

Amère, elle saisit le sexe de Wilson entre ses doigts et le sortit de son pantalon.

— Non, je ne pars pas, dit-elle en commençant à le caresser lentement.

— Oh ! Dieu… Della… non…

Malgré ses protestations, elle savait qu'il était en son pouvoir. Il se poussait vers elle, ses hanches accompagnant chacun de ses mouvements pour en prolonger l'effet. Sa pseudo-résistance devint une mascarade quand il lui saisit l'épaule d'une main et maintint sa tête de l'autre. Il referma les doigts sur son chignon, mettant à mal plusieurs épingles.

— Non ? demanda-t-elle en le regardant.

Mais il était ailleurs, les yeux fixés dans le lointain. Pensait-il à Coraline ? Malgré ce qui venait de se passer, fantasmait-il sur sa belle maîtresse française ? Avait-il rêvé d'elle pendant qu'il la faisait jouir ?

Sois maudit ! Tu vas voir, je vais te montrer !

Inclinant son visage, elle fit glisser sa langue sur le bout de son sexe.

— Oh oui ! gronda-t-il en se poussant vers elle pour l'inviter à le prendre dans sa bouche.

Elle le maintint de la main. Les hommes étaient-ils tous aussi impatients ? Même les amants expérimentés ?

Imposant son propre rythme, elle lui lécha l'extrémité du sexe, le caressa, le butina. Elle aimait donner du plaisir à un homme avec sa bouche, mais n'en avait pas eu si souvent l'occasion. La maison de Sofia était un établissement de plaisir pour les femmes, et leurs partenaires étaient si doués qu'il était très tentant de s'abandonner à leur virtuosité sans se soucier de leur rendre la pareille. Mais cela ne l'empêchait pas de connaître toutes les subtilités de l'exercice.

— Oh Della, Della… s'il te plaît…

Il lui broyait l'épaule, enfonçait durement ses doigts dans ses cheveux. Après un dernier coup de langue sensuel sur le bout gonflé de son sexe, elle le happa entre ses lèvres et le suça.

La caresse lui arracha un cri. Il poussa les hanches en avant d'un mouvement convulsif, mais elle le contrôlait toujours. Enserrant la base de son sexe d'une main, elle lui agrippa les fesses de l'autre à travers son pantalon. Elle le suça, le lécha, le suça, le lécha, répétant la séquence tout en pressant durement les muscles de sa fesse gauche, poussant ses doigts vers la fente.

— Ce n'est pas possible…, gémit-il en haletant pendant qu'elle le tourmentait sans relâche. Je n'ai jamais imaginé que tu pouvais être une telle tentatrice. C'est trop bon… trop bon…

Il poussa un cri étouffé, tous ses muscles tendus.

— Retire-toi, je ne vais pas pouvoir tenir.

Se retirer ? Jamais ! Elle voulait anéantir son contrôle, le mettre à genoux. Portée par sa détermination, elle redoubla ses efforts, accentuant la pression de sa langue, cherchant ses points les plus sensibles, pétrissant ses fesses, enfonçant ses doigts dans la fente aussi loin que le lui permettait son pantalon.

— Oh Della, Della… Je ne peux plus te résister. Arrête.

Elle fouilla de la langue le repli sous l'extrémité de son sexe, tout en pressant simultanément l'entrée de son anus.

Elle sentit bientôt son sexe pulser follement et une saveur salée glissa sur sa langue.

Je t'ai dompté, démon !

Il vacilla sur ses jambes, puis parut faire un effort sur lui-même, les muscles de ses cuisses tendus. Sa main enserrait toujours son épaule, comme s'il avait besoin de se soutenir.

— Tu… tu es une sirène.

Il articula les mots avec peine, la respiration laborieuse.

— Tu l'as fait exprès, avoue ! Tu l'as fait pour me surpasser !

Attrapant le mouchoir dans sa poche, elle s'essuya les lèvres et se leva. Elle n'aurait su dire si elle éprouvait de la joie ou de la colère. Probablement les deux.

— C'est exact.

Elle lui jeta le mouchoir et il l'attrapa d'un geste agile puis le froissa dans sa main comme s'il n'était pas sûr de ce qu'il devait en faire.

— J'en ai assez que tu te comportes comme si j'étais ta chasse gardée, Wilson. Et que tu te permettes de me juger. Tu aimes récolter les fruits de mon expérience, mais tu désapprouves la façon dont je l'ai acquise. Je te l'ai dit et je te le répète : tu n'es qu'un hypocrite !

Il la foudroya du regard ; son visage reflétait un mélange de désarroi et de rage. Il fit un mouvement vers elle, mais elle l'évita, ramassa son réticule et tourna les talons pour regagner la maison.

Il la rattrapa d'une main de fer.

— A l'évidence, tu es une élève très douée, Della. Une championne, même. Les gigolos que tu paies pour qu'ils te baisent doivent être des professeurs émérites !

Il était en colère, mais de quel droit ? Estimait-il que ce rôle aurait dû lui revenir ? Il aurait pu être son professeur, s'il ne s'était pas montré aussi arrogant sept ans plus tôt ! Ou si elle avait été un peu plus tolérante avec les maladresses d'un jeune homme inexpérimenté.

— Mais je peux t'en montrer plus, cousine, poursuivit-il.

Il tremblait. Elle sentait la vibration se communiquer à son bras.

— Crois-moi, je peux faire beaucoup mieux que les étalons que tu achètes !

— Laisse-moi, Wilson.

Elle l'avait dit d'une voix basse et contrôlée, même si la sauvagerie qu'elle lisait dans ses yeux la faisait trembler, elle aussi. Une fois encore, elle eut conscience de sa force. Et cette puissance, qu'elle sentait en lui, était effrayante et terriblement excitante.

Pendant un moment il ne bougea pas. L'avait-il seulement entendue ? Puis il desserra les doigts qui la maintenaient captive.

— Ce n'est pas fini, Adela, lança-t-il comme elle s'éloignait d'un pas rapide.

— Si, c'est terminé. Laisse-moi tranquille. Ne t'approche plus de moi, dit-elle sans se retourner.

Elle allait passer le reste du week-end dans sa chambre. Ou veiller à ne pas s'isoler des invités.

Elle ne devait plus se retrouver seule avec lui. Plus jamais !

Dans l'ombre du potager, Blair Devine aperçut de loin celui qui le cherchait. Il s'agissait d'Edward Foster, un domestique avec qui il avait été en affaires plus d'une fois et qu'il avait été agréablement surpris de retrouver parmi les employés de Rayworth Court.

— Bonsoir, monsieur Devine. C'est un plaisir de vous revoir.

Le sourire de Foster était fin et rusé. Il fixa la cigarette que Blair était sorti fumer.

— Vous n'en auriez pas une en trop, par hasard ?

Devine ouvrit son étui. Il contenait des cigarettes turques qu'il achetait tout spécialement dans Bond Street. Le domestique en prit une ; il l'invita d'un petit signe du menton à continuer. Foster en prit alors une poignée, qu'il glissa dans la poche de sa livrée. L'argent était le nerf de la guerre, mais les petits extra mettaient de l'huile dans les rouages.

— Des informations intéressantes ?

Foster tira une longue bouffée.

— Mme De Vesay va rejoindre toutes les nuits Lord Rayworth dans sa chambre. Mais ce n'est pas un secret, tout le monde est au courant. L'honorable M. Souter joue les grands seigneurs alors qu'il est raide comme un passe-lacet. Il se pourrait qu'il ait besoin très rapidement d'un bon prêteur sur gage, si vous connaissez quelqu'un…

Il lui décocha un clin d'œil et tira une nouvelle bouffée de sa cigarette. Ce n'étaient pas ces informations que Devine était venu chercher, mais il les garderait pour plus tard.

— Pas de lettres ou de documents intéressants ? Et rien sur les Ruffington ? demanda-t-il.

Foster lui lança un regard par en dessous, mais Devine ne s'en inquiéta pas. Le jeune domestique avait tout à perdre en le trahissant et tout à gagner en se montrant loyal avec lui.

— J'ai fait la causette à une servante, une gosse débrouillarde et rapide, si vous voyez ce que je veux dire. Elle a vu quelque chose qui pourrait vous intéresser. Le genre de paperasserie que vous aimez. La jeune Sybil est une écervelée et Maisie comprend vite. Je lui ai fait miroiter certains avantages… *sonnants et trébuchants* qu'il pourrait y avoir pour une fille intelligente comme elle.

Devine hocha la tête.

— Bien. Et sur Wilson Ruffington ? Rien ?

— Non. Il ne parle à personne. Je me demande pourquoi il est venu ici. Et son domestique est bizarre, lui aussi. Il a menacé de me casser la figure juste parce que je faisais une remarque en plaisantant. Il s'occupe lui-même de la chambre de son employeur et personne n'est autorisé à y entrer. Maisie a essayé, mine de rien, mais la clé n'a pas tourné. Ruffington a dû trafiquer la serrure, je ne sais comment d'ailleurs… C'est un drôle de type.

Frustrant mais pas réellement surprenant. Devine ne perdit pas de temps à ruminer ; il paya Foster et lui souhaita bonne nuit… et bonne chasse.

Une fois seul, il fit le point sur la situation. Il n'était pas mécontent. Il disposait de plusieurs informations intéressantes sur ce m'as-tu-vu arrogant et il aurait bientôt de précieux documents en sa possession.

Il allait prendre son temps, peaufiner soigneusement son plan et tout se déroulerait pour le mieux… sauf pour Wilson Ruffington.

A la grande surprise d'Adela, Wilson ne chercha pas à l'approcher pendant le reste du week-end. Encore une de ses ruses ?

Il cherche à tester ta réaction. Typique du personnage !

Mais lorsqu'elles prirent congé de leurs hôtes sans qu'il se soit manifesté, elle dut admettre qu'elle s'était trompée sur ses intentions. Avait-il résolu de la prendre au mot et de couper définitivement les ponts avec elle ?

Qu'il soit maudit ! Il avait le don de la prendre à contre-pied. La seule certitude qu'elle avait le concernant, c'était qu'elle n'en avait aucune.

Chapitre 13

Objets volés

Le voyage en train avait été un vrai cauchemar. Entre Blair Devine qui avait passé son temps à observer le moindre de leurs faits et gestes et le bavardage incessant de Sybil qui n'avait cessé de leur chanter les louanges de son Algernon, les deux heures de trajet avaient paru deux siècles à Adela. Quand elles avaient finalement atteint leur maison de Londres, après une ultime course en fiacre depuis la gare Waterloo, la migraine qu'elle avait inventée pour éviter d'avoir à répondre aux questions de Mama était devenue bien réelle. Seule consolation : elle avait eu un prétexte tout trouvé pour se retirer dans sa chambre. Il lui tardait de passer en revue ses dessins pour choisir ceux qu'elle enverrait à *Divertissements.* Elle ressentait un certain amusement à l'idée d'offrir des images du sexe de Wilson aux regards admiratifs des lectrices du journal, même si personne ne pouvait deviner à qui appartenait cet organe triomphant.

Mais quand elle ouvrit le petit cadenas de son sac de voyage, où elle avait soigneusement rangé son portfolio, elle constata avec stupeur qu'il n'était plus là.

Comment était-ce possible ?

Elle retourna le sac, étala son contenu sur le sol tout en

sachant déjà que c'était inutile. Il n'y avait aucune chance qu'il se matérialise subitement. On le lui avait pris.

Elle s'assit sur son lit, observant sans vraiment le voir le chaos de châles, de gants, de brosses à cheveux, d'objets de toilette éparpillés à ses pieds et se mordit la lèvre. Inutile de chercher bien loin le coupable.

Quand Wilson avait-il bien pu le lui voler ?

Elle tenait toujours son portfolio rangé dans son sac fermé à clé lorsqu'elle ne l'utilisait pas, mais crocheter une serrure était un jeu d'enfant pour lui. Et il avait eu des dizaines d'occasions de se faufiler dans sa chambre, durant le week-end. Qui, à part lui, pouvait avoir intérêt à le lui voler ?

Afin d'en avoir le cœur net, elle prit une loupe dans le tiroir de son secrétaire et scruta la serrure. A première vue, rien n'indiquait qu'elle avait été forcée. Mais Wilson était bien trop habile pour laisser des traces.

Et cependant... en regardant avec une attention accrue, elle aperçut quelque chose. Une éraflure minuscule, presque invisible.

Démon ! Tu l'as fait exprès pour que je la voie !

C'était tout à fait son style et elle allait lui dire ce qu'elle pensait de lui ! Au diable les convenances ! Elle allait lui rendre visite, que ça plaise ou non à Mama. Elle avait trouvé en rentrant un message du club des couturières l'informant d'une réunion le lendemain. Ça tombait on ne pouvait mieux ! Si Mama mettait son veto, elle aurait un parfait alibi pour y aller en douce. Elle s'était servie de ce stratagème plusieurs fois déjà pour se rendre dans la maison de plaisirs de Sofia.

Cela dit, il ne serait pas inutile de passer également au club. Sofia et Beatrice seraient sans doute de bon conseil au sujet de Wilson et de son comportement inqualifiable.

— Tu veux aller voir Wilson chez lui ?

Adela réprima un soupir. Sa mère avait exactement la réaction attendue : un savant mélange d'inquiétude et d'étonnement, auquel s'ajoutait une petite touche d'espoir.

— J'aimerais poursuivre avec lui une conversation que nous avons commencée à Rayworth Court.

— Tu es vraiment déconcertante, Adela. Un soir, tu sembles t'entendre à merveille avec lui, vous partez vous promener dans les jardins pendant des heures. Et le lendemain, c'est comme si vous ne vous connaissiez plus. Vous ne vous adressez plus la parole et il ne vient même pas nous saluer quand nous partons !

Mama secoua la tête.

— Et maintenant, tu m'annonces que tu veux aller le voir chez lui, seule, ce qui est parfaitement inconvenant. Je ne peux pas t'y autoriser. C'est impossible. Si tu veux parler avec lui, nous l'inviterons à dîner ou à venir prendre le thé. Mais il est hors de question que tu ailles chez lui !

— Très bien, Mama. En ce cas, je n'irai pas.

Une visite clandestine, donc…

Elle n'aimait pas mentir à sa mère, mais elle n'avait pas le choix. Il lui avait fallu apprendre à composer avec sa culpabilité, quand elle avait commencé à se rendre chez Sofia. Mama ne voulait que son bien, mais à ses yeux cela impliquait un grand mariage avec un homme beau, respectable et de préférence titré. Idéalement, Wilson. Mais son rêve ne se réaliserait jamais.

Mama tritura les franges de son châle et, du coin de l'œil, Adela vit Marguerite leur lancer un regard perspicace. Sa sœur cadette était plus sage qu'elles deux réunies.

— Dois-je l'inviter, alors, Della ?

— Non. Il ne viendra pas.

— Comment peux-tu le savoir, chérie ?

L'instinct. Et le sentiment qu'il lui avait volé son portfolio pour l'obliger à venir à lui.

— Parce qu'il est aussi contrariant que moi, Mama. Je crois qu'il vaut mieux ne plus y penser.

Le visage de sa mère exprima une telle désolation qu'elle sentit son cœur se serrer.

— Si tu y tiens… nous pourrons l'inviter à venir prendre le thé dans une semaine ou deux.

Elle posa la main sur son bras.

— Je sais que tu as des espoirs, Ma. Je comprends. Simplement, je ne suis pas sûre que Wilson et moi soyons faits l'un pour l'autre. Mais je peux me montrer plus amicale avec lui, si tu veux. Je ferai un effort, promis.

Mama la gratifia d'un regard circonspect et Adela se demanda si elle ne lisait pas clairement en elle. Sa mère était plus sagace qu'on ne le pensait et ceux qui croyaient pouvoir la berner avaient intérêt à se méfier.

— Merci, chérie, dit-elle retrouvant son sourire. Tu es une enfant raisonnable, vraiment… et je continue à penser que tu ferais une épouse parfaite pour Wilson. Tu aurais une influence apaisante sur lui. Il a vingt-six ans, il est temps qu'il fonde une famille.

Adela but une gorgée de thé pour ne pas éclater d'un rire nerveux. Si Mama savait de quoi était capable sa fille si sage et si raisonnable…

— Où est Sybil ? Nous devons commencer à nous organiser dès à présent pour ses fiançailles. Algernon peut se déclarer à tout instant…

Mama se leva pour sonner leur unique femme de chambre. Elle aimait respecter les convenances, même si leur domesticité se réduisait à sa plus simple expression.

La porte du salon s'ouvrit à la même seconde et Sybil entra en courant.

— Oh Mama ! Mama ! C'est affreux ! Il est arrivé quelque chose de terrible !

Sur ce, elle éclata en sanglots et devint totalement incohérente.

Adela en fut toute retournée. Même s'il était embarrassant, le vol de son portfolio n'était pas une catastrophe, dans la mesure où elle savait avec une quasi-certitude entre quelles mains il était tombé. Mais elle avait déjà vu Sybil dans cet état d'hystérie et elle avait le sentiment que la cause de cette nouvelle crise pourrait être la même. Elle fit asseoir sa sœur sur le canapé, entre sa mère et elle, et glissa son propre mouchoir dans sa main.

— Calme-toi, chérie… Qu'est-il arrivé ?

L'expression horrifiée de Mama indiquait qu'elle nourrissait les mêmes craintes qu'elle.

— Arrête de pleurer, Syb… Et dis-nous ce qui ne va pas. Nous ne pouvons pas t'aider si tu ne nous expliques pas ce qui se passe.

Elle caressa la joue trempée de larmes de sa sœur. Sybil lui lança un regard suppliant.

— C'est… mon châle… mon châle préféré. Je crois que… que je l'ai perdu… pendant le week-end, hoqueta-t-elle. Je ne le trouve nulle part.

— Un châle ? Tout ça pour un châle ?

Mama éclata de rire et Adela vit le soulagement apparaître sur son visage.

— Quand tu seras Lady Framley, mon cœur, tu auras des dizaines de châles tous plus somptueux les uns que les autres ! Il n'y a vraiment pas de quoi se mettre dans un état pareil. Je vais demander un peu plus de thé. Prends une tranche de cake. Il est délicieux.

— Oui, prends du cake et détends-toi, renchérit Adela en lui serrant la main. Et ne t'inquiète pas, je retrouverai ton châle. Je te le promets.

Sybil lui sourit, les yeux soudain remplis de confiance et d'espoir, mais tandis qu'elle grignotait sa part de gâteau, Adela sentait son cœur se nouer d'angoisse. Elle était certaine qu'il ne manquait pas un seul châle dans la penderie de Sybil et que c'était tout autre chose qu'elle avait égarée.

— Je vais écrire de ce pas à Lady Rayworth, annonça Mama, et lui demander si ses domestiques ont trouvé ton châle.

Je suis certaine que oui, ils m'ont paru très efficaces. Viens, Marguerite. Aide-moi à rédiger cette lettre.

A l'instant où elles quittèrent la pièce, Adela se tourna vers sa sœur.

— Ce sont des lettres que tu as perdues, n'est-ce pas ? Dis-moi la vérité, Sybil.

De nouveau au bord des larmes, sa cadette hocha la tête, le visage défait.

— Lesquelles ? Les anciennes ou les nouvelles ? Tu n'as quand même pas emporté là-bas les lettres que tu as échangées avec Johnny ?

Sybil avait l'affreuse habitude de transporter tous ses « souvenirs » avec elle sous prétexte qu'ils étaient en sécurité dans son sac de voyage.

— Les deux ! avoua-t-elle en fondant de nouveau en larmes.

Oh non ! C'était pire encore que ce qu'elle avait imaginé !

— Raconte-moi exactement ce qui s'est passé. Si nous trouvons à quel moment elles ont disparu nous découvrirons peut-être qui a eu la possibilité de les voler.

C'était certainement un vain espoir, mais elle repensait à une théorie que Wilson lui avait expliquée un jour sur la logique et la mise en perspective.

— Je ne sais pas... je... Je les ai relues à notre arrivée, quand je suis allée me reposer du voyage. Je voulais... comparer les deux pour savoir... lequel me bouleversait le plus...

Elle parut sur le point de lui révéler le nom du vainqueur, mais Adela lui lança un regard noir.

— Une domestique est entrée avec du thé, mais j'avais déjà caché les lettres dans mon sac... et je suis certaine de les avoir vues une ou deux fois par la suite, alors que je cherchais des affaires...

Adela réprima un soupir. Elle ne voulait pas se mettre en colère, mais Sybil était vraiment exaspérante parfois.

— Tu les avais encore au moment du départ ?

— Je ne sais pas ! C'était une telle précipitation… Je voulais revoir Algernon avant que nous partions pour la gare. Elles étaient peut-être encore là… Je n'ai pas fait attention. Je viens de me rendre compte seulement à l'instant qu'elles ont disparu.

Plus Adela réfléchissait au problème, plus les possibilités lui semblaient infinies. Il y avait eu des domestiques partout, sans compter ceux qui avaient accompagné les invités. N'importe qui pouvait être entré dans la chambre de Sybil pendant qu'elle se promenait ou qu'elle jouait au croquet. Les femmes de chambre n'étaient pas toutes aussi honnêtes que Lazzis ; certaines étaient sans cesse à l'affût d'un larcin, surtout dans de grandes réceptions comme celle-là où, finalement, on ne connaissait jamais tout le monde.

Il pouvait même s'agir de l'un des invités. Un soupçon lui traversa l'esprit, même si dans son cœur elle savait que c'était impossible. Non, pas lui.

Voler son portfolio était une chose. Mais pourquoi Wilson aurait-il dérobé de vieilles lettres d'amour de Sybil ?

Blair Devine joua un instant avec le ruban rose qui liait le paquet de lettres. La femme de chambre de Lord Rayworth — Maisie, Flossie, Mary ou peu importe son nom — lui avait assuré qu'elles étaient très lestes, mais avec les domestiques on n'était jamais sûr de rien. Elles agissaient dans la précipitation et la correspondance annoncée comme croustillante et compromettante se révélait le plus souvent insipide et dépourvue d'intérêt. Mais dans le cas présent, il était quasiment sûr d'avoir de l'or entre les mains.

C'était en tombant par hasard sur un petit paquet de lettres comme celui-là, à l'occasion d'un autre week-end à la campagne, qu'il s'était lancé dans le business lucratif du chantage. Il n'avait eu aucune difficulté à convaincre sa victime éplorée de le laisser jouer les intermédiaires avec son pseudo-maître-chanteur. La somme rondelette que lui avait rapporté ce coup d'essai l'avait mis en appétit et il n'avait eu de cesse de recommencer très vite.

Il n'en avait pas moins tissé sa toile patiemment… Son fidèle valet de chambre s'était chargé de sonder discrètement des domestiques dans des pubs, les cuisines du personnel, les ventes de charité et les garden-parties. L'appât du gain avait fait le reste et des soubrettes peu scrupuleuses n'avaient pas tardé à rapporter des petits paquets de lettres entourées d'une faveur comme celui-ci.

Les lettres d'amour étaient son fonds de commerce, mais il s'intéressait aussi à toutes sortes de documents légaux, commerciaux et même classés secret-défense. Cette activité parallèle était beaucoup plus lucrative que son travail officiel et personne ne soupçonnait quoi que ce soit. Les victimes taisaient leur mésaventure, trop gênées de s'être mises dans une situation délicate.

Sa réputation d'avoué intègre, sa discrétion et le dévouement avec lequel il s'appliquait à éviter le scandale faisaient de lui l'interlocuteur idéal. Le sauveur des faibles femmes…

Il ne doutait pas un instant que, le moment venu, cette petite idiote de Sybil Ruffington serait totalement convaincue que l'idée de s'en remettre à lui pour récupérer ses lettres venait d'elle et d'elle seule.

Chapitre 14

Le club des couturières

— Je suis désolée, je n'ai pu examiner les gravures persanes. Je ne suis pas retournée dans la bibliothèque après ma dispute avec Wilson.

C'était un soulagement de pouvoir parler librement et de savoir qu'on ne la jugerait pas mal pour autant.

— Aucune importance, ma chère, lui assura Sofia. Votre talent est original et se suffit à lui-même. Vous n'avez aucun besoin de vous inspirer de celui des autres.

Adela sourit avec gratitude à ses amies. Elles étaient assises dans le spacieux salon de la maison londonienne de Lady Arabella Southern, un peu à l'écart des autres membres du club.

Ces dernières écoutaient avec fascination leur hôtesse leur raconter un épisode de sa vie amoureuse tumultueuse. Seule Julia Winterbourne avait apporté un petit mouchoir de dentelle à broder, donnant un semblant de vraisemblance à leur réunion. Les autres ne prenaient même plus cette peine.

Le club des couturières se réunissait uniquement pour parler des hommes, des derniers potins mondains et échanger des considérations sur le sexe et les aléas de la vie conjugale.

— Mais j'avais promis... et certaines de mes clientes étaient impatientes de voir l'interprétation que j'en ferais.

Adela reposa sa tasse de café avec un soupir désolé. Elle n'aimait pas manquer à sa parole.

— Allons, n'y pensez plus, la consola Beatrice en lui tapotant la main. Faites à votre idée, je suis certaine que vos clientes n'y verront que du feu.

Sofia acquiesça, puis, lui lançant un regard pénétrant, ajouta :

— Parlez-nous plutôt de cette dispute avec votre cousin. Vous êtes certaine qu'il a volé votre portfolio ? Pourquoi aurait-il fait une chose pareille ?

Pourquoi, en effet ? Parce qu'il en avait eu l'opportunité ? Parce qu'il n'acceptait pas qu'on lui résiste ? Par esprit de revanche ? Ce n'était pas facile d'évoquer sa relation complexe avec Wilson, même devant des amies aussi proches que Sofia et Beatrice.

— Parce que j'ai refusé de lui montrer mes dessins, je suppose. Et parce que je n'ai pas voulu discuter de ma vie privée avec lui.

Malgré sa résolution de ne pas se laisser atteindre par cet homme, elle était terriblement nerveuse.

— Il fait partie de ces personnes qui ne reculent devant rien pour parvenir à leurs fins.

— Mais vous avez des sentiments pour lui, n'est-ce pas ? demanda Beatrice en souriant.

Ses yeux verts étincelaient. Elle connaissait bien ce genre d'homme. Elle avait été courtisée d'une manière fort peu orthodoxe par son futur mari : il avait mis une petite fortune sur la table pour qu'elle accepte de devenir sa maîtresse.

— Pas du tout ! Je le déteste ! C'est un monstre d'arrogance !

Beatrice et Sofia haussèrent les sourcils avec un mimétisme parfait et Adela se rendit compte que ses protestations trop véhémentes étaient un aveu.

— Pourtant, vous le désirez, reprit Sofia d'une voix douce. Ça se voit à la façon dont vos yeux lancent des éclairs quand vous parlez de lui, au rouge qui vous monte aux joues. Chaque fois que le nom de votre cousin apparaît dans la conversation, vous êtes nerveuse, bouleversée. Vous n'avez jamais ces réactions enflammées quand vous évoquez l'un de mes garçons.

— C'est parce qu'il m'exaspère !

— Un homme peut-être exaspérant et irrésistible, observa Beatrice en souriant. J'en sais quelque chose.

— Rien à voir. Votre mari vous adore, Bea. Il est fou de vous.

C'était la stricte vérité. Le bel Edmund Ellsworth Ritchie était le plus amoureux des époux.

— Wilson, lui, me considère comme un parasite et un être d'une intelligence inférieure. Encore que, sur ce point, il loge à peu près tout le monde à la même enseigne !

— Je suis sûre que vous vous trompez, dit Sofia en portant sa tasse de thé à ses lèvres. Si c'est bien lui qui a votre portfolio, il a pu constater que vous possédez des dons artistiques exceptionnels. Et même s'il est un génie... l'intelligence consiste aussi à reconnaître le talent des autres.

Si seulement c'était aussi simple ! Wilson avait toujours respecté et admiré son travail. Mais leur passé tumultueux et leurs différends familiaux transformaient la conversation la plus anodine en bataille rangée.

— Mon travail n'est pas en cause. C'est moi qu'il ne supporte pas.

Elle ne leur avait pas tout raconté de son passé avec lui. Elles savaient seulement qu'il était son cousin et qu'ils ne se rencontraient jamais, sauf par accident. Et aussi qu'il était le futur héritier de Lord Millingford et son unique légataire à cause de la haine que celui-ci vouait à sa belle-fille, mère d'Adela — et aux femmes en général.

— Pourtant, vous étiez assez proches à une époque ?

Beatrice l'observait attentivement. Avait-elle deviné ce qu'elle essayait de leur cacher ?

— Eh bien... oui. Lorsque nous étions enfants, nos familles

se fréquentaient. Un été, nous avons même passé des vacances ensemble, à Ruffington Hall.

Elle s'interrompit. A l'autre bout du salon, Lady Arabella venait sans doute de raconter quelque chose de vraiment scandaleux parce que Prudence Enderby éclata d'un rire nerveux pendant que le reste du groupe restait bouche bée.

— Je… j'étais fascinée par Wilson à cette époque. En fait, j'étais amoureuse de lui. Il avait une personnalité à part, il était incroyablement intelligent et… et physiquement il était déjà très séduisant.

— Il s'est passé quelque chose entre vous ?

Le visage de Sofia avait une expression douce, pleine de compassion, comme si elle devinait qu'il s'agissait d'un épisode douloureux de sa vie.

Adela laissa son regard dériver sur le décor somptueux qui les entourait. Arabella Southern possédait une demeure magnifique. Ce salon était cent fois plus beau que celui de Rayworth Court. Et beaucoup plus luxueux que l'antique bibliothèque de Ruffington Hall où elle avait lancé jadis des regards éperdus d'admiration à son jeune cousin.

— Wilson et moi avons été intimes, autrefois, avoua-t-elle soudain dans un souffle. Il avait dix-neuf ans, j'en avais dix-huit, et nous étions tous les deux impatients de… de découvrir la vie. Un jour, nous avons échappé à la surveillance de nos parents et une chose en amenant une autre… nous avons fait l'amour.

— Oh…

Sofia et Beatrice étaient trop bien élevées pour lui demander pourquoi ils ne s'étaient pas immédiatement fiancés.

— Mais juste après nous nous sommes disputés, je me suis enfuie…

D'un geste qu'elle ne parvint pas à contrôler, elle se toucha l'arête du nez.

— Sur le chemin, j'ai heurté une branche qui m'a frappé au visage. Et j'ai eu le nez fracturé.

— Mais ce n'était pas la faute de Wilson. Pas vraiment, souligna Beatrice d'une voix douce.

— Non. Les torts étaient partagés. Je m'en rends compte maintenant. Mais à l'époque, nous étions trop jeunes, trop fiers et trop impulsifs pour l'admettre.

Elle joignit les mains pour s'empêcher de toucher une nouvelle fois son nez.

— Nous nous sommes séparés sans avoir vidé l'abcès et… la situation n'a fait depuis que s'envenimer.

— Je comprends mieux pourquoi votre rencontre à Rayworth Court a été inconfortable pour vous deux. Surtout avec les difficultés supplémentaires que pose cette histoire d'héritage.

Sofia lui lança un regard compréhensif. Elle n'était pas beaucoup plus âgée qu'elle, mais posait un regard étonnamment sage sur le monde.

— Pourquoi ne pas en discuter calmement avec lui ? Trouver un terrain d'entente… au moins sur le plan personnel, à défaut de régler votre différend familial ?

Adela ne put s'empêcher de rire. L'idée de discuter calmement avec Wilson était presque comique. Leur attirance réciproque, ce désir fou qui les embrasait dès qu'ils se retrouvaient face à face ne leur permettraient pas de converser très longtemps.

— Nous ne sommes pas très doués pour le dialogue. Chaque fois que nous nous retrouvons dans la même pièce, le… la situation dégénère.

— Mais je suis sûre que…

Beatrice s'interrompit et se mit à rire.

— Oh ! Sotte que je suis ! Vous ne pouvez pas discuter parce que la passion prend le dessus ?

— Hélas oui !

Adela poussa un soupir.

— C'est ridicule. Sept années ont passé… mais il a suffi que je me retrouve seule quelques minutes avec lui pour que je retombe dans les mêmes travers. Je me suis conduite comme une idiote, et naturellement il a profité de la situation…

Elle serra les lèvres, dépitée, et plus furieuse contre elle que contre lui.

— La belle Coraline devait lui manquer et quand sa cousine est venue sottement s'offrir à lui sur un plateau, il a profité de l'aubaine, même si ce n'était qu'un deuxième choix.

— Et si vous vous trompiez ? objecta Sofia. Si, en réalité, c'étaient Coraline et toutes celles qui l'ont précédée qui n'étaient qu'un deuxième choix… depuis qu'il a perdu la jeune femme à laquelle il tenait plus que tout ?

Adela écarquilla les yeux. *Quoi ?* Non ! Wilson n'avait jamais tenu à elle ! Il avait couché avec elle uniquement pour satisfaire sa curiosité et assouvir ses désirs de jeune mâle.

Qui sait s'il ne s'était pas livré à une petite expérience avec elle, à Rayworth Court ? Une sorte de test pour vérifier si la femme d'aujourd'hui était aussi consentante et stupide que la jeune fille d'autrefois.

— Vous vous trompez, Sofia. En fait, je suis son pire cauchemar. Ma mère donnerait n'importe quoi pour qu'il m'épouse, surtout depuis que notre cousin Henry et sa fiancée ont péri dans un accident et qu'il reste le seul héritier de grand-père. Il le sait, mais n'est pas homme à se laisser manœuvrer.

Elle haussa les épaules.

— Il me fuit comme le démon.

Ses deux amies échangèrent un regard dubitatif. A l'évidence, elles ne la croyaient pas. C'était qu'elles ne connaissaient pas Wilson !

Elle allait s'expliquer, mais Lady Arabella choisit cet instant pour les rejoindre. Approchant une chaise, elle s'assit et se tourna vers elle avec une expression enjouée.

— Alors, quelles merveilles Isis nous réserve-t-elle aujourd'hui ? Quelques pastiches pleins d'humour inspirés par les trésors de la collection de ce vieux grigou de Rayworth ? Ou quelque chose de nouveau, de léger, d'inédit ?

Par chance, elle chuchotait. Certains membres du club récemment arrivés ignoraient que sous ses allures de vieille fille austère se cachait l'une des artistes érotiques les plus en vogue.

— Rien, hélas…, avoua Adela en regrettant de ne pas avoir eu le temps de réaliser au moins quelques esquisses pour amuser ses amies. On m'a volé mon portfolio pendant le week-end avec tous mes dessins à l'intérieur.

Arabella en resta momentanément sans voix.

— Par exemple ! Je n'aurais jamais imaginé que cette assemblée de pachydermes serait intéressée par cette forme d'art !

— C'est un peu plus compliqué que ça, soupira Adela.

Leur hôtesse lui prit la main, le visage soucieux.

— Puis-je faire quelque chose ? Il existe peut-être un moyen d'obtenir qu'on vous restitue ce qu'on vous a volé ?

— Merci, Arabella. C'est très gentil de me proposer votre aide.

Elle redressa le menton, émue par le soutien de ses amies, même si elles ne pouvaient rien pour elle.

— En fait, je sais qui l'a dérobé. J'ai la ferme intention d'aller chez lui en sortant d'ici et je ne repartirai pas avant d'avoir récupéré ce qu'il m'a pris.

Elle sourit en entendant un chorus de « Bravo ! » Oui, elle allait reprendre son bien, et cette fois elle ne se laisserait pas embobiner par Wilson ! Elle serait aussi froide et insensible que le marbre.

Alors pourquoi tremblait-elle intérieurement à l'idée de se retrouver face à lui ?

Chapitre 15

Dans l'antre du démon

Wilson habitait une élégante villa sur Maltravers Road, dans le ravissant quartier de Chelsea. Un jeune domestique la fit entrer d'un air méfiant quand elle déclina son nom. Cherchait-il à protéger son maître des intrigantes depuis sa douloureuse rupture avec *cette femme* ? Adela l'ignorait et elle s'en moquait, décida-t-elle en relevant le menton. Elle était ici en mission et rien ni personne ne pourrait la détourner de son but.

Quelle étrange maison… Habituée à vivre dans des pièces exiguës, encombrées de tout un bric-à-brac de meubles, de bibelots, de tableaux et de souvenirs en tout genre, elle trouvait le décor minimaliste étonnant mais finalement assez esthétique. Le hall d'entrée était nu, à l'exception d'une petite console surmontée d'un miroir et de deux estampes japonaises. Le domestique la précéda dans un long couloir vide, jalonné d'appliques électriques murales.

Il s'immobilisa devant une porte peinte en blanc, tout au fond, et frappa doucement.

— Entre ! fit la voix familière de Wilson.

Adela resta pétrifiée sur le seuil en découvrant une pièce immense, surmontée d'une verrière, où régnait un désordre à peine croyable. Les objets les plus improbables se côtoyaient dans un fouillis défiant toute logique. Difficile de dire si on se trouvait dans un atelier, un laboratoire, un bureau, une serre, une salle de séjour, une bibliothèque, ou dans un gigantesque débarras dans lequel on aurait entassé tous les objets qui auraient dû être répartis dans les différentes pièces de la maison. Par certains côtés, le lieu évoquait la caverne d'un magicien, d'un alchimiste, d'un ingénieur. Ou alors l'antre d'un démon…

Mais comme le maître des lieux s'appelait Wilson, on pouvait parier sans risque qu'il savait très exactement où se trouvait chaque objet, jusqu'au dernier, et qu'il était capable de mettre la main dessus les yeux fermés.

Debout devant un chevalet, il fixait avec intensité un grand tableau noir entièrement couvert d'équations tracées à la craie blanche.

— Mlle Adela Ruffington, monsieur, annonça le domestique d'une voix solennelle.

Wilson se retourna instantanément, jetant sa craie dans le pot où s'entassaient d'autres morceaux. Elle manqua sa cible, atterrit par terre et roula dans un coin.

— Della, quelle merveilleuse surprise !

Il avança jusqu'à elle d'un pas énergique, les pans de sa robe de chambre flottant autour de lui. Pour une fois, elle était relativement sobre — d'un gris brun, avec des traces de craie ici et là. Il prit sa main gantée dans la sienne, la porta à ses lèvres et l'embrassa à travers le fin cuir d'agneau.

— Bonjour Wilson, dit-elle froidement.

Elle allait se libérer quand il la lâcha. Une flamme malicieuse brillait dans ses yeux clairs. Son attitude distante semblait avoir vécu. Le charmeur était de retour !

— Je t'en prie, assieds-toi. Une tasse de thé ?

Il désigna un canapé devant une grande fenêtre donnant sur le jardin. Les coussins étaient encombrés de journaux, mais il les balaya d'un revers de la main et ils dégringolèrent sur le sol, éparpillant au passage une pile de papiers et de documents. Le domestique les ramassa, les plia et les posa sur une table de travail.

— Ou du café, peut-être ? Je ne bois quasiment que du café, ici.

Il attendait visiblement qu'elle s'asseye.

Elle n'était pas sûre d'en avoir envie. Sa nervosité la rendait vulnérable et c'était déjà très gênant de savoir qu'il avait vu ses dessins. Elle finit néanmoins par céder et s'assit le plus dignement possible, arrangeant les plis de sa robe de ville noire.

— Je prendrai du café avec plaisir, merci.

— Teale, apporte-nous du café, s'il te plaît.

Le domestique s'éclipsa aussitôt, refermant la porte derrière lui.

— Je savais que nous nous reverrions rapidement, dit Wilson avec un sourire insolent. Je t'avais dit que ce n'était pas fini.

Son sourire et l'étincelle de triomphe dans ses yeux lui donnèrent une furieuse envie de le gifler.

Ou alors de se jeter dans ses bras, de l'embrasser comme une folle… et bien plus encore.

Cela faisait à peine un peu plus de vingt-quatre heures qu'elle ne l'avait pas vu et elle se rendait compte avec consternation qu'il lui avait manqué. Même dans cette robe de chambre, en bras de chemise, sans col et… oui, en pantoufles, il était irrésistible !

Ses boucles brunes étaient en désordre, comme s'il y avait passé les doigts pendant qu'il réfléchissait à résoudre ses mystérieuses équations. Il avait une allure presque angélique, un peu comme le Mercure du *Printemps* de Botticelli ou comme un prince de la Renaissance revenu parmi les vivants à l'époque moderne. Elle pouvait presque l'imaginer posant pour un artiste, ceint d'une couronne de laurier et de pas grand-chose d'autre. Son corps était de nature à inspirer un sculpteur, même si certaines parties de son anatomie étaient beaucoup trop imposantes pour être dissimulées sous une ridicule feuille de vigne.

Mais qu'est-ce que tu fais ? Ce n'est pas le moment d'imu-

giner Wilson tout nu ! Récupère ce que tu es venue chercher et va-t'en !

— J'ignore à quoi tu fais allusion, Wilson, mais à supposer qu'il y ait jamais eu quelque chose entre nous, c'est de toute façon terminé, dit-elle avec hauteur. Tu sais parfaitement pourquoi je suis ici. Alors rends-moi ce qui m'appartient et je ne t'ennuierai plus.

— De quoi est-ce que tu parles ?

Le démon ! Il jouait avec elle comme un chat sournois s'amuse avec une souris avant de l'achever. De nouveau, l'envie de le gifler lui démangea le bout des doigts, mais elle se domina. Elle devait se montrer diplomate si elle voulait récupérer son portfolio et — qui sait ? — peut-être aussi les lettres de Sybil.

— Tu ne vas pas partir sans avoir goûté le café de Teale… Il le prépare comme personne et serait terriblement déçu si tu n'en prenais pas au moins une tasse.

En dépit de son exaspération, la perspective d'un bon café était tentante. Mama n'en servait jamais sous prétexte que c'était une boisson beaucoup trop excitante pour des jeunes filles, mais Adela aimait sa saveur puissante. C'était Sofia qui l'avait initiée aux subtils arômes de ce nectar.

— Juste une tasse, alors. Et cesse de me prendre pour une sotte. Je sais très bien que c'est toi qui as dérobé mon portfolio chez les Rayworth. Rends-le-moi. Et aussi cette autre chose qui appartient à ma famille et que tu as volée.

Il lui lança un regard interloqué et elle sentit son cœur se serrer. Elle avait espéré — contre tout espoir — qu'il avait également subtilisé les lettres de Sybil, mais à son expression stupéfaite il était évident qu'il n'était même pas au courant de leur existence.

— J'avoue pour le portfolio, cousine. J'ai crocheté la serrure de ta chambre et celle de ton sac de voyage et je l'ai subtilisé.

Il haussa les épaules.

— Mais je n'ai rien pris d'autre. Je t'assure… J'ai eu très

envie de voler une de tes jarretelles pour en faire un objet fétiche que j'aurais pu caresser en pensant à toi… mais j'ai résisté à la tentation.

Une onde brûlante envahit le corps d'Adela. Elle l'imaginait très bien, étendu sur son lit, nu, humant le tissu qui avait été en contact avec sa peau, tout en se…

Ressaisis-toi, Adela ! Concentre-toi sur ta mission !

— Tu me jures que tu n'as rien pris d'autre ?

— Tu as ma parole, Della. Pourquoi ? Il te manque quelque chose ? Un objet qui t'appartient ? Qui a de la valeur ?

Il posa la main sur son bras, le visage subitement grave.

— Dis-moi ce que c'est et je ferai tout ce qui est en mon pouvoir pour le retrouver.

Impossible de mettre sa sincérité en doute. Il était insupportable, arrogant mais également honnête et loyal. Si elle lui confiait son inquiétude, il mettrait véritablement tout en œuvre pour l'aider. Elle était très tentée… mais moins il y aurait de gens au courant de l'imprudence de Sybil, mieux ce serait.

— Rien de très important… On égare toujours quelque chose dans ce genre de réception.

Une petite moue sceptique lui tordit fugacement la bouche, mais il parut se contenter de sa réponse.

— Donc…, murmura-t-il en faisant glisser sa main le long de son bras.

Il prit le réticule qu'elle serrait dans ses mains, retira son gant droit, puis son gant gauche. Elle sentit sa gorge se dessécher, mais pour une raison qu'elle ne s'expliquait pas, elle ne put lui résister quand il prit ses deux mains dans les siennes.

— N'essaie pas de m'embobiner, Wilson. Je suis venue récupérer mon portfolio, rien d'autre. Je te l'ai dit : ce qui s'est passé entre nous à la campagne ne se reproduira plus.

— C'est un fait ?

Il examinait ses mains comme s'il s'agissait de deux œuvres d'art.

— Et comment comptes-tu me convaincre de te le rendre ?

Sans cesser de sourire, il désigna du menton un énorme coffre-fort dans un coin de la pièce. Elle ne l'avait pas repéré en arrivant. Il était peint en vert, massif et d'aspect impénétrable. Un cadran avec des chiffres était intégré à la porte. Une serrure d'une technologie avancée ?

— C'est là que tu gardes ce que tu voles à tes victimes ? Tu dois être très actif, dis donc !

Le coffre était d'une taille inhabituelle. Il devait y enfermer les mécanismes secrets qu'il concevait pour le gouvernement et de très riches commanditaires.

— Hélas, non. Aucun trésor affriolant à l'intérieur, seulement des plans top secrets pour le ministère de la Guerre ou des capitaines d'industrie. De véritables bombes, s'ils venaient à tomber en de mauvaises mains.

— Je n'en doute pas. Mais je ne vois pas pour quelle raison tu garderais mon portfolio au milieu de ces documents inestimables. Il n'a aucune valeur, sauf pour moi.

L'étreinte de ses doigts se resserra.

— Détrompe-toi. Il est très précieux pour moi aussi… comme monnaie d'échange.

Il porta sa main droite à ses lèvres et embrassa lentement sa paume avec cette sensualité pleine de douceur qui l'avait troublée dans les jardins de Rayworth Court.

Elle réprima un frisson de volupté. S'agissait-il d'un nouveau jeu ? Elle n'aurait su dire si elle en était effrayée ou excitée. Probablement les deux. Son corps réagissait à la présence de Wilson, en dépit de sa méfiance et de sa colère. Elle était assaillie par des sensations exaltantes — chaleur, désir, envie de goûter de nouveau ce plaisir ineffable qu'il lui avait fait connaître… et plus encore. Oh oui, tellement plus !

Non!

Elle se raidit et dégagea sa main d'un geste brusque.

— Donc, tu refuses de me le rendre ?

Elle chercha son sac et ses gants du regard, mais ils avaient disparu sans qu'elle sache comment.

— Je n'ai pas l'intention de servir de cobaye à tes expériences perverses, Wilson. Garde-le, ça m'est égal. Mes dessins ne sont pas signés et je doute que mes modèles aient à s'inquiéter d'être identifiés. Au contraire, ça pourrait même accroître leur popularité et décupler leur clientèle…

Il serra les lèvres et son visage se crispa comme si elle le contraignait à prendre une décision désagréable.

— Tu te rends compte que cette maison de rendez-vous que tient ton amie est totalement illégale ?

Il la regarda fixement.

— J'ai des amis juges, Della. Ce serait un jeu d'enfant pour moi de la dénoncer aux autorités adéquates et de faire arrêter tes gigolos pour prostitution. Surtout si je produis des preuves.

Il montra le coffre-fort.

Adela sentit une rage sourde monter en elle. Elle leva la main pour le frapper, mais il lui attrapa le poignet au vol et l'immobilisa avec une force implacable.

— Tu es méprisable ! Comment oses-tu menacer mes amis ? Ils ne t'ont rien fait !

— Si. Justement.

Il maîtrisa ses efforts pour se libérer. Ses doigts étaient des étaux autour de ses poignets.

— C'est toi qui me pousses à ces extrémités, Della ! Je ne supporte pas que tu prennes du plaisir avec d'autres hommes que moi. Je suis le seul à avoir le droit de te toucher, le seul !

Il l'attira à lui.

— Laisse-moi t'aimer, Della, ou tes amis en subiront les conséquences.

Mais qu'est-ce qui me prend ? Je me comporte comme un monstre !

Le dégoût qu'il lisait sur le visage d'Adela lui donnait envie de la prendre dans ses bras, de lui dire qu'il était désolé et qu'il ne ferait jamais une chose aussi méprisable.

La situation était absurde ! Il voulait son bonheur et il était suffisamment large d'esprit pour reconnaître qu'une femme avait tout autant droit au plaisir qu'un homme et qu'elle n'avait ni à se justifier ni à s'excuser pour ça.

Mais dès qu'il s'agissait d'elle, il perdait tout sens commun et devenait un homme des cavernes. Un vrai sauvage qui se tapait le torse en rugissant dès que quelqu'un s'approchait de « sa » femme !

Les jeunes étalons qu'elle avait dessinés l'avaient fait gémir, trembler. Forcément. Ils l'avaient caressée avec autrement plus de talent que lui, lors de leur première étreinte, sept ans plus tôt.

Ils lui avaient tiré des cris d'extase. Et ces yeux qui le fixaient en cet instant avec colère, ils les avaient fait vaciller de passion. Bon sang, cette seule idée le rendait fou !

Il *devait* lui faire oublier ses amants passés et pour cela il n'avait pas d'autre choix que de les surpasser.

Parce que toi tu m'as fait oublier Coraline, Della. Il a suffi d'un tête-à-tête pour que s'efface de mon esprit celle que je croyais vouloir épouser.

Encore une écharde dans sa chair. Sans le vouloir, Adela avait réduit le grand amour de sa vie à une simple passade.

— Très bien, alors, prends-moi ! gronda-t-elle.

Elle tremblait. De colère ou de désir ? Sa bouche adorable était entrouverte, sa lèvre inférieure mouillée. Si succulente qu'il mourait d'envie de la dévorer.

Il inclina le visage en même temps qu'elle levait le sien. Leurs bouches se joignirent comme guidées par une volonté propre. Il poussa un cri étouffé quand elle chercha sa langue.

Elle avait toujours été pragmatique et il savait exactement ce qu'elle avait en tête. Elle voulait lui voler son âme pour mieux l'asservir. Si elle n'avait pas été en train de l'embrasser, il aurait applaudi. *Bravissima !*

Il la laissa prendre les commandes. Il adorait cette combativité en elle. Il la dominait physiquement, mais elle continuait à le défier. Et elle était en train de remporter le combat.

Son sexe était tendu, douloureux.

Il ne pouvait plus résister. Mais alors qu'il lui lâchait les poignets pour la broyer contre lui, on tapa à la porte.

Malédiction. Le café !

Adela se figea. Elle aurait dû être soulagée que Wilson soit stoppé net dans son entreprise de séduction, mais elle se sentait seulement frustrée et déçue.

— Entre !

Teale apparut, un plateau dans les mains, et installa la cafetière fumante et le service entier sur un grand coffre en chêne, à côté de Wilson.

— Souhaitez-vous autre chose, monsieur ?

— Non, merci, Teale. Tu peux disposer de ton après-midi. Profites-en pour aller au music-hall, si tu veux. Tu n'as qu'à prendre de l'argent dans la cagnotte des courses, je le remplacerai demain. Et dis au reste du personnel que je n'ai plus besoin d'eux non plus.

— Merci, monsieur.

Teale sourit, visiblement touché par la gentillesse de son maître. Il quitta la pièce, refermant doucement la porte derrière lui.

Tu donnes quartier libre à ton personnel pour que nous ne soyons pas dérangés ? C'est ça ?

Adela sentit son cœur battre à coups redoublés, non pas de peur mais d'excitation.

— Tu mets tout le monde dehors pour mieux me tenir à ta merci ?

Il l'observa du coin de l'œil tout en servant le café.

— Absolument. Pourquoi ? Tu as changé d'avis ?

Au fond d'elle-même, elle était certaine qu'il bluffait et qu'il ne tenterait rien contre Sofia et ses amis. Mais pouvait-elle se fier à son intuition ? Qui sait si la vie n'avait pas transformé le jeune homme généreux d'autrefois en un individu revanchard et sans pitié ? Pouvait-elle prendre le risque de se refuser à lui ?

Cesse de te chercher des excuses, Della. Tu as envie de lui, c'est tout. Et tu as le droit de prendre du plaisir, ce n'est pas un péché.

— Pas du tout. Dois-je me déshabiller tout de suite ?

Elle retira l'épingle qui maintenait son chapeau, la repiqua dans l'étoffe et envoya le tout voltiger en direction d'un fauteuil. Sans même vérifier si son couvre-chef avait atteint son but, elle attaqua les boutons de son corsage.

Wilson lui saisit la main pour l'arrêter.

— Aussi ardent que soit mon désir de voir ton corps délectable, Della, rien ne presse. Prends le temps de boire ton café. On verra ensuite.

Elle s'immobilisa. Son corsage ouvert dévoilait le haut de sa chemise ornée de dentelle. Elle était harnachée de pied en cap, corset inclus. Mama poussait des hauts cris si jamais elle tentait de sortir dans une tenue allégée — même si elle tolérait cette lubie, en soupirant à fendre l'âme, entre les murs de la maison.

— Pourquoi ? Tu y as fait verser une drogue pour me rendre plus docile ?

Il se mit à rire en lui tendant une petite tasse, puis lui présenta le pot de crème. Elle hocha la tête, accepta le nuage de crème, mais refusa le sucre.

— Non, mais si tu cherches un aphrodisiaque, je peux t'en concocter un, répondit-il. Je connais toutes sortes d'herbes et de plantes très stimulantes.

— Existe-t-il une seule chose que tu ne puisses fabriquer, concevoir ou imaginer ?

— Je me sers des dons que la nature m'a donnés, Della. Tout comme toi.

Il but son propre café noir et sans sucre.

— Entre autres, ton talent pour le dessin et les jeux érotiques.

— La liste s'arrête là, répondit-elle en goûtant la boisson.

Il était si fort qu'elle en eut presque les larmes aux yeux. Mais il était délicieux.

— Ce n'est pas vrai. Il faut y ajouter aussi la générosité, la gentillesse, l'intelligence et la loyauté. Tu as toutes ces qualités en abondance. Et elles sont bien plus importantes que posséder une trop grande intelligence.

Elle cilla, choquée par cet aveu. Etait-il sincère ?

— Tu crois que je te mens ? Que c'est une ruse pour endormir ta méfiance avant de te porter l'estocade ?

— Ça m'a traversé l'esprit, je le reconnais.

Elle but une autre gorgée de café. Elle allait avoir besoin de toute sa combativité.

Wilson finit sa tasse et la posa sur la table basse.

— Je te désire, Della, mais ça ne m'empêche pas d'être honnête dans mon jugement.

Il se leva dans un tourbillon de soie et se dirigea vers le coffre-fort.

Adela termina son café, posa sa tasse à son tour sur la table et se pencha pour regarder les doigts de Wilson virevolter sur le cadran. Il le fit tourner dans un sens, puis dans l'autre, la tête inclinée sur le côté. On aurait dit qu'il écoutait et n'avait pas besoin de regarder. Au bout de quelques instants, la lourde porte s'ouvrit et il en sortit le portfolio.

— Ça semble superflu maintenant, dit-elle comme il le lui tendait. Tu as d'autres moyens de pression sur moi.

— Exact.

Ses yeux gris étaient acérés, calculateurs.

— Mais il est logique qu'il revienne à son légitime propriétaire. Tu peux vérifier qu'il ne manque rien…

Elle sentit ses doigts trembler légèrement tandis qu'elle dénouait le ruban qui fermait la chemise en cuir. Une onde de chaleur lui monta aux joues à l'idée de ce qu'elle allait voir. Wilson avait regardé ses dessins et sans doute son imagination lui avait-elle montré des scènes où elle faisait l'amour avec chacun des trois hommes dont elle avait fait le portrait.

Lionel. Clarence. Yuri. Pourquoi regrettait-elle à présent de s'être donnée à eux ?

Puis la colère l'envahit d'avoir eu ce regret. Elle avait le droit d'avoir des amants, le droit de s'amuser avec des jeunes gens magnifiques, le droit de s'étourdir de plaisir dans leurs bras ! Wilson avait eu des maîtresses ; la sublime Coraline n'était pas son unique conquête. Pourquoi devrait-elle s'interdire ce qu'il ne se refusait pas ?

Je suis une femme moderne. Je prends ce dont j'ai envie.

Elle ouvrit le portfolio et retint son souffle.

Le dessin qui s'offrait à son regard était magnifique. Les proportions parfaites, le souci du détail saisissant.

Mais elle n'en était pas l'auteur.

Chapitre 16

Simple échange de bons procédés

— C'est ton œuvre.

C'était une affirmation, pas une question, car le doute n'était pas permis. Wilson était l'artiste le plus créatif qu'elle ait jamais rencontré.

— Ton travail m'a inspiré, dit-il.

Ce n'était pas tout à fait exact. Son dessin rappelait davantage la saynète coquine du praxinoscope. Un homme donnait la fessée à une jeune femme. Sa main était levée, prête à s'abattre sur sa croupe vulnérable. Mais dans le monde de Wilson, les deux acteurs étaient complètement nus et posaient comme un dieu et une déesse de la mythologie grecque. La femme était à genoux sur un canapé — semblable à celui où ils étaient assis en cet instant —, le buste incliné sur le dossier, son postérieur tendu vers le gentleman debout derrière elle. Une ombre gris pâle montrait que la punition était commencée depuis un certain temps. Si le dessin avait été en couleur, elle aurait été d'un rose délicat.

Les détails étaient d'une incroyable minutie, presque comme s'ils avaient été dessinés à l'aide d'un microscope. Les longs cheveux de la femme étaient rassemblés sur une épaule, dévoilant son profil et sa gorge. En regardant de plus près, Adela constata qu'elle n'était pas complètement nue. Quelque chose scintillait autour de son cou.

Les Ruff…

Et ce n'était pas tout ! Son épaisse chevelure était sombre et bouclée, et son visage n'avait pas la beauté parfaite d'une Aphrodite : son nez présentait une légère déviation. Oh ! A peine visible, pas comme chez l'original. La main de l'artiste s'était montrée plus magnanime que ne l'avait été certaine branche d'arbre un jour d'été.

L'homme aussi avait une allure familière. Ses cheveux bruns étaient sombres et sauvages, son corps mince mais puissant. A l'arrière-plan, abandonnée sur une chaise, on apercevait une robe de chambre.

— Si tes inventions ne se vendent plus, tu pourras toujours te reconvertir dans l'art érotique. Je connais un magazine qui t'achèterait cette œuvre à prix d'or.

Elle pencha la tête, étudiant le dessin d'un œil critique.

— Il est presque trop parfait. Les humains ne sont pas des statues de marbre.

— J'ai l'habitude de dessiner des diagrammes et des plans, pas des êtres vivants. Mais je suppose qu'avec un peu d'entraînement je pourrais apprendre à devenir moins soigneux.

— Dois-je comprendre que tu trouves mon travail bâclé ?

Reposant le dessin, elle découvrit deux variations du même thème. Sur l'une d'elles, Wilson (à quoi bon nier l'évidence) se tenait juste derrière sa partenaire, son sexe bandé la frôlant pendant qu'elle se courbait sur le grand coffre de bois, le visage baissé. Sa main était levée, prête à l'action et son membre dressé semblait sur le point de la pénétrer.

— Je n'ai jamais dit que ton travail était bâclé, protesta-t-il en écartant ses dessins pour découvrir ceux d'Adela.

Elle rougit en contemplant son étude vigoureuse et pour le coup très minutieuse de Yuri. Il était allongé sur un lit et se caressait, les yeux mi-clos, une expression proche de l'extase sur son beau visage.

— Tu as baisé avec lui, après avoir fini son portrait ?

Il poussa le dessin pour en exposer un autre, sur lequel Lionel souriait, assis sur une chaise, jambes écartées, le sexe au repos.

— Et avec lui ?

— Non, bien sûr que non !

Elle referma le portfolio d'un geste brusque.

— Le travail, c'est le travail, et… le plaisir, c'est le plaisir. Je ne mélange jamais les deux. D'ailleurs, je dessine le plus souvent de mémoire. Tu le sais très bien.

Il lui prit la chemise des mains et la mit de côté.

— Si c'était moi ton modèle, tu pourrais résister ?

Non, je ne pourrais pas…

— Tu as trop de travail pour trouver le temps de poser pour moi.

C'était la stricte vérité. Elle s'était souvent demandé comment il avait pu répondre aux caprices de Coraline, une femme futile jusqu'au bout des ongles et dont la seule activité consistait à parader d'une soirée à l'autre. Ses réalisations scientifiques et technologiques avaient-elles souffert de cette liaison ? Etait-ce l'une des causes de leur rupture, en dehors du duc italien ?

— Même le plus prolifique des cerveaux a besoin de se reposer de temps à autre.

Il lui lança un regard lourd de sous-entendus.

— Un court intermède suivi d'un orgasme peut s'avérer très stimulant pour la créativité. Tu l'as sûrement constaté par toi-même.

— Ne sois pas stupide.

Il venait de marquer un point, cependant. La jouissance ouvrait l'esprit. Elle se sentait toujours plus légère et plus alerte, quand elle avait pris du plaisir.

— Je ne suis pas stupide, je suis rationnel.

Avec une soudaineté imprévisible, il déboutonna son corsage, achevant ce qu'elle avait commencé.

— Si tu dois continuer à dessiner des œuvres érotiques pour tes clientes, je me propose comme modèle exclusif. En plus tu réaliseras des économies : je te baiserai gratuitement.

Elle en resta bouche bée. Elle s'imaginait très bien dessinant le corps splendide de Wilson, puis ondulant de plaisir sous ce même corps splendide…

C'était parfaitement scandaleux mais en même temps, comme il l'avait souligné, on ne pouvait plus rationnel.

— Tu ne vois pas le côté pratique de cet arrangement ? poursuivit-il comme elle était incapable de lui répondre.

Il continuait à déboutonner son corsage et, en quelques instants, le vêtement s'ouvrit complètement, dévoilant ses dessous.

— Nous serions gagnants tous les deux. Aucun risque. Et pas besoin de sortir les violons pour obtenir satisfaction.

Il fit glisser son corsage sur ses épaules et, sans même réfléchir, Adela lui prêta main-forte. C'était comme dans un rêve.

— Avec toi, tout est si froidement scientifique !

Mais la façon dont il s'attaquait à sa chemise n'avait rien de froid. Elle frissonna, la pointe de ses seins déjà durcie de désir. Elle avait envie d'être nue devant lui, libre de toute entrave. Jupons, corset, chemise, chaque vêtement était une prison. Ce serait merveilleux de venir dans cette pièce lumineuse pour dessiner, vêtue d'une robe légère… sans rien dessous. Et si d'aventure elle avait envie de faire l'amour avec Wilson, elle n'aurait qu'à faire tomber son vêtement à ses pieds, se mettre à califourchon sur lui et le chevaucher ardemment.

— Il n'y a rien de scientifique là-dedans, Della. Simple échange de bons procédés.

Il caressa ses épaules, sa gorge, insinua ses doigts dans le sillon entre ses seins que le corset faisait pigeonner. C'était à peine un effleurement, mais elle en gémit de plaisir. Ecartant les mains de Wilson avec impatience, elle prit le relais, finissant de déboutonner sa fine chemise, tirant sur le tissu pour aller plus vite.

Tandis qu'elle luttait pour venir à bout des rubans et des agrafes, il se mit à genoux et délaça ses bottines. En l'espace de quelques instants, il faufila ses mains sous ses jupes et retira ses jarretelles puis ses bas.

— Oh oui... oui..., murmura-t-il d'une voix exaltée, tout en faisant remonter ses mains le long de ses jambes nues.

Elle écarta les cuisses pour l'inviter à aller plus haut, mais il la fit lever pour dénouer ses jupons.

Ils tombèrent en corolle à ses pieds. Elle les enjamba, puis il les envoya voltiger sur le tapis.

— Tu es belle en corset, Della... mais je veux te voir nue. Ça fait si longtemps...

Il ouvrit les petites agrafes sur le devant.

— Adorable, souffla-t-il en glissant la main sous l'armature, pour pouvoir prendre son sein dans sa paume.

Là encore, la douceur de sa main et sa chaleur suffirent à la faire gémir. Le mamelon sur lequel il pressait son pouce était déjà gonflé et douloureux, mais quand il l'effleura d'une caresse, une onde de plaisir la parcourut jusqu'à l'entrejambe. Il le pinça et son clitoris pulsa comme s'il était animé d'une vie propre.

— Ne te mords pas la lèvre, Della. Crie si tu en as envie. S'il te plaît, ne te retiens pas.

Il lui pinça de nouveau le mamelon et elle laissa échapper un sanglot. Elle voulait sentir sa main entre ses jambes. Maintenant.

Elle rouvrit les yeux. Mais pourquoi attendre ? Elle n'avait pas besoin de lui !

Elle glissa la main dans la fente de sa culotte.

— Tu es une vilaine fille, Della.

Il approcha son visage du sien, tout près, et elle sentit l'odeur du café et de sa lotion après-rasage, épicée, exotique. Probablement encore une de ses compositions.

— Si tu te touches, je vais être obligé de te donner la fessée !

— Tu le feras de toute façon, riposta-t-elle.

Pourquoi dessiner une scène de fessée et la lui montrer, s'il n'avait pas l'intention de passer à l'acte ?

— Tu me connais bien, cousine.

Il l'embrassa au coin des lèvres et elle sentit son sourire alors même qu'elle cherchait son clitoris du bout des doigts.

— Ce n'est pas difficile. Tu as dessiné ton fantasme. Oh…

Au moment même où elle atteignait son bourgeon sensible, il pinça son mamelon.

— Oh ! Oh ! Oh !

Elle sentit son sexe palpiter sous ses doigts. Ce n'était pas encore l'orgasme mais presque… presque…

Lui agrippant le poignet, il écarta sa main. Ses yeux gris étincelaient. Il était bien plus dangereux que l'adolescent de jadis, mais le risque le rendait plus excitant encore.

— Assez d'atermoiements !

Tout en lui tenant le poignet d'une main, il tordit son mamelon de l'autre. Elle aurait pu se débattre, mais elle n'en fit rien. Dès qu'il la lâcha, elle recommença à batailler pour ouvrir les agrafes de son corset.

— Attends une seconde…

Il sortit son couteau miniature de sa poche et se livra à une petite manipulation pour en ouvrir le cylindre en argent. Puis il se pencha par-dessus son épaule et trancha net les lacets qui fermaient son corset par-derrière.

— Ne t'inquiète pas. Je les remplacerai, si tu veux remettre cet instrument de torture.

Il continua à couper les liens jusqu'à ce que le corset se détache complètement, puis le jeta sur la petite pile de vêtements. Avec des gestes impatients, il lui ôta ensuite sa chemise, fit glisser sa culotte le long de ses jambes, puis l'invita à l'enjamber.

Quand ce fut fait, il recula pour la contempler. Son regard était à la fois professionnel et libertin, et elle sentit tout son corps s'enflammer.

Elle brûlait d'envie de se toucher, mais résista à la tentation. Se caresser alors qu'elle était nue devant lui serait trop scandaleux.

Il se rapprocha si près que la soie de sa robe de chambre frôla sa poitrine, son ventre et ses cuisses dans une caresse impalpable mais délicieuse. Il pressa doucement ses lèvres sur les siennes, frôlant leur ouverture du bout de la langue. Puis, comme il s'insinuait entre elles, il attira son visage à lui, enfouit les mains dans ses cheveux et retira les épingles qui les retenaient, laissant ses boucles épaisses et lourdes retomber en cascade sur ses épaules. Elle se laissait faire, sans volonté, frissonnant de la tête aux pieds, enivrée du plaisir d'être complètement nue dans cette pièce éclaboussée de lumière, au pouvoir de cet homme beau et dangereux.

Il recula sans lâcher son visage.

— Tu es une femme très sensuelle, Della. Qui pourrait s'en douter en te voyant si sévère et guindée dans ta robe noire ? Tu caches bien ta vraie nature. Froide à l'extérieur mais brûlante à l'intérieur.

Il fit glisser une main le long de sa taille, la faufila entre ses jambes et pressa sa paume sur son intimité. Elle poussa un cri étouffé, essayant de garder le contrôle d'elle-même.

— Les hommes ne font pas attention à moi, Wilson. Je m'habille en noir, je ne me mets pas en avant et je ne suis pas jolie.

— S'ils ne voient pas quel trésor tu es, c'est que ce sont des imbéciles ! Et je ne supporte pas ton obstination à répéter que tu n'es pas belle. Je suis sûr que tu le fais exprès pour me culpabiliser, parce que tu t'es blessée en me fuyant.

Il lui souleva le menton.

— Qu'a-t-on à faire d'une beauté fade, quand on a un tempérament de feu comme toi ?

Il pressa sa main sur son sexe tout en se remettant à l'embrasser, plus durement.

— Tu joues les vieilles filles austères, alors que tu es

sensuelle et libertine. Je parie que tes gigolos te trouvent belle à en mourir et qu'ils ne croient pas à leur chance, quand tu achètes leurs services.

Il passa derrière elle et la poussa jusqu'à un miroir en pied, dans un angle de la pièce. La vision de son corps pâle et nu contre la silhouette habillée de Wilson était d'une crudité choquante. Elle ferma les yeux. Elle ne prenait déjà pas plaisir à se contempler dans une glace avant l'accident, mais depuis elle évitait autant que possible de se regarder.

— Regarde-toi ! lui ordonna-t-il, les doigts sous son menton, son pouce s'enfonçant dans sa joue. Et n'essaie pas de te cacher. Ne m'insulte pas en te cachant, Della !

Elle ouvrit les yeux. La main de Wilson était plaquée sur son triangle de boucles et elle voyait les muscles de son avant-bras bouger tandis qu'il la caressait. Alors même qu'elle haletait de plaisir, l'artiste en elle ne pouvait s'empêcher d'admirer le tableau qu'ils formaient, enregistrant cette image pour se la remémorer plus tard.

— Tu es magnifique, Della, magnifique…

Il frotta son visage contre ses cheveux dénoués comme un animal câlinant sa femelle, une bête sauvage apaisant sa partenaire avant de la monter.

— Je meurs d'envie de toi, mais je voudrais te fesser d'abord. Ta croupe est si belle…

Il se colla à ses fesses et elle sentit son sexe dur et brûlant à travers son pantalon.

— Je sais que tu n'es pas du genre à supplier ton maître… mais j'ai le droit de rêver un peu et d'imaginer que tu pourrais te soumettre à moi.

Il happa le lobe de son oreille entre ses dents et le mordilla.

— Même si aucun homme ne peut conquérir ton âme.

Elle tremblait comme une feuille, mais n'aurait su dire si c'était à cause de ses caresses ou des mots qu'il prononçait. Elle sentait son doigt sur la fente de son sexe, juste sur son clitoris, et elle imagina qu'il était toujours là quand il donna une claque sur les fesses. Plaisir et douleur. Douleur et plaisir associés pour ne faire qu'un. Les petites tapes de ses partenaires de jeu, chez Sofia, ne l'avaient jamais excitée de cette façon. Avec Wilson, tout était différent, démultiplié. Réel !

Il bougea son doigt et elle se tortilla pour en accentuer la pression. Elle volait son plaisir et savait qu'elle serait punie pour cette audace.

— Vilaine fille, dit Wilson dans un rire, continuant à la caresser.

Elle sentit ses jambes se dérober, mais il la tenait solidement contre lui.

— Affamée, impudique et libertine.

Oui, je suis tout cela à la fois. Même les garçons chez Sofia n'ont jamais deviné à quel point je l'étais.

Il la pilota jusqu'au coffre de bois, lequel avait la hauteur parfaite pour faire s'y courber une femme afin de lui donner la fessée ou de la prendre par-derrière. Il butina ses cheveux quelques instants, puis arracha un coussin du canapé et le posa sur le bord du meuble pour en atténuer l'arête.

— Magnifique, dit-il appuyant sur ses reins pour la faire basculer en avant.

Cette petite attention la troubla. Wilson était si imprévisible ! Arrogant, égoïste et têtu à certains moments, tendre et prévenant à d'autres. Le bois sculpté était froid sur sa joue et ses bras. Il écrasait ses seins, irritant ses mamelons dressés. Le coussin protégeait son pubis, mais elle le regrettait presque. L'envie de se frotter sur cette surface rugueuse était irrésistible. Elle souleva subrepticement les hanches.

— Non, non, vilaine ! Je sais ce que tu essaies de faire.

Il la fit se tenir immobile d'une pression sur ses reins.

— Reste sage, mon impatiente. Ne bouge pas.

Tout en la maintenant d'une main, il l'explora de l'autre, parcourant ses cuisses et ses fesses, suivant chaque courbe, chaque relief. Elle sentit son visage s'enflammer de honte, même si elle avait attendu et désiré cette épreuve. Quand il insinua ses doigts entre ses fesses, elle gémit tout haut.

— Ça te plaît ?

Il se pencha sur elle, sa voix haletante et rauque contre son oreille.

— Tu aimes ? insista-t-il en posant ses deux mains sur sa croupe.

Lui écartant les fesses, il exposa le petit anneau de muscles, puis se pencha et souffla doucement dessus, la faisant frissonner.

— Un jour, je te prendrai par là, Della. Et je labourerai ta croupe splendide jusqu'à ce que tu défailles de plaisir.

Sa promesse lui fit battre le cœur à toute vitesse. Elle n'avait jamais goûté à ce plaisir-là, elle n'en avait jamais ressenti l'envie. Mais en cet instant, un petit démon tentateur lui soufflait à l'oreille : quel effet cela ferait-il si tu essayais ? Quelques audacieuses du club avaient tenté l'expérience et, à les en croire, c'était le plus sûr moyen de prendre du plaisir sans courir le moindre risque.

Wilson pressa ses lèvres sur une fesse, puis sur l'autre.

— Mais pas aujourd'hui, ma douce, continua-t-il. Aujourd'hui, nous allons faire les choses dans les règles.

— C'est très civilisé de ta part.

— Oui, je trouve aussi, répondit-il d'un ton désinvolte.

Il se redressa et se débarrassa de sa robe de chambre. Du coin de l'œil, elle vit le vêtement voltiger dans la pièce. Il était incroyablement désordonné et semblait passer son temps à jeter des choses par terre.

Tendue, elle suivit ses préparatifs. Il roula ses manches sur ses avant-bras, ouvrit deux boutons de sa chemise. Il fit même craquer ses jointures, ce démon, comme s'il s'apprêtait à donner un récital !

— Et maintenant, ma voluptueuse, quelques arpèges pour te réchauffer…

— Je crois que je suis suffisamment chaude.

Elle était brûlante même, sa peau en sueur collait au couvercle du coffre.

— Tu es une fournaise de tentation, Della, et je suis impatient de me consumer en toi.

Elle allait lui demander de cesser de dire des sottises, quand la première claque s'abattit sur ses fesses, lente, presque tendre, mais avec une vigueur qui la fit trembler.

L'aiguillon du plaisir la transperça. Oh ! C'était trop bon ! La deuxième tape lui arracha un petit cri voluptueux et la fit onduler d'impatience. Elle en voulait plus.

Les tapes se succédèrent, cinglantes, rapides, excitantes... et pourtant, elle les sentait à peine. Elles n'étaient que le prologue de l'acte suprême auquel elle aspirait. Un acte dont elle rêvait depuis sept longues années, en dépit de ses incartades avec les garçons de Sofia.

Ecartant les cuisses, elle se souleva, s'offrant à lui.

Prends-moi, Wilson. Possède-moi. Fais-moi tienne même si ce n'est que pour une seule journée.

C'était de la folie, ce... cette fixation sur lui. Il était un danger pour son cœur, pour son âme. Elle en avait conscience, mais ne pouvait s'empêcher de se jeter tête baissée dans cette folie.

— Je ne peux plus attendre. Baise-moi maintenant !

— Mais quelle impatience ! Tu te montres aussi directive avec tes gigolos ?

— Cesse de me provoquer, souffla-t-elle en se tortillant. Si tu ne fais pas ton travail, je m'en vais. Je me rhabille, je hèle un fiacre et je me fais conduire chez mes gigolos, comme tu les appelles. Eux, ils sauront me satisfaire !

— Oh non, tu n'iras pas là-bas !

Sa voix était aussi dure que du silex, ses mains sur sa croupe aussi.

— Ne bouge pas.

Elle l'entendit traverser la pièce d'un pas brusque.

Elle releva la tête, intriguée. Il ouvrit un tiroir, fouilla à l'intérieur, le referma, puis la rejoignit, tenant à la main une petite boîte en fer. Elle devina ce qu'elle renfermait et faillit pousser un cri de soulagement.

— Oui, moi aussi j'en utilise. Je l'ai toujours fait — sauf une fois… mais tu es au courant… Tu étais là, ce jour-là.

Vraiment ? La plupart des hommes ignoraient l'existence des préservatifs ; ils préféraient même s'en passer par économie ou pour leur confort personnel.

Mais Wilson était différent. Il avait probablement lu un article ou un rapport médical sur la question et il avait choisi la solution la plus radicale. Même dans le feu de l'action, l'intellect avait toujours le dernier mot avec lui.

— C'est très altruiste de ta part, cousin. Peux-tu procéder, maintenant ?

Il s'approcha tout près d'elle, comme pour lui apporter la preuve qu'il ne trichait pas. Elle fut incapable de détourner les yeux pendant qu'il déboutonnait son pantalon, plongeait la main dans son caleçon et dégageait son sexe.

Face à cet homme dans toute sa gloire, elle ne put s'empêcher de juger ses partenaires de chez Sofia d'une pâle insignifiance — même si à l'époque elle avait apprécié leurs attributs. C'était plus fort qu'elle, Wilson était pour elle la référence absolue. Un étalon, dans tous les sens du terme. L'artiste en elle se désola quand il enferma cette mâle perfection dans la gaine en caoutchouc.

— Produit de ma conception, souligna-t-il. J'ai vendu le brevet à des fabricants contre des parts dans leur société. Mes bénéfices grimpent de jour en jour, et en plus j'ai la satisfaction de savoir que je fais œuvre de santé publique.

Elle faillit éclater de rire. Il n'y avait que lui pour tenir un discours de ce genre dans un moment pareil !

— Où te procures-tu les tiens ? demanda-t-il à voix basse

tout en s'inclinant pour presser son sexe gainé de latex contre sa hanche.

— Sofia me les rapporte de France.

Il se frotta contre elle comme s'il savourait la chaleur de sa peau à travers le préservatif.

— Ah, c'est bien… Les modèles français sont généralement ce qui se fait de mieux.

Il la fit basculer sur le ventre et continua à se frotter contre elle. Adela dut se mordre les lèvres pour réprimer un gémissement. Elle allait protester quand il glissa ses doigts entre ses cuisses et les enfouit dans sa toison. Il la caressa avec insistance comme s'il privilégiait son plaisir à elle avant le sien. C'était probablement une des raisons pour lesquelles la sublime Coraline l'avait choisi pour amant — du moins jusqu'à ce que le titre et la fortune du vieux duc italien ne se révèlent encore plus irrésistibles.

— Oh ! Della, Della, souffla-t-il contre ses cheveux, tout en lui mordillant la nuque.

Agrippant une de ses cuisses, il lui souleva la jambe et l'ouvrit largement. Puis, se guidant avec ses doigts, il entra en elle.

Oh, Wilson !

Elle se mordit la lèvre une fois de plus pour ne pas crier son prénom. D'un mouvement des hanches, il la pénétra un peu plus.

— Tu me sens ?

Il se poussa davantage en elle.

— Evidemment ! Tu ne passes pas inaperçu, Wilson.

Son ton était brusque, mais c'était délibéré. Elle avait peur de livrer trop de secrets à l'homme qui la possédait.

Encore un centimètre. On aurait dit un mètre.

— Parfait… Je veux que tu me sentes et que tu saches que c'est *moi* et pas quelqu'un d'autre.

Il accentua la pression, mais sans lui donner encore pleinement satisfaction. Il la maintenait sous son contrôle, l'obligeait à ressentir chaque seconde de cette lente pénétration afin d'anéantir le souvenir de ses autres amants.

Elle se poussa vers lui en ondulant des hanches et l'agrippa avec ses muscles internes, s'imposant à lui comme il s'imposait à elle.

— Sorcière ! Tu me transformes en animal avec tes ruses.

Elle recommença et sentit son sexe palpiter en elle.

— Tu veux que je jouisse avant toi, Della ? C'est vraiment ce que tu veux ? Pour faire de moi ton esclave comme autrefois, quand je n'étais pas de force pour te résister ?

Lui, sans force devant elle ? C'était tout le contraire !

— C'est toi qui joues avec moi. Ne me fais plus attendre, j'en ai assez de tes demi-mesures. Donne-moi ce que je veux ! gronda-t-elle.

— Très bien !

Il la pénétra brutalement.

Enfin !

Elle s'accrocha au coffre pendant qu'il donnait un coup de reins, puis un autre. Parce qu'il lui maintenait la cuisse ouverte, son clitoris heurtait le coffre à chacune de ses poussées.

Et il poussait. Férocement. Désespérément. Le tissu de son pantalon râpait sa croupe endolorie mais cette douleur augmentait encore son plaisir. Elle se tortillait sous lui, ondulait, haletait comme une femme possédée.

C'était Wilson. Son Wilson. Wilson qui la possédait, qui la pourfendait de ses coups de reins, qui l'écrasaient.

— Ça suffit ou c'est encore une demi-mesure pour toi ?

Il avait l'air en colère. Il poussa encore, l'envoyant presque glisser par-dessus le coffre. Elle s'agrippa au rebord et poussa dans l'autre sens, vers lui.

— Encore. J'en veux plus. Plus !

Enfonçant ses doigts dans sa cuisse, il l'ouvrit plus largement, et la pénétra plus loin, toujours plus loin.

— Je te ferai oublier ces hommes. Tu es à moi, Della !

Tu seras toujours à moi, même si tu baises avec un million d'amants. Ils ne te posséderont jamais comme je te possède.

Il empoigna sa hanche d'une main et glissa l'autre vers son entrejambe pour chercher son clitoris.

Elle cria, submergée par de plaisir. Vague après vague, son âme s'envola vers les cimes dans une cascade de lumière, avant de retomber dans une chute extatique. Wilson s'effondra sur elle, les hanches agitées de soubresauts.

— Maintenant, tu es à moi ! cria-t-il d'une voix rauque, à peine reconnaissable.

Adela n'eut ni la force ni l'envie de protester.

En cet instant, c'était exactement ce qu'elle voulait : être à lui.

Chapitre 17

Mise devant le fait accompli

— Ne me raccompagne pas. Je ne vois pas comment expliquer ta présence à Mama, alors que je suis censée rentrer d'une réunion de mon club des couturières.

C'était cruel de l'écarter ainsi, mais il n'y avait pas d'autre solution.

— D'accord.

Sa voix était calme, mais la tension de son visage trahissait sa nervosité. Wilson était magnifique dans son costume à queue-de-pie, son gilet sombre et son discret nœud papillon. Cette tenue conventionnelle, inhabituelle pour lui, le mettait visiblement mal à l'aise. Dommage, car elle lui allait comme un gant.

— Tu connais Mama. Elle ne pourrait pas s'empêcher d'en tirer toutes sortes de conclusions et d'échafauder des plans ridicules.

C'était à son tour d'être nerveuse et de triturer le sac en toile qui contenait son précieux portfolio.

Il s'était montré incroyablement tendre, après l'amour, lui apportant un peu de cognac, lui caressant les cheveux comme si elle avait subi un choc ou qu'elle était rescapée d'un naufrage.

Ensuite, il avait rassemblé ses vêtements éparpillés aux quatre coins de la pièce et l'avait conduite dans une impressionnante salle de bains moderne. Il disposait des dernières innovations technologiques et certaines installations, elle en était certaine, étaient uniques en leur genre. Il lui avait fait couler un bain grâce à un ingénieux système d'approvisionnement en eau chaude. Puis il lui avait servi du thé à l'orange et une tranche de cake. Il avait tout préparé lui-même, ayant donné congé à ses domestiques pour le reste de la journée lorsqu'elle était arrivée.

— Je crois que tu as raison, dit-il avec un sourire. Ma présence risque de lui causer un choc.

Le fiacre s'arrêta devant chez elle, et elle se demanda avec un peu d'inquiétude comment elle allait justifier son retard. Il était 18 heures et elle était partie à 13 h 30 ! Mama devait être aux quatre cents coups.

— Ne te montre pas, le cocher m'aidera. Mama guette sûrement derrière la fenêtre.

— Entendu.

Cette conversation polie était en complet décalage avec le chaos qui régnait dans son esprit, et même Wilson, pourtant habitué à cloisonner ses émotions, semblait ébranlé. Elle n'avait jamais fait l'expérience d'un cyclone tropical, mais elle supposait que les victimes ressentaient ce même état de stupeur et d'incompréhension.

C'est comme si j'étais montée au paradis et qu'il me fallait redescendre sur Terre.

Si seulement Wilson n'avait pas été invité à la garden-party des Rayworth… Sa vie serait tellement plus simple aujourd'hui !

Mais aussi tellement plus ennuyeuse et dépourvue de saveur, malgré ses visites dans la maison de rendez-vous de Sofia. C'était étrange, mais elle était incapable de se remémorer un seul de ses après-midi là-bas, alors qu'elle se souvenait de chaque mot, de chaque geste, de chaque respiration de Wilson.

Ses caresses, son étreinte, la brûlure de son sexe étaient gravées en elle à jamais.

Pourtant, elle allait devoir apprendre à vivre sans lui et reprendre le cours de sa vie, même si plus rien ne serait comme avant. Elle ne retournerait plus voir Yuri, Clarence ou Lionel. Désormais, il lui serait tout simplement impossible de se donner à un autre homme que Wilson.

— On va se revoir ?

L'inquiétude qui perçait dans la voix de Wilson la déstabilisa. On aurait dit la prière d'un petit garçon perdu et solitaire.

— Non. Je ne pense pas que ce soit raisonnable.

Elle avait récupéré son portfolio, plus rien ne les liait donc l'un à l'autre.

— Je t'écrirai, alors.

Il ressemblait déjà plus au Wilson sûr de lui qu'elle connaissait.

Elle déglutit, incapable d'imaginer de quoi serait faite sa lettre. Quelques lignes osées et licencieuses, peut-être, dans la veine de ce que publiait *Divertissements* ? Ou alors une dissertation sur les propriétés ésotériques de l'acier, avec un commentaire léger et amusé en guise de conclusion. Il ne se comportait jamais comme tout le monde.

— Si tu veux, oui. Oui, bien sûr. Ce serait très agréable.

Cet échange de platitudes était trop douloureux. Elle tapa à la portière pour en finir et le cocher l'aida à descendre. Wilson fit glisser sa main le long de son bras dans une longue caresse mais, conformément à sa promesse, il ne l'accompagna pas. Elle ne regarda pas en arrière tandis qu'elle montait rapidement les quelques marches du perron et s'engouffra dans la minuscule entrée sans même attendre que l'attelage s'éloigne.

Elle avait à peine eu le temps d'ôter son chapeau et de tendre ses gants à Minnie, la femme de chambre, que Mama jaillit du salon, un mouchoir roulé en boule dans sa main.

— Della ! Bonté divine, où étais-tu ? J'ai failli mourir d'inquiétude !

Elle avait les yeux rougis comme si elle avait pleuré et Adela se sentit prise de remords. Même si Sybil avait toujours été sa préférée, sa mère les aimait tendrement toutes les trois.

— J'ai envoyé Lazzis chez Mme Ritchie et Mme Brigstock, mais elles ne t'avaient vue ni l'une ni l'autre. J'ai aussi adressé un message à Mme Chamfleur… même si c'est loin d'être une femme respectable à mes yeux.

Elle mutilait son mouchoir, accentuant encore la culpabilité d'Adela.

— Voyons, Mama… Sofia est une jeune femme charmante, et sa maison de Cheveley Street est parfaitement respectable.

C'était la stricte vérité : sa maison de rendez-vous se trouvait ailleurs, dans une grande et élégante demeure de Hampstead et elle appartenait en fait à son époux, M. Ambrose Chamfleur.

— Il ne faut pas t'inquiéter ainsi. J'ai vingt-cinq ans, tu sais, je suis adulte. En fait, j'ai eu envie de passer voir une amie avant de rentrer et je n'ai pas vu l'heure tourner. Je suis désolée.

— Quelle amie ? demanda Mama comme elle l'entraînait dans le salon après avoir demandé à Minnie de leur apporter du thé.

Bonne question… Wilson pouvait-il être qualifié d'*ami* ? Il était son cousin éloigné et ils avaient fait l'amour ensemble deux fois. Mais était-il pour autant un ami ? Ce terme lui paraissait si réducteur.

— Oui, quelle amie ? demanda Sybil en interrompant sa lecture du *Journal des jeunes Ladies* pour l'observer.

Même Marguerite sembla captivée, l'espace d'un instant, avant de se replonger dans son livre.

— Personne que tu connais… mais c'est quelqu'un de… de très respectable. Elle s'intéresse à l'art et elle est impatiente de me montrer une de ses nouvelles acquisitions.

Le mensonge était énorme et même sa voix manquait de conviction. Comment allait-elle s'en sortir, cette fois ? La honte la submergea, non pas à cause de ce qu'elle avait fait avec Wilson, mais parce qu'elle s'en voulait de mentir à sa mère et à ses sœurs.

Mama et Sybil ouvraient la bouche en même temps pour poursuivre leur interrogatoire, quand on tapa à la porte. Le thé, déjà ? Minnie entra, le visage tout rouge.

— M. Wilson Ruffington demande à vous voir, madame.

Elle n'avait pas fini de parler que Wilson entra.

— Wilson, quelle bonne surprise !

Le visage de Mama s'épanouit instantanément. Adela se félicita d'être assise, ses jambes se seraient dérobées sous elle.

Pourquoi es-tu venu ? Qu'est-ce que tu mijotes ?

Il s'était séparé de son chapeau, de ses gants et de sa canne, et semblait incroyablement à l'aise dans sa tenue de gentleman. Sybil et Marguerite le dévisageaient avec une admiration non déguisée et Mama avait une expression proche de l'extase.

Adela s'humecta les lèvres. Elle voulait juste qu'il s'en aille. Elle le connaissait et elle avait le pressentiment d'un désastre.

— Madame Ruffington, pardonnez-moi cette visite tardive, mais je ne pouvais plus attendre.

Il porta la main de Mama à ses lèvres, puis se tourna vers Adela, un tumulte d'émotions dans les yeux. Humour. Excitation. Triomphe.

Elle comprit ce qu'il s'apprêtait à faire et pâlit.

Non ! S'il te plaît, non !

Trop tard !

— Je souhaite vous demander la main d'Adela. Je serai le plus heureux des hommes si vous consentez à nous donner votre bénédiction.

Le salon devint instantanément un chaos de cris, de rires et d'exclamations. Mama ne savait plus où elle en était et tournait comme une toupie.

— Wilson, c'est merveilleux ! Oh, mon Dieu, je suis… je suis étourdie de bonheur !

Elle serra son futur gendre sur son cœur.

— Bien sûr, tu as mon consentement, mon cher petit, bien sûr !

Et mon avis à moi, Wilson ? Il ne compte pas ?

Elle avait l'impression d'être prisonnière de l'œil d'une tornade. Mama, Sybil et même Marguerite — qui en avait lâché son livre de stupeur — s'embrassaient, riaient, discutaient avec Wilson, mais elle n'entendait rien. La seule chose réelle dans ce tourbillon, c'était le regard de Wilson rivé sur elle. Il ne la quittait pas des yeux alors même qu'il conversait avec sa mère et ses deux sœurs.

— Oh Della, Della, Della ! Je ne me suis doutée de rien. C'est la plus merveilleuse des nouvelles !

Mama se précipita vers elle et la serra dans ses bras comme si elle venait de se souvenir de sa présence dans la pièce.

— Tu es toujours si discrète, ma chérie. Mais tu ne pouvais pas me rendre plus heureuse !

Une émotion poignante apparut alors dans ses yeux et Adela sentit son cœur battre à coups redoublés, tandis qu'elle prenait pleinement conscience de ce qui était en train de se passer. La demande en mariage de Wilson était la réponse aux prières de Mama, depuis toujours. Une consécration bien plus grande que le mariage potentiel de Sybil avec un aristocrate. Elle signifiait qu'elles n'auraient plus jamais à redouter de finir dans la misère. Et qu'elles allaient retrouver tout ce dont elles avaient été injustement privées, parce que Mama n'avait pas réussi à donner naissance à un héritier mâle.

Son rêve venait de se réaliser et il n'y avait plus de retour en arrière possible. Même si elle n'arrivait pas à concevoir ce qui avait poussé Wilson à cette décision insensée, il ne lui restait plus qu'à prier pour que ce ne soit pas une mauvaise plaisanterie. Ou une de ses expériences sur la nature humaine. Parce que si jamais il faisait machine arrière, Mama en mourrait pour de vrai.

— Chérie ? Tout va bien ?

La voix de Wilson perça le brouillard qui enveloppait son

cerveau. Mama lui avait cédé sa place sur le canapé et il se glissait d'ores et déjà dans son rôle de chef de famille, assis au côté de sa future femme.

Ses mains étaient brûlantes sur les siennes et elle se rendit compte que c'était parce qu'elle était glacée, sous le choc.

— Oui, *chéri*, répondit-elle en se ressaisissant.

Ce n'était pas le moment de se comporter comme Mama et d'avoir ses vapeurs ! Elle avait besoin de toute sa lucidité, au contraire. Aujourd'hui, et tous les jours de sa vie si elle devenait vraiment la femme de Wilson.

— Je suis un peu… surprise, c'est tout. Je ne pensais pas que nous annoncerions la bonne nouvelle aussi vite.

Il mêla ses doigts aux siens. Ses yeux souriaient, mais avec un peu de défiance. Il hocha la tête comme pour lui signifier qu'il appréciait la rapidité avec laquelle elle avait repris ses esprits.

— Tu me connais, Della chérie. Je suis un impatient.

Ses yeux étincelaient comme de l'acier incandescent.

— Je ne pouvais attendre plus longtemps pour que tu sois à moi.

Une deuxième fois..

Les mots restèrent suspendus entre eux, silencieux mais intenses.

Mama parlait à toute vitesse, mais Adela n'entendait rien. Elle n'avait conscience que de la main de Wilson enveloppant la sienne, de la flamme dans son regard. Il semblait si sûr de lui, si confiant.

Mama fit apporter du champagne. Probablement l'une des dernières bouteilles du cellier, supposa Adela, espérant qu'il en restait au moins une pour les fiançailles tant espérées de Sybil. Sa sœur était-elle vexée d'avoir été doublée dans la dernière ligne droite par un outsider aussi excentrique ? Apparemment non. Elle avait l'air aussi excitée que Mama, si ce n'était davantage. Peut-être planifiait-elle déjà un double mariage en grande pompe ?

Wilson n'était apparemment pas encore prêt à discuter des détails.

— Je viendrai vous rendre visite demain pour discuter de tout cela, madame Ruffington. Adela est un peu fatiguée après toutes ces émotions. Profitons tranquillement du moment présent et de cet excellent champagne.

Mama eut l'air un peu contrariée. Craignait-elle qu'il ne revienne sur sa décision ? Mais ce ne fut qu'une ombre passagère. Très vite, son visage s'éclaira de nouveau.

— Pourquoi n'emmènes-tu pas Wilson au jardin, Della ? C'est une délicieuse soirée. Maintenant que vous êtes officiellement engagés, personne ne trouvera rien à redire si vous restez sans chaperon.

Avait-elle deviné qu'ils avaient commis des imprudences ? Son propre mariage avait été un mariage d'amour et même si elle n'en parlait jamais, Adela savait que ses fiançailles avaient été très courtes et sa naissance déclarée comme prématurée. Mama les soupçonnait-elle d'avoir pris un peu d'avance, eux aussi ?

— Bien sûr.

Elle avait besoin de prendre l'air, de toute façon, fût-ce en compagnie de Wilson.

— Suis-moi, chéri.

Il eut le bon goût de garder le silence tandis qu'elle l'entraînait dehors.

Si la maison était petite, le jardin était minuscule. Ils atteignirent en quelques pas le banc en fer forgé niché sous un arceau de roses. Adela s'y assit et essaya de remettre de l'ordre dans ses idées. Ce n'était pas facile.

— Ma future petite femme est bien silencieuse…

La gifle partit toute seule, mais il lui saisit le poignet au vol, avec une facilité exaspérante.

— Ce n'est pas exactement la réaction que j'attendais, Della. Je pensais plutôt à une explosion de joie et de gratitude.

Dégageant son poignet, elle recula sur le banc et grimaça

quand le contact du bois sur sa croupe lui rappela ce que son « futur petit mari » et elle avaient fait dans l'après-midi.

— Je suis à court de mots, Wilson. Je ne sais que dire, si ce n'est : qu'est-ce qui t'a pris ?

Elle le foudroya du regard.

— Tu n'as aucun sentiment pour moi. Tu ne m'aimes pas, tu ne m'admires pas, tu ne me respectes même pas ! Alors pourquoi as-tu demandé ma main ?

Il pâlit, plus sûrement que si sa gifle l'avait atteint. Mais son expression atterrée disparut presque instantanément, remplacée par un sourire sardonique.

— Logique, chère Della. Logique. Il m'est subitement apparu que notre mariage mettrait définitivement un terme au contentieux entre nos deux familles et ferait le bonheur de quelques personnes, sinon de toutes.

Il n'avait pas complètement tort. A l'évidence, Mama était au paradis.

— Quel altruisme !

Elle le dévisagea d'un air méfiant. C'était peut-être de l'ingratitude de sa part, mais elle ne parvenait pas à croire à la sincérité de son explication.

— Je te jure que s'il s'agit d'une mauvaise plaisanterie, je te tuerai de mes propres mains ! Maman est folle de joie, la décevoir maintenant serait d'une insupportable cruauté !

Il lui lança un regard grave, presque peiné.

— Mais pour qui me prends-tu ? Mes intentions sont parfaitement honnêtes, Della. Et si tu réfléchis bien, tu verras que ce mariage présente de nombreux avantages. Sur le plan financier pour commencer.

— Je ne vois pas où serait pour toi l'avantage de te faire saigner par quatre parasites. Car c'est bien ce que nous sommes à tes yeux, n'est-ce pas ?

Il poussa un long soupir et leva le regard vers le feuillage, au-dessus d'eux.

— Je t'ai déjà dit que c'était une réflexion stupide de ma part, dictée par la colère, et que je la regrettais. Tu ne peux pas me croire, pour une fois ?

Ce n'était pas si simple. Il avait prononcé ces mots pour la blesser et il y avait pleinement réussi. Elle ne pouvait les effacer de sa mémoire, même s'il s'en excusait aujourd'hui.

— Admettons. Maintenant, explique-moi en quoi consisteraient ces avantages financiers ?

— Ils vous concernent toutes les quatre.

Il lui prit la main et la serra entre les deux siennes comme aurait pu le faire un fiancé sincèrement épris de sa future femme.

— J'ai toujours trouvé que ton grand-père s'était montré très injuste avec vous. Je lui ai écrit plusieurs fois à ce sujet, mais il refuse de me rencontrer pour en discuter et persiste à vivre en ermite.

Il avait écrit au vieux Curmudgeon ? Elles n'en avaient rien su.

— Notre mariage réparera cette injustice. Je vous assurerai une existence confortable, sans que vous ayez à vous soucier du lendemain.

Il lui caressa la main avec son pouce d'un air absent.

— Ce ne sera pas une charge pour moi. J'ai de l'argent et je suis financièrement indépendant grâce à mon travail.

— Mais tu ne nous dois rien !

— Je pense que si. Depuis le décès de notre cousin Henry, le vieux Curmudgeon fait une fixation sur moi, sans aucun égard pour sa plus proche famille. Ce n'est pas la faute de ta mère si elle ne lui a pas donné de petit-fils et ce n'est pas non plus sa faute si ton père est mort prématurément. Vous n'avez pas à être punies pour ça.

Il haussa les épaules.

— Lorsque j'hériterai, vous toucherez la part qui vous revient de droit… et je cesserai de me sentir coupable.

Elle ne savait que lui répondre. Elle était écartelée entre des émotions qui lui faisaient peur et des espoirs auxquels elle avait renoncé depuis très longtemps.

— Je vais donc me retrouver enchaînée à toi simplement pour soulager ta culpabilité ? demanda-t-elle d'un ton cassant pour masquer le tremblement de sa voix.

— Pas uniquement pour ça… Et je ne veux pas que tu te sentes enchaînée à moi de quelque façon que ce soit.

Etait-ce une étincelle d'humour qui venait de s'allumer dans ses yeux ?

— J'ai d'autres raisons de t'épouser, avantageuses pour nous deux.

— Je t'écoute.

— Eh bien, nous avons l'un et l'autre des besoins sexuels et il semble que sur ce plan-là, au moins, nous nous entendions à merveille. Le mariage pourrait nous offrir un moyen rationnel de satisfaire notre appétit, sans être contraints pour cela de chercher satisfaction ailleurs… et de prendre des risques…

A quel moment lui était venue cette solution « rationnelle » ? Ils s'étaient à peine croisés ces dernières années ! C'était seulement lors du week-end chez les Rayworth qu'il semblait avoir ressenti un soudain intérêt pour elle. La première fois en sept ans !

— Ce n'est pas faux, concéda-t-elle. Mais j'aurais apprécié que tu me consultes au préalable. Ma solution me convenait parfaitement. Je pouvais satisfaire mon appétit chaque fois que j'en avais envie, sans être obligée pour autant de me plier à des devoirs d'épouse.

— Mais qui te le demande ? s'écria-t-il, visiblement agacé. Tu pourras vivre comme tu l'entends et même poursuivre ta carrière artistique si tu le souhaites. Ma seule exigence, c'est que tu ne fréquentes pas d'autres hommes. Et si tu as besoin d'un modèle, je poserai pour toi à condition, évidemment, que mon visage ne soit pas reconnaissable.

Elle éclata de rire. Il n'y avait que lui pour lui proposer une solution aussi pragmatique et indécente à la fois ! Son rire devint incontrôlable et lui déclencha une crise de hoquet.

Wilson se leva.

— Je vais te chercher un verre d'eau.

— Non ! Non ! Ça va aller. Ne te dérange pas.

Son fou rire s'arrêta aussi subitement qu'il avait commencé. Elle pressa ses mains sur sa poitrine pour calmer les battements désordonnés de son cœur.

— Cet arrangement réglerait donc à la fois les questions financière, sexuelle et… artistique.

Elle serra les lèvres.

— Et pour le reste ? La plupart des couples se marient pour fonder une famille. Je ne pense pas que Dieu ait créé cette belle institution uniquement pour régler nos appétits sexuels et nos problèmes financiers.

— Je ne suis pas sûr d'avoir envie d'être père.

Son attitude devint brusquement distante, presque hostile.

— D'ailleurs, si tu as des enfants, tu perdras tout intérêt pour le sexe… sauf pour concevoir d'autres marmots.

Comment pouvait-il devenir si froid en l'espace d'une seconde ?

— Tu es répugnant, Wilson.

— Ce n'est pas ce que tu disais tout à l'heure, quand je te faisais crier de plaisir.

Elle se leva d'un bond. Le vrai Wilson était de retour, et ce soir elle n'était pas de taille à l'affronter.

— Non, reste, Della.

Il la saisit par le bras et la força à se rasseoir.

— Tu ne peux plus reculer maintenant que j'ai demandé à ta main à ta mère.

Il s'interrompit, une expression étrangement hésitante sur le visage.

— Je… je n'ai pas l'intention de t'enchaîner à moi pour toujours, Della. Je ne veux pas te contraindre. Je me disais que nous pourrions assouvir notre désir l'un de l'autre… Et ensuite, peut-être, nous séparer à l'amiable. Le regard de la société m'importe peu. Je prendrai tous les torts à ma charge pour que tu sois à l'abri du besoin. Et après notre divorce, quand tu seras riche et libre, tu pourras choisir ton prochain époux.

Divorce ? Prochain époux ?

Pourquoi ces mots lui faisaient-ils aussi mal ? Wilson avait le cerveau froid et analytique d'un scientifique, elle le savait. Si elle n'avait pas vu de ses yeux quel amant passionné il pouvait être, elle aurait pu jurer qu'il avait de la glace et non du sang dans les veines.

Mais après tout, de quoi se plaignait-elle ? Au moins, elle savait à quoi s'en tenir. Mieux valait affronter la vérité en face plutôt que se bercer d'illusions et s'imaginer qu'il voulait l'épouser parce qu'il était amoureux d'elle.

Il la lâcha, mais elle ne chercha pas à s'enfuir. La froideur de sa proposition lui donnait envie de pleurer, mais en même temps elle en entrevoyait tous les avantages. Elle voulait avoir le temps d'analyser le pour et le contre à tête reposée même s'il avait raison : il était trop tard désormais pour faire marche arrière.

— Tu as de quoi méditer, n'est-ce pas ? dit-il d'une voix radoucie. Je vais te laisser le temps de réfléchir. Je reviendrai demain et nous pourrons finaliser les détails de l'arrangement.

Avait-il lu une nouvelle fois dans ses pensées ? Tout lui paraissait irréel. Elle avait l'impression de regarder la scène de l'extérieur, en spectatrice.

Il s'éloigna, puis revint sur ses pas, prit son visage entre ses mains et l'embrassa sur les lèvres. Tendrement d'abord, mais très vite son baiser s'enflamma.

Incapable de résister, elle enroula ses bras autour de son cou et lui répondit avec la même ardeur passionnée.

Leur désir mutuel était incontestable.

Même si c'était tout ce qui les liait l'un à l'autre.

Chapitre 18

Dormir, rêver peut-être

C'est un bon arrangement. Il a du sens, se répétait Wilson en fixant le plafond de sa chambre.

Un rayon de lune se glissait entre les rideaux, dessinant des lignes pâles sur le stuc blanc.

L'idée d'épouser Adela lui était apparue comme une évidence au moment même où le fiacre repartait. Le temps de taper à la vitre avec le pommeau de sa canne et de crier au cocher de s'arrêter et il avait sauté de l'attelage pour sonner à sa porte. Elle n'avait pas accueilli la nouvelle avec enthousiasme, c'était le moins qu'on puisse dire. Mais son baiser l'avait rassuré. Sur ce plan-là, au moins, ils étaient totalement compatibles. Son réalisme ferait le reste. Adela était une pragmatique, tout comme lui.

Le mariage n'avait jamais fait partie de ses projets. Le modèle que lui en offraient ses parents n'en avait jamais fait à ses yeux un état enviable. Ils ne s'accordaient pas et, même sans connaître les raisons de leur mésentente, il voyait bien qu'ils n'étaient pas heureux ensemble. En particulier sa mère, une femme complexe et froide. Elle ne lui avait jamais témoigné la moindre affection.

Il s'était donc juré d'échapper à toute forme d'engagement, et pourtant il avait failli à sa promesse pour Coraline. Par chance, elle avait refusé sa demande ! Il avait cru que c'était à cause de son âge — il avait dix ans de moins qu'elle —, mais maintenant il savait qu'elle avait d'autres projets en vue.

Suite à cette déconvenue, il s'était renouvelé son vœu de célibat, avant de faillir une deuxième fois à sa promesse pour Adela.

D'où lui venait cette manie de vouloir épouser des femmes qui ne s'intéressaient à lui que pour le sexe ? Coraline l'avait fréquenté uniquement pour ses performances au lit et Adela ne pouvait pas le voir en peinture, sauf quand il la baisait, et encore !

Et lui ? Que ressentait-il ?

Il avait cru aimer Coraline, mais en quelques petits jours Adela avait anéanti les sentiments qu'il pensait pourtant éprouver pour elle. Elle avait fait de lui un être aussi inconséquent et écervelé que sa sœur Sybil !

— Ah, les femmes ! marmonna-t-il.

Puis il se mit à rire. Ce n'était pas les femmes qui étaient en tort. C'était *lui*. Pourquoi lui avait-il fallu aussi longtemps pour comprendre que, génie ou pas, il était esclave de sa sexualité comme n'importe quel homme ?

Rien que de penser à elle, il était excité. Glissant la main sous le drap, il toucha son membre durci à travers sa chemise de nuit en imaginant qu'il s'agissait de la main experte d'Adela. Elle avait des doigts fins mais fermes. Des doigts d'artiste. Elle était aussi douée pour le caresser que pour dessiner ses fichus gigolos.

Il sourit avec une satisfaction amère. Au moins, ce mariage donnerait un coup d'arrêt à ses escapades. A l'avenir, il serait son seul et unique amant. Serait-il à la hauteur ? Sous ses airs hautains, elle avait un tempérament de feu. Il avait cru Coraline sans égale dans ce domaine, mais à côté d'Adela elle n'était qu'un bonnet de nuit !

Un soudain accès de mélancolie l'envahit. Pas pour Coraline, non, pour toutes ces années perdues… Pour cette sortie brutale de l'enfance, ce fameux après-midi d'été, qui avait déclenché une tornade de colère et de ressentiment.

Nous aurions pu être si heureux, Della…

Voilà que la frustration le rendait larmoyant, maintenant ! Il ne manquait plus que ça… Les regrets n'étaient pourtant plus de mise. Il ignorait de quoi seraient faites les prochaines années, mais les semaines à venir s'annonçaient pleines de promesse.

Son sexe pulsa dans sa main, tandis que des images de l'après-midi lui revenaient à l'esprit. Le corps nu d'Adela, ses cris de plaisir. Il mourait d'envie d'être en elle, de sentir sa chaleur l'étreindre, mais pour l'heure il devrait se satisfaire tout seul. Relevant sa chemise de nuit, il saisit son membre bandé dans sa paume et se caressa.

Bientôt, tu partageras toutes mes nuits, Della…

Dormiraient-ils ensemble ? Ce serait merveilleux de sentir sa présence à son côté lors de ses réveils nocturnes. Parfois, son cerveau était comme une machine emballée, il continuait à le harceler même pendant son sommeil. Adela saurait apaiser sa tête douloureuse. Il l'imaginait lui massant doucement les tempes, caressant son front fiévreux…

Allons ! Cesse de divaguer !

Adela serait une épouse fidèle et elle le comblerait au lit. Mais il n'obtiendrait pas plus de tendresse de sa part qu'il n'en avait eue de sa mère ou même de Coraline.

Si nous parvenons à vivre en bonne harmonie, peut-être éprouvera-t-elle un peu d'affection pour moi à la longue ? Si je réussis à la convaincre que je ne suis pas si mauvais ?

En dépit de ses idées absurdes sur son physique, elle était magnifique. Un corps souple et harmonieux, un visage plein de caractère. Les plus beaux yeux qu'il ait jamais vus et une bouche pleine, sensuelle. Un diamant brut. Ses prétendues imperfections la lui rendaient encore plus précieuse.

Et elle était intelligente, cultivée. Autrefois, elle adorait les livres. C'était elle qui lui avait demandé de l'aider à entrer en douce dans la bibliothèque du vieux Curmudgeon. Et c'était elle qui avait insisté pour qu'il lui apprenne à crocheter une serrure.

Tout en se caressant avec fièvre, il l'imagina près de lui. Sa chemise de nuit relevée jusqu'au cou dévoilait ses cuisses, largement écartées. Ses poignets étaient attachés à la tête de lit en cuivre, au-dessus de sa tête. Elle était en son pouvoir, son sexe palpitant offert à son regard avide, tandis qu'elle luttait pour lui échapper.

Elle se débattait mais ses yeux luisaient d'excitation. Ses pommettes étaient enflammées et elle haletait, les lèvres entrouvertes. Son triangle de boucles laissait entrevoir les pétales roses de son intimité pendant qu'elle se tortillait sur les draps, ondulant des hanches pour le rendre fou de désir.

Oh, que vais-je faire de toi, belle Della ?

Elle était la tentation faite femme.

Allait-il enfouir son visage entre ses cuisses et lécher son nectar ? Ou bien laisser tomber les préliminaires et pénétrer d'un seul coup de reins dans sa chaleur humide ?

Il pouvait aussi la retourner sur le ventre et lui donner une fessée bien sentie jusqu'à ce que sa peau nacrée vire au rose vif. Elle adorerait ça. La douleur la rendait folle de plaisir. Oui, il pourrait la fesser jusqu'à ce qu'elle brûle de passion.

Ensuite, il la lécherait et la ferait jouir encore et encore, pendant qu'elle se tordrait de volupté sur les draps.

Alors seulement il la détacherait et la ferait sienne. Il la broierait contre lui et elle en ferait autant, agrippant son dos, se soulevant vers lui, criant son prénom tandis que leurs deux corps se souderaient secoués par les spasmes du plaisir.

« Je t'aime, Wilson. Je t'aime. »

Ces mots imaginaires achevèrent de le conduire à l'orgasme, son sexe pulsant violemment dans sa main, son sperme se répandant sur le drap.

Il retomba sur le lit, épuisé mais incapable de trouver le sommeil.

Bon Dieu, pourquoi avait-il entendu Adela crier ces trois mots ?

Le sommeil la fuyait. Même dans ses pires moments d'angoisse et de tristesse, confrontée à la mort de son père, à la méchanceté de son grand-père ou aux problèmes financiers qui s'accumulaient au-dessus de la tête de sa mère, elle était toujours parvenue à s'endormir. Au matin, elle se réveillait reposée, pleine de courage, prête à prendre les problèmes à bras-le-corps.

Mais ce soir, impossible de fermer l'œil. Elle avait l'impression d'avoir ingurgité des litres de café.

Pourquoi, Wilson ? Tu ne veux pas d'une épouse. Encore moins de moi !

Bien sûr, dans l'absolu, c'était la solution la plus simple. Celle qui réglait tous les problèmes d'un coup. Mais rien de ce qui les concernait n'avait jamais été simple.

Pourtant, elle voulait ce mariage. Malgré la complexité de leur relation, malgré le fait que Wilson ne l'aimait pas et ne l'aimerait jamais, elle voulait être sa femme.

Renonçant à trouver le sommeil, elle repoussa les couvertures. Elle allait dessiner. Elle ne connaissait pas de meilleur remède pour se détendre. Elle attrapa son vieux châle, souvent rapiécé mais chaud et confortable, et s'en drapa les épaules.

Après avoir allumé sa lampe, elle souleva la latte du parquet où elle cachait la clé de son bureau, déverrouilla le tiroir du haut et sortit son matériel. Le portfolio était là, lui aussi, mais elle le laissa à sa place.

Elle s'efforça de faire le vide dans son esprit et appela une image apaisante. En quelques instants, une fleur prit naissance sous la mine de son crayon. Une des roses magnifiques qu'elle avait admirées dans les jardins de Lord Rayworth. Elle s'appliqua à rendre la douceur veloutée de ses pétales, et ses pensées prirent un tour plus apaisé.

Mama serait la femme la plus heureuse de la Terre grâce à ce mariage. Elle récupérerait tout ce dont elle avait été injustement spoliée.

Adela fit voler le crayon sur la feuille, dessinant la tige, les épines…

Et de son côté, qu'en était-il ? Serait-ce si terrible de vivre aux côtés de Wilson, même pour une durée limitée ? Il était brillant, fascinant, séduisant. Impossible de s'ennuyer avec lui.

Et leurs nuits seraient torrides. Il saurait la combler, cela ne faisait aucun doute. En l'espace de quelques jours, il lui avait donné plus d'émotions qu'aucun autre homme en sept ans.

Oui, même si leur mariage n'était pas une de ces unions romantiques dont rêvait Sybil, il présentait de nombreux atouts. Ensuite, avec un peu de chance, elle deviendrait une riche divorcée. Peut-être trouverait-elle alors un mari conciliant, un homme qui accepterait de fermer les yeux sur son physique, en échange du confort que lui apporterait sa fortune ?

Sinon, il y aurait toujours la maison de rendez-vous de Sofia.

Elle cilla dans la lumière frémissante de la lampe et fixa son dessin avec stupeur. Sans même s'en rendre compte, elle avait dessiné un visage dans le cœur de sa rose.

Wilson la regardait. L'image était minuscule et pourtant son sourire familier était très reconnaissable, teinté de défi.

Tournant rapidement la page, elle commença un autre dessin.

Chapitre 19

La deuxième Mlle Ruffington se fiance

Adela était épuisée. Avec des délais aussi courts — moins de deux semaines — les préparatifs du mariage avaient tourné au marathon. Habituée à se disputer avec Wilson à peu près sur tous les sujets, elle avait été agréablement surprise quand il avait accepté des fiançailles très brèves et une cérémonie toute simple.

Son choix s'était porté sur Ste Agatha, la petite église au coin de la rue où elle se rendait tous les dimanches en famille. Mama avait commencé par pousser des cris, puis s'était résignée. Elle appelait ce mariage de ses vœux depuis si longtemps qu'elle était prête à dire amen aux lubies de sa fille aînée et à sa volonté désolante d'organiser des noces discrètes et en petit comité.

Le déjeuner aurait lieu dans l'un des luxueux salons privés de l'Hôtel Hunter. Son grand-père avait décliné l'invitation pour raison de santé, mais à la surprise générale, il avait écrit une courte lettre pour donner son consentement à leur union et leur adresser ses vœux de bonheur.

— Nous n'avons besoin ni de son accord ni de ses félicitations ! avait décrété Adela avec hauteur. Je suis en âge de prendre mes décisions toute seule. Ce vieux grigou ne s'est jamais soucié de moi, de quoi se mêle-t-il aujourd'hui ?

En dépit de la façon indigne dont il l'avait traitée, Mama était aux anges d'avoir la bénédiction du vieux Curmudgeon. Elle avait convié deux ou trois vieilles pies à la noce, sachant qu'elles s'empresseraient de répéter partout quel beau parti l'aînée des Ruffington avait épousé. Adela avait invité ses amies du club des couturières. Quant à Wilson, sa liste était courte mais réunissait des personnalités de premier plan : trois éminents scientifiques, deux membres du Parlement — dont un ministre —, un chef de la police à la retraite, un évêque et même un membre éloigné de la famille royale. Mama en était ébouriffée.

Les cartons d'invitation étaient partis, le gâteau commandé et la robe d'Adela presque terminée. Elle ne venait pas de chez Worth, les délais étaient trop courts. Elle avait fait appel à une couturière française, Mme Mirielle, dont ses amies du club lui avaient dit le plus grand bien. Pour faire plaisir à Mama, elle avait opté pour un modèle conventionnel, mais s'était montrée inflexible sur la couleur.

De la soie gris argent.

— Par respect pour papa, avait-elle précisé. Par ailleurs, je pense qu'une teinte sobre est plus appropriée pour un mariage en petit comité.

La robe n'était pas aussi spectaculaire que Mama l'aurait souhaité, bien sûr, mais elle avait au moins la satisfaction de savoir que sa fille serait dûment corsetée pour ce grand jour. En revanche, elle était nettement moins séduite par le reste de son trousseau…

Mme Mirielle était l'un des chantres de la mode rationnelle et esthétique. Et comme Wilson n'était pas un adepte du corset, Adela avait décidé de privilégier son confort et de commander une garde-robe dite « réformée ».

Libérée des restrictions budgétaires en même temps que du

carcan des baleines, elle avait choisi des tissus souples et doux pour des robes fluides qui épouseraient sa silhouette au lieu de la martyriser. Mme Mirielle faisait venir ses patrons de France et y apportait sa touche personnelle. Drapés, jupons aériens, petits clips pour remplacer les jarretelles qui comprimaient les cuisses… Adela avait aussi fait l'acquisition de toute une variété de chemises très fines et de culottes modernes. Certaines fermaient par des boutons. Sur ce dernier point, Adela n'était pas très sûre de la réaction de Wilson : il préférait l'ancien modèle, plus favorable à l'exploration.

Je suis sûre que tu sauras relever le défi, mon futur mari.

Elle tapota le grand carton rose qui contenait une sélection de sous-vêtements affriolants tandis que l'attelage s'arrêtait devant la maison. Grâce à la générosité de Wilson, elles avaient pu s'allouer les services d'un équipage et de nouveaux domestiques, tous venus d'une agence très bien notée. En dépit des incertitudes et des problèmes que laissait craindre ce mariage hors norme, voir Mama vivre enfin la vie dont elle rêvait depuis si longtemps justifiait amplement le sacrifice aux yeux d'Adela.

Après que leur nouveau valet de pied l'eut aidée à descendre de l'attelage et à porter à la maison les innombrables boîtes et paquets, Adela s'arrêta dans l'entrée pour ôter son chapeau et ses gants et les abandonner à Minnie, tout sourires depuis que ses tâches domestiques avaient été allégées. Passer la matinée à essayer des robes l'avait épuisée ! Elle rêvait d'une bonne tasse de thé et d'un peu de solitude avec ses crayons et son cahier de croquis. Une minuscule oasis de calme dans le tourbillon effréné des préparatifs.

Mais avant qu'elle ait pu faire un pas, Mama se précipita vers elle, surexcitée.

— Ne va pas dans le salon, Sybil y est. Nous ne devons pas les déranger !

— Déranger qui ?

— Sybil et Algernon ! Il est en train de lui faire sa demande. Du moins je l'espère !

Quelle merveilleuse nouvelle ! Même si Adela ne doutait pas que Sybil se réjouisse sincèrement de son mariage, elle la savait déçue que son tour ne soit pas venu et avait prié pour qu'Algernon se déclare très vite. D'abord parce qu'elle avait le bonheur de sa sœur à cœur, mais aussi parce que des fiançailles avec le fils d'un marquis éclipseraient son propre mariage avec un Ruffington. Et moins on parlerait d'eux, mieux ce serait.

— Quel bonheur ! soupira-t-elle en entraînant sa mère vers la salle de séjour.

Mama avait parfois tendance à écouter aux portes…

Elles n'eurent pas longtemps à attendre. Adela avait à peine eu le temps de boire une demi-tasse de thé Oolong en grignotant une madeleine que Sybil fit irruption dans la pièce, tirant par la main un Algernon tout rouge. Elle-même avait les yeux brillants et les pommettes empourprées. Adela réprima un sourire : ils s'étaient embrassés.

— Mama ! Adela ! Marguerite ! Algie m'a demandé en mariage et j'ai répondu oui ! Mama, dis que tu es d'accord, par pitié ! Donne-nous ton consentement !

La pièce résonna de cris de joie. Pendant que tout le monde s'embrassait et se congratulait, Adela ne put s'empêcher de sourire avec un peu d'amertume. Le bonheur des futurs mariés était manifeste. Sybil aimait Algernon et, à la façon dont il la regardait, c'était réciproque.

Ce sera un vrai mariage, pas un arrangement de convenance comme pour Wilson et moi.

Malgré la tiédeur de l'après-midi, elle frissonna. L'histoire aurait pu être tellement différente, si leur relation ne s'était pas terminée par un désastre, sept ans plus tôt !

La vie est ainsi faite, Adela, et tu n'y peux rien… Chacun doit composer avec les cartes que lui distribue le destin et en faire le meilleur usage possible. Qui sait, les tiennes te réserveront peut-être quelques jolies surprises ?

Redressant le menton, elle serra tendrement sa sœur dans ses bras. Sybil était adorable, fraîche et sincère. Il lui arrivait de faire des bêtises, mais elle avait un cœur généreux. Et elle méritait d'être heureuse, tout comme Mama qui riait et pleurait en même temps, comblée par ce nouveau bonheur.

Pendant que leur mère mitraillait son futur gendre de questions sur la cérémonie et que Marguerite s'éclipsait pour lire, comme à son habitude, Sybil entraîna Adela à l'écart.

— Algie et moi avons décidé de ne pas ébruiter nos fiançailles jusqu'à ce que Wilson et toi soyez mariés. Je… je ne veux pas faire de l'ombre à ton bonheur, Della. Je veux que tu sois la seule princesse, ce jour-là.

Adela sentit ses yeux se mouiller d'émotion et étreignit sa sœur avec plus de force encore.

— Merci. C'est une attention adorable, Sybil. Mais ne t'inquiète pas, Wilson et moi préférons nous marier dans la discrétion. Tu peux annoncer la grande nouvelle sans attendre. Tu dois avoir envie de la crier sur les toits, non ?

Sybil lui décocha un sourire radieux.

— Oh ! Della, tu me connais si bien ! Tu es sûre que ça ne te fait rien ?

— Absolument sûre.

Plus tard dans la soirée, Adela se posa cependant la question à elle-même. N'aurait-elle pas préféré, rien qu'une fois dans sa vie, savourer l'aura magique qui entoure toute jeune mariée sans que sa sœur focalise sur elle tous les regards ?

Non. C'était mieux ainsi. Et plus honnête, compte tenu de la situation.

Une ombre assombrissait toutefois l'annonce de ces fiançailles, car elles eurent beau chercher, retourner toutes leurs affaires, vêtements, chaussures, mouchoirs, jusqu'à leurs gants, les lettres d'amour de Sybil demeuraient introuvables.

Chapitre 20

Mari et femme

Je suis marié. J'ai une épouse. Quelle étrange sensation !

Ils étaient de retour à Maltravers Road après une très longue journée et Wilson ne parvenait pas encore à y croire tout à fait.

Adela et lui… Jeunes mariés…

Il lui avait proposé de partir en voyage de noces sur le continent mais elle avait décliné, affirmant que ce n'était pas nécessaire et qu'ils étaient aussi bien à Londres. Son refus l'avait soulagé et en même temps un peu déçu.

Soulagé parce que le moment aurait été mal choisi. Le projet de sous-marin que lui avait commandé le ministère de la Guerre en était à un stade crucial. Les ministres et le premier d'entre eux souhaitaient examiner les plans dans les plus brefs délais.

Déçu parce que l'idée de voyager avec Adela le tentait terriblement. Les grands restaurants, les salles d'opéra et de théâtre seraient de magnifiques écrins où sa beauté rayonnerait. Lui qui avait toujours aspiré à mener une vie calme, éloignée des mondanités, il rêvait de partager toutes sortes d'aventures avec elle, de lui faire découvrir d'autres plaisirs que ceux du lit. S'il la rendait heureuse, peut-être un jour pourrait-elle…

Elle pourrait quoi, pauvre idiot ? Tomber amoureuse de toi ?

Elle a eu des sentiments tendres pour toi autrefois, mais tu as tout saccagé. Ce mariage n'est pour elle qu'un arrangement de convenance, rien d'autre.

Elle l'avait aimé jadis, oui, mais aujourd'hui c'était bel et bien fini. Elle l'avait épousé pour assurer sa sécurité financière ainsi que celle de sa mère et de sa plus jeune sœur. C'était le marché que lui-même avait proposé…

Pourtant, lorsqu'elle s'était avancée vers lui dans l'allée centrale de la petite église Ste Agathe, il était resté ébloui. Pas à cause des Ruff qui étincelaient à son cou, mais à cause de son allure époustouflante. Elle avait la beauté altière d'une statue.

Comment ne pas la désirer follement alors qu'elle venait à lui, sublime et rayonnante, dans sa robe gris argent ? Elle avait charmé leurs invités tout au long de la journée, offrant le visage radieux d'une jeune femme comblée, impatiente de connaître sa nuit de noces. Les convenances lui avaient interdit de la toucher en public, l'autorisant seulement à lui presser brièvement la main et à effleurer sa joue de quelques chastes baisers. Il avait rongé son frein en silence, mais maintenant il voulait son dû. Ils n'avaient eu que de courts instants d'intimité pendant leurs brèves fiançailles. C'était à peine s'ils avaient pu échanger un baiser ou deux.

Dépêche-toi, Della !

Il s'allongea sur le lit, dans la chambre qu'il avait fait préparer pour elle. Par chance, la place ne manquait pas dans la maison. Et par chance aussi, Coraline et lui n'y avaient jamais fait l'amour. Elle préférait aller à l'hôtel ou chez elle ; aucun souvenir de son ex-maîtresse n'était donc attaché à ces lieux.

Il tapota l'oreiller avant de s'installer plus confortablement. Il était entièrement nu, à l'exception d'une robe de chambre de soie bleue, présent de son épouse. Une petite incertitude le tenaillait à ce sujet. L'avait-elle achetée avec la rente que lui versait le vieux Curmudgeon ou avec l'argent qu'elle gagnait en vendant ses nus ? La soie était fluide et douce. Quand il fermait les yeux, sa texture lui rappelait celle de l'intimité de Della. Son sexe pulsa tandis qu'il s'imaginait en train d'explorer ses replis les plus secrets. Patience… Dans un instant, il pourrait enfin la toucher, la caresser, la dévorer… à condition qu'elle se décide à sortir de son cabinet de toilette.

Il envisageait d'aller la chercher, quand la porte s'ouvrit.

Il ne l'avait jamais vue en déshabillé et le désir lui dessécha la gorge. Le vêtement, d'une teinte très douce, entre crème et abricot, illuminait son teint pâle et le faisait rayonner. La lumière tamisée des lampes et le feu mourant dans la cheminée allumaient des reflets rougeoyants dans son épaisse chevelure châtaine et paraient ses yeux d'un éclat mystérieux.

— Tu es magnifique, Della ! souffla-t-il en se levant et s'avançant vers elle.

Son excitation était plus que manifeste à travers la soie de sa robe de chambre et il se sentit embarrassé. Bon sang, il ne cessait de se comporter comme un gamin stupide en sa présence, incapable de se contrôler !

Il s'attendit à une réponse cassante, mais pour une fois elle accepta le compliment en souriant. Peut-être n'avait-elle pas envie de se disputer le soir de son mariage ?

— Tu n'es pas mal non plus, monsieur mon mari.

Elle regarda ostensiblement en direction de son bas-ventre et son sourire s'accentua.

— Le bleu te va très bien.

— Tout comme ce… comment appelles-tu cette couleur ?

— Mme Mirielle l'a baptisée « parfait à l'abricot ».

— Très appétissant ! Mais je préfère savourer ce qu'il y a dessous, si tu n'y vois pas d'inconvénient.

Pendant un instant, un petit pli apparut entre ses sourcils, puis elle haussa les épaules et il laissa échapper un soupir en voyant ses longs cheveux onduler dans la lumière du feu. Il les imagina, drapés autour de son sexe, aux premières lueurs de l'aube.

— Pourquoi n'enlèves-tu pas ton déshabillé ?

Le ton se voulait détaché, mais il était tellement excité que les mots jaillirent avec une brutalité involontaire.

— Impatient de contempler la marchandise ?

La réponse était ironique, mais un rire amusé perçait dans sa voix.

— Je l'avoue. Allez, Della. Par pitié !

— Oh… En ce cas…

On aurait dit une gouvernante acceptant de donner un bonbon à un garnement. L'espace d'un instant, il imagina un scénario inédit, une expérience qu'il n'avait encore jamais tentée et faillit se mettre à rire à son tour. Adela ne l'aimait peut-être pas d'amour, mais elle lui inspirait les fantasmes érotiques les plus bizarres et les plus excitants.

Il esquissa un geste pour lui retirer son peignoir, mais elle recula avec un sourire ensorcelant. Puis elle tira doucement sur les rubans qui fermaient le vêtement et fit glisser la mousseline vaporeuse, dénudant lentement une épaule, puis l'autre, avant de le laisser tomber à ses pieds.

— Oh Dieu, Della !

Elle était nue et magnifique. Infiniment plus rayonnante qu'à dix-huit ans, près de la rivière, ou encore deux semaines plus tôt, dans son atelier. Sa peau laiteuse offrait un contraste excitant avec sa chevelure sombre et le triangle de boucles entre ses jambes. Elle portait autour du cou la seule parure capable de mettre en valeur son cou de déesse : les diamants des Ruffington, aussi lumineux et iridescents qu'un arc-en-ciel.

— Tu m'as dit récemment que tu aimerais me voir porter les diamants pour seul vêtement. Voilà ton vœu exaucé…

Elle toucha les pierres sur sa gorge, avivant leurs reflets.

— Ils m'appartiennent, désormais, ajouta-t-elle en relevant le menton dans un involontaire geste de triomphe. Mama me les a donnés en cadeau de mariage parce que c'était le souhait de papa.

Ce petit mouvement fit étinceler les gemmes et pointer ses seins. C'était une provocation délibérée et Wilson se fit l'effet d'un animal sauvage qui tire sur sa chaîne pour se libérer.

— Sybil n'a pas protesté ?

Elle avança vers le lit et, à la surprise de Wilson, s'y assit comme une naïade, avec un naturel confondant, les jambes repliées sur le côté.

On voit que tu es habituée à te montrer nue devant des hommes… Comment pourrai-je jamais oublier ça ?

Il essaya de dominer sa jalousie. A quoi bon ruminer le passé ? Elle était à lui, maintenant, rien qu'à lui. L'époque où elle payait de jeunes étalons était terminée. Il faillit se mettre à rire en songeant à la vitesse avec laquelle il avait oublié ses propres turpitudes. En particulier cette idée absurde d'épouser Coraline. Cela lui avait paru tellement logique à l'époque, et aujourd'hui… l'image de sa maîtresse parisienne était aussi factice que les personnages du vieux praxinoscope grinçant de Lord Rayworth !

Seule Adela était réelle. Vibrante. Intensément vivante.

— Contrairement à ce que tu sembles penser, Sybil n'est pas cupide. C'est une jeune fille innocente et sincère qui aime les jolies choses, voilà tout. Elle a toujours su que les diamants m'étaient destinés.

Elle effleura de nouveau les pierres, caressant leurs facettes dures du bout des doigts et Wilson serra les dents, en proie au désir le plus aigu, tout à l'espoir qu'elle le toucherait bientôt de la même façon.

— Elle voulait avoir le plaisir de les porter au moins une fois. Algie lui achètera des colliers encore plus beaux et plus précieux que celui-ci quand ils seront mariés. Si ce mariage a lieu…

Une ombre voila son expression. Plus qu'une ombre. Une véritable inquiétude, bouleversante. Remué, Wilson posa la main sur son épaule, électrisé par la chaleur soyeuse de sa peau.

— Que se passe-t-il, Della ?

Elle secoua la tête, faisant onduler ses beaux cheveux.

— Je ne vais pas répondre « Rien », parce que ce serait mentir. Mais ce n'est ni le moment ni le lieu d'en parler. Je t'expliquerai une autre fois.

Elle détacha sa main de son épaule et avec un regard ensorcelant, la posa sur son sein.

— Pour l'instant, j'ai d'autres projets en tête. Je ne sais pas ce qu'il en est pour toi, mais personnellement je suis affamée.

— Moi aussi !

Il accentua la pression de ses doigts. Le sein qu'ils enserraient était si doux, si chaud.

— Quel que soit le problème qui te tracasse, Della, sache que tu peux compter sur moi. Nous sommes mari et femme désormais et même si notre mariage ne répond pas aux critères habituels, je ne me soustrairai à aucune de mes responsabilités.

Il vit son visage s'illuminer et fut suffoqué par sa beauté. L'émotion lui fit battre le cœur à coups redoublés. Il voulait la protéger, la chérir, l'entourer de douceur et de tendresse. Et tellement plus encore… tellement plus !

L'angoisse qui la taraudait s'apaisa. Elle ne pouvait rien faire ce soir pour venir en aide à sa sœur, et laisser son inquiétude gâcher cette nuit serait injuste pour Wilson. Il méritait toute son attention, ne serait-ce que pour le remercier de la gentillesse qu'il leur avait témoignée, à toutes les quatre, depuis leurs fiançailles.

Certes, leur mariage n'avait rien de conventionnel mais à part eux, qui pourrait s'en douter ? Il avait joué les fiancés amoureux à la perfection et s'était montré d'une générosité folle, leur offrant le confort dont elles avaient été privées depuis bien longtemps.

Rien que pour cette raison, elle lui devait une nuit de délices et de plaisirs. La mission s'annonçait des plus agréables, à en juger par les sensations exquises que lui procurait la caresse de son pouce sur son mamelon durci. Elle s'allongea sur le dos et pressa sa main sur son sein, l'invitant à aller plus loin.

— Tu as envie de me donner la fessée, mon mari ?

Apparemment il appréciait autant qu'elle ce jeu érotique. Il savait doser à la perfection l'intensité des tapes pour que l'expérience soit plus excitante que douloureuse. Elle imagina la brûlure délicieuse envahissant peu à peu sa croupe et ondula d'anticipation.

— Je n'ai pas encore décidé.

Il pinça son mamelon entre le pouce et l'index, lui arrachant un petit sursaut voluptueux.

— Je vais peut-être simplement te baiser. Mais je peux te fesser une fois ou deux, si ça te met en appétit.

— Une fois ou deux seulement ? Serais-tu déjà fatigué ?

Elle avait envie de le taquiner, ce soir, et de le défier d'une façon un peu différente.

— Tu n'es qu'une débauchée, Della…

Il se pencha sur elle, sa bouche frôlant son oreille, tandis qu'il tiraillait son mamelon. Une aiguille de plaisir traversa la pointe de son sein et trouva immédiatement un écho dans son entrejambe.

— Je vais te montrer si je suis fatigué !

A cet instant, elle regretta plus que jamais d'être allée dans la maison de rendez-vous de Sofia. Pas parce qu'elle avait honte de ce qu'elle y avait fait, mais parce que son passé faisait saigner la fierté de Wilson. Elle était certaine qu'il y pensait en cet instant. Cette nuit entre toutes.

Elle l'entendit rire contre son oreille, puis il lui en happa le lobe entre les dents et le mordilla au même rythme qu'il lui pinçait le téton.

— Je vais te donner du plaisir jusqu'à ce que tu cries grâce.

— J'attends de voir, souffla-t-elle, luttant pour ne pas bouger les hanches.

C'était comme si un démon était entré dans son corps, le faisant tressaillir et onduler malgré elle. Elle voulut l'enlacer.

— Non, non, non… Sois patiente…

Abandonnant son sein, il lui saisit les poignets, bascula ses bras en arrière, sur les coussins, puis l'embrassa sur la bouche. Comme il insinuait sa langue entre ses lèvres, elle perçut contre son ventre la chaleur de son sexe bandé à travers sa robe de chambre.

Oui ! Oh ! oui !

Elle ondula, essayant de se frotter contre pour se donner du plaisir. Il la laissa faire quelques secondes, puis gronda et l'immobilisa en pesant sur elle de tout son poids.

— Pas si vite, petite dévergondée ! Tiens-toi tranquille.

Il accentua la pression sur ses poignets et son baiser se fit plus exigeant, presque brutal.

— Si je te lâche, tu seras sage et tu feras tout que je te dirai ? demanda-t-il contre ses lèvres. Tu obéiras à ton mari et tu accepteras sa domination ?

C'était seulement un jeu érotique, mais elle frissonna de la tête aux pieds.

— Je ne sais pas si j'en serai capable. Tu connais ma nature. Je suis trop sensuelle et trop passionnée pour rester passive.

Son grondement de triomphe lui indiqua que c'était la réponse attendue.

— En ce cas, je vais devoir t'attacher pour te soumettre !

Les yeux étincelants, il se redressa, dénoua la ceinture de sa robe de chambre. Avant qu'elle ait pu lui échapper, elle se retrouva ligotée aux barreaux en cuivre de la tête de lit.

Ses gestes avaient été d'une telle rapidité qu'elle se demanda avec un pincement au cœur s'il n'avait pas pratiqué cent fois ce petit jeu avec Coraline. Cette dernière était expérimentée, rompue aux subtilités des plaisirs amoureux. Il lui était impossible de rivaliser avec elle.

Mais elle s'obligea à chasser la jolie Française de son esprit. Leurs anciens partenaires n'existaient plus ce soir. Seul comptait le merveilleux présent.

Le lien était doux, mais les nœuds solides. Ses poignets étaient attachés de telle sorte qu'elle pouvait se mettre sur le ventre si elle le souhaitait. Ou si Wilson l'y contraignait.

Il vint se placer au-dessus d'elle, son membre bandé visible entre les pans ouverts de sa robe de chambre. Elle s'humecta les lèvres pendant qu'il se caressait d'un geste lent et sensuel. L'autoriserait-il à le goûter ?

— Pas maintenant, madame Ruffington, dit-il comme s'il avait lu dans ses pensées. Peut-être un peu plus tard. Pour l'instant, c'est à moi de jouer. Ton corps est mon jouet... Je peux en faire ce que je veux, tu n'as aucun moyen de m'en empêcher.

Elle retint un cri quand il se pencha et laissa le bout de son sexe reposer sur son ventre. Il était aussi brûlant qu'un tison. Elle se souleva et frotta ses cuisses l'une contre l'autre, avide de le sentir entre ses jambes.

— Oh ! Non ! Non, non...

Il posa les mains sur ses cuisses pour l'empêcher de continuer.

— Ecarte les jambes et maintiens-les ouvertes ou je t'attache les chevilles et je m'installe dans le fauteuil avec un bouquin pendant que tu te consumes de désir.

Elle s'obligea à ne plus bouger. Sa menace la faisait frémir même si elle n'y croyait pas trop. Excité comme il l'était, il était peu probable qu'il puisse lire. Mais il était aussi un maître du self-control et pourrait aussi bien lui prouver le contraire...

Elle croisa son regard et il lui décocha un sourire qui lui indiqua, sans qu'il ait besoin de parler, que son chantage était de pure forme.

Elle écarta lentement les jambes.

— Ah, voilà qui est mieux ! Ton sexe est ravissant, Della, beaucoup trop joli pour être caché.

D'un geste presque paresseux, il pressa doucement sa paume dessus. Elle se mordit la lèvre pour ne pas se tortiller et enfonça ses talons dans le couvre-lit. Il relâcha la pression au bout d'une seconde et lui caressa l'intérieur de sa cuisse.

— Si douce, si tendre… Vais-je te dévorer maintenant ou attendre pour déguster ce mets de choix ?

— Tu parles trop, Wilson !

Elle soutint son regard tout en soulevant les hanches. Pourquoi devrait-elle cacher son désir ? Il ne l'avait pas épousée pour sa pudeur. C'était sa sensualité qui lui plaisait en elle, en dépit de tout.

— Tu es si délicieusement délurée, Della, si provocante. J'aurais dû deviner que tu deviendrais une partenaire exceptionnelle au lit. Si seulement…

Il s'interrompit net. Qu'avait-il été sur le point de dire ? Elle mourait d'envie de le lui demander, mais c'était impossible, bien sûr, et le moment s'évanouit aussi rapidement qu'il était apparu, perdu dans le sourire lascif de Wilson.

Ressens-tu la même chose que moi ? Regrettes-tu que nos vies n'aient pas suivi autrefois l'autre chemin qui s'offrait à nous ?

Elle lui sourit à son tour. Allons ! Ce qui était fait était fait… Et ils étaient mariés aujourd'hui.

— Voyons, quelles options s'offrent à moi ? Je pourrais fesser tes cuisses jusqu'à ce qu'elles deviennent rose vif ou bien te pénétrer d'un coup de reins. Je me demande quel scénario je vais choisir.

Il fit glisser sa main sur sa cuisse, dans un lent va-et-vient, effleurant à chaque passage les pétales de son intimité et la lisière de ses fesses.

— Les deux ! Mais je doute que tu en sois capable… aussi souple sois-tu.

Une lueur amusée traversa son regard.

— Qui sait ? En recourant à un petit tour de passe-passe. Enfin, pas si petit que ça…

Que voulait-il dire ? Il se pencha pour ouvrir le tiroir de la table de chevet et elle comprit.

Un godemiché ! En tout point identique à celui que Sofia lui avait offert un jour. Comment Wilson s'en était-il procuré un ? A moins que ce ne soit le sien ?

Le soupçon devait se lire sur son visage parce qu'il lui lança un regard faussement outré.

— Accorde-moi un peu de crédit, Della !

Il fit tourner le cylindre d'ivoire entre ses doigts, le caressant comme s'il s'agissait d'un sexe vivant.

— Connaissant ta nature insatiable, je l'ai acheté spécialement pour toi en guise de cadeau de mariage. Je voulais pouvoir continuer à te satisfaire pendant que je reprendrais des forces.

— Ton altruisme me touche, mon cher mari…

Elle s'humecta les lèvres. L'objet était d'une taille appréciable. Plus gros que celui qu'elle cachait au fond de sa malle. Son regard alla du jouet en ivoire à Wilson, puis retourna au jouet. Plus gros que son mari ? Peut-être, mais pas tant que ça.

— Il est plus volumineux que ceux auxquels tu es habituée ?

Il la testait. Elle choisit de ne pas nier son passé et le regarda droit dans les yeux.

— Il n'y en a pas eu tant que ça, Wilson. Et aucun n'avait ce gabarit-là.

Elle montra le godemiché d'un petit mouvement du menton.

— Ni celui-là.

Elle regarda cette fois son sexe.

C'était la vérité, mais les hommes se montraient assez chatouilleux sur la question et, parfois, il ne fallait pas hésiter à exagérer un peu afin de les rassurer.

Il se mit à rire.

— Tu pourrais travailler comme diplomate, Della.

Posant le godemiché sur son ventre, il glissa les doigts en elle. La sensation la fit sursauter et le jouet faillit tomber.

— Mmm… tu es prête à ce que je vois.

Il sourit en signe d'approbation.

— Je pensais qu'un peu de lubrifiant serait nécessaire mais apparemment non.

Saisissant le phallus d'ivoire, il le fit glisser sur son clitoris. Il était si gonflé et si sensible qu'elle se mordit la lèvre pour s'empêcher de gémir.

— C'est bon ?

Elle hocha la tête, le corps tendu à l'extrême.

Il continua le mouvement de va-et-vient et elle laissa échapper un cri, au bord de la jouissance.

— Oh non, pas encore !

Il éloigna le phallus et le lui montra.

— Tu vois comme il est mouillé ? Maintenant, il glissera plus facilement. Prête ?

Elle hocha la tête pendant qu'il présentait le bout du phallus à l'entrée de son vagin.

Il était plus gros qu'elle l'avait pensé. Même trempée de désir comme elle l'était, il l'écartelait. Pourtant, elle voulait le sentir entrer en elle, toujours plus loin.

— J'arrête ?

La voix de Wilson était sourde, un peu oppressée, presque comme s'il vivait lui aussi l'expérience.

— Jamais !

— Un peu de lubrifiant, peut-être ?

— Oui… juste un peu…

Posant le godemiché entre ses cuisses, il ouvrit de nouveau le tiroir du chevet et en sortit une petite fiole contenant un liquide pâle, presque transparent, et un morceau de tissu plié. Récupérant le jouet, il plia le tissu et le plaça sous ses fesses, manifestement pour empêcher l'huile de tacher les draps.

Puis il ouvrit le bouchon de la fiole et versa un filet d'huile entre les lèvres de son sexe pendant qu'il poussait.

Elle poussa un cri étouffé. La sensation de l'huile coulant sur son clitoris et ses replis intimes pendant que le godemiché l'écartelait était incroyablement érotique. Wilson reposa la fiole, puis fit rouler son pouce sur son clitoris comme s'il s'agissait d'une perle de cristal, aussi précieux à sa façon que l'un des diamants qui ornaient son cou.

C'était trop. Elle cria, tandis que tout son corps se contractait et palpitait autour du phallus d'ivoire, dans un orgasme époustouflant. Le godemiché continuait à la pénétrer en même temps qu'elle était soulevée par les vagues successives du plaisir.

— C'est bien, chuchota Wilson, son pouce la caressant toujours.

Il était doux mais inflexible avec le jouet, insistant pour qu'elle l'accepte tout entier en elle. Ensuite, il l'embrassa durement sur les lèvres, taquinant sa langue avec la sienne.

Quand il mit un terme au baiser, elle était à bout de souffle, comblée, légère. C'était une sensation exquise et étrange. Il parvenait si aisément à la contrôler.

— Tu n'étais pas censé me fesser les cuisses ? demanda-t-elle en bougeant lentement les jambes, consciente du pâle cylindre qui dépassait de son sexe.

Le regard de Wilson étincela.

— Tu es une perverse, Della. Tu veux souffrir ?

— Oui ! Ne me ménage pas. J'ai besoin de retrouver ma combativité.

Il fronça les sourcils puis sourit. Admiratif.

— Tu es la femme la plus incroyable que j'aie rencontrée !

Elle le regarda avec étonnement. Etait-il sincère ? Même après avoir goûté au savoir-faire légendaire de Coraline ?

— Vas-tu oui ou non me donner la mesure de ton talent ?

— C'est toi qui l'auras voulu ! Ne viens pas te plaindre ensuite. Tu mérites chaque seconde de ce qui va t'arriver !

Il n'avait pas fini sa phrase qu'il lui donna une tape à l'intérieur de la cuisse.

Une onde de chaleur enflamma aussitôt sa peau, rayonna dans ses muscles et se répandit jusqu'à son sexe. Elle se contracta pour ne pas crier.

Une deuxième tape, sur l'autre cuisse cette fois, et les sensations se répondirent en écho, déferlant comme des vagues qui se rejoignirent au centre même de son plaisir, là où le godemiché l'écartelait. Cette fois, elle cria, tira sur ses liens, soulevant les hanches. La main de Wilson s'abattit de nouveau, rapide, sèche. Deux tapes sur chaque cuisse, en rafales. Les flammes augmentèrent d'intensité, l'envie de jouir la souleva une nouvelle fois. Elle poussa un gémissement saccadé.

Comme si la punition lui donnait chaud, Wilson enleva sa robe de chambre, dévoilant son corps splendide, et son excitation monta encore à sa vue. Sa peau luisait dans la lumière de la lampe. Ses muscles jouèrent sur tout son torse quand il leva le bras pour la fesser. Encore et encore. Son sexe était si dressé et tendu qu'il devait être une source de douleur, lui aussi.

— Regarde ce que tu me fais, Della !

Il interrompit la punition et posa la main sur sa chair vibrante.

— C'est ce qui se passe chaque fois que je pense à toi. Et ces derniers temps, je ne peux pas m'arrêter de penser à toi. Il faut que tu sois constamment près de moi pour que je puisse te faire l'amour chaque fois que j'en ai envie… Sinon, je ne pourrai plus jamais travailler.

— Tu pourrais te satisfaire tout seul, dit-elle en suivant avec attention la façon dont ses doigts caressaient, touchaient, aspirant à ce que ce sexe vivant remplace l'ivoire inerte en elle.

Elle contracta ses muscles autour du godemiché et poussa un cri, à la limite de la jouissance.

— Ce n'est pas la même chose… loin de là.

Il se pencha et pressa ses lèvres sur sa gorge, juste à côté du collier de diamants, le bout de son sexe sur la chaleur brûlante de sa cuisse.

— Je veux te baiser maintenant, Della. J'en ai besoin. Tu veux bien ?

Quelle étrange requête ? Il savait pourtant qu'elle se consumait de désir pour lui ! Lui qui semblait capable de lire dans toutes ses pensées, il devait bien être conscient de son état ?

— Oui. Prends-moi, Wilson. Maintenant !

Il retira sans ménagement le jouet d'ivoire. Elle souleva les hanches et attendit, le souffle oppressé.

Il lui lança un regard interrogateur, tandis qu'une succession d'émotions passaient sur son visage. Incertitude, trouble.

— Tu veux un enfant ? J'ai des préservatifs, si tu préfères. Je ne veux pas t'imposer une situation que tu ne désires pas. Du moins pas pour le moment…

Elle eut l'impression que son être se scindait en deux. D'un côté la femme sensuelle et lascive qui voulait qu'on lui fasse l'amour et de l'autre l'observatrice lucide qui analysait les conséquences de leur acte. Au fond de son cœur, elle savait qu'elle chérirait l'enfant de Wilson, mais serait-ce réciproque ? Devenir père était une responsabilité qui devait être acceptée et désirée et elle n'était pas convaincue que ce soit le cas.

Mais elle ne voulait pas non plus le blesser en lui donnant l'impression qu'elle refusait sa semence.

Elle cherchait encore une réponse quand il suggéra :

— On pourrait peut-être attendre un peu ? Nul besoin de se précipiter, laissons les choses se faire d'elles-mêmes. Qu'est-ce que tu en penses ?

Il semblait calme et raisonnable. Du moins, autant que pouvait l'être un homme en proie à une érection assez phénoménale.

— Que c'est exactement ce qu'il faut faire…

La question était réglée. Pour le moment, tout au moins. Il ne restait plus que son désir, et la volonté de procurer à Wilson autant de plaisir qu'il venait de lui en donner.

— J'ai envie de toi, Wilson. Apprête le magnifique instrument que tu soumets à ma convoitise depuis des heures et laisse-le s'exprimer.

Il éclata de rire, ouvrit le tiroir de la table de nuit et en sortit la boîte de préservatifs. Il s'équipa en quelques secondes.

S'inclinant sur elle, il chuchota :

— Tu me croiras si je te dis que je pensais à cet instant pendant que nous étions côte à côte devant l'autel ? C'est un miracle que Dieu le Père ne m'ait pas foudroyé sur place pour avoir commis un tel sacrilège dans Sa demeure !

Ce fut autour d'Adela de se mettre à rire. Certaines pensées fort peu religieuses lui avaient également traversé l'esprit. Elle ne les avait pas chassées, parce qu'elles l'aidaient à en évacuer d'autres, angoissantes. Des pensées qui menaçaient de revenir l'assaillir en cet instant, mais la main chaude de Wilson sur ses hanches les dispersa.

— Je suis sûr qu'Il te pardonnera. Après tout, tu ne faisais qu'anticiper les fondements mêmes du mariage.

Elle observa son sexe drapé dans son ingénieuse gaine de caoutchouc.

— Ton impétueux compagnon ne t'a pas posé quelques… problèmes ?

— Pendant une minute ou deux, si.

Il pressa son impétueux compagnon contre sa cuisse.

— Heureusement, j'ai réussi à l'apaiser en me concentrant sur le grand théorème de Fermat.

Il se frotta contre elle de manière plus insistante.

— Mais qui aurait perdu son temps à m'observer, alors que j'étais dans l'ombre de la beauté rayonnante de ma future femme ?

Elle ouvrit la bouche, mais il la bâillonna de sa main.

— Non. Si nous devons vivre en bonne harmonie tous les deux, je ne veux plus t'entendre te dénigrer. C'est bien compris ?

Etait-ce possible ? Etait-elle réellement belle ? Elle s'était répété pendant si longtemps que son nez la défigurait ! Mais les paroles de Wilson et la preuve évidente de son excitation étaient très convaincantes.

Je n'ai peut-être pas une beauté classique… mais peut-être suis-je belle malgré tout, d'une manière différente ?

— J'ai raison, n'est-ce pas ? dit-il, ses lèvres tout contre son oreille.

Une fois encore, il semblait avoir lu dans ses pensées.

Elle hocha la tête.

— Enfin !

Avec un grondement satisfait, il se positionna entre ses cuisses et pressa son sexe bandé contre l'entrée de son vagin.

— Oh oui ! J'ai tellement envie de toi !

— Je suis là, Della.

Il entra en elle d'un coup de reins long et puissant.

Elle se débattit contre ses liens.

— Libère-moi ! Je veux te toucher !

Il la transperça d'un regard sauvage et obéit, dénouant rapidement les nœuds. Devinait-il le besoin irraisonné qu'elle avait d'être plus près de lui encore, écrasée contre lui alors même qu'ils ne faisaient plus qu'un ?

Oh Wilson, Wilson… je ne peux m'en empêcher. C'est plus fort que ma volonté.

Jetant ses bras autour de lui, elle enfouit son visage dans son cou et l'embrassa avec passion, mordant, léchant, savourant la saveur salée de sa peau, alors qu'il allait et venait en elle.

Je t'aime, Wilson. Je t'aime ! Je sais que tu es un être à part, étrange, complexe. Même si tu as de l'affection pour moi, je sais que tu ne m'aimes pas. Mais moi, je t'aime.

Il glissa les mains sous ses reins, empoignant ses fesses, l'attirant encore plus près, comme s'il voulait se fondre en elle. Elle souleva les hanches pour l'aider, releva les genoux et noua ses chevilles autour de ses reins.

Ils se poussèrent l'un contre l'autre, Adela rivalisant de passion avec lui, donnant tout, prenant tout. Si c'était le seul moyen qu'ils avaient d'être totalement l'un à l'autre, alors elle était prête à l'accepter.

— Oui. Oh oui ! Mon Dieu, oui !

Elle cria, balayée par un orgasme si violent que tous ses sens vacillèrent. Tandis qu'elle palpitait et se contractait autour de lui, elle serra les dents, furieuse de ne pas avoir été capable de se contrôler pour jouir en même temps que lui.

— Oui, prends ton plaisir, prends-le, chuchota-t-il, la voix étranglée, le visage enfoui dans ses cheveux.

Elle en eut le cœur dévasté, alors même que les spasmes du plaisir continuaient à la secouer. Malgré tout ce qui les opposait, il était généreux, attentif. Il faisait passer son plaisir à elle avant le sien.

Elle se contracta autour de lui, l'étreignant de toute son âme, de tout son être. Il la récompensa en la transperçant d'un ultime coup de reins qui la fit vibrer tout entière.

Puis dans un immense fracas de cris, de larmes, de joie et de sueur, ils parvinrent ensemble au plaisir.

Chapitre 21

Une petite affaire lucrative

Blair touchait pensivement le ruban rose qui entourait la liasse de lettres. Il détestait le rose. Il avait courtisé une fille, jadis, qui en raffolait. Elle portait une robe de cette couleur le jour où elle avait rompu avec lui, après avoir appris que le petit héritage sur lequel il comptait venait de lui filer sous le nez.

Les lettres valaient leur pesant d'or, et il méritait une compensation après tout ce temps perdu avec les Ruffington mère et fille ! Quelle déveine ! Son grand projet tombé à l'eau, à cause d'un mariage qu'il n'avait pas vu arriver !

Il tira sur le ruban d'un geste brusque. Le lien se dénoua d'un coup, éparpillant les petites enveloppes sur son sous-main.

Bon sang ! Avec les documents qu'il détenait dans son coffre, il aurait pu toucher le pactole ! Plus besoin de se fatiguer à jouer les maîtres-chanteurs auprès d'une poignée de donzelles écervelées.

Encore que… Il aurait pu continuer juste pour le plaisir.

Il serra les poings de rage. Il était tellement furibond qu'il devait se retenir de déchirer les lettres en mille morceaux. Maudit soit Wilson Ruffington ! Ce touche-à-tout arrogant avait réduit son plan à néant en épousant sa cousine au nez tordu !

Il avait pourtant tout prévu. Une fois Ruffington disqualifié de la course à l'héritage, Millingford n'aurait pas eu d'autre choix que de léguer ses millions à l'aînée de ses petites-filles… que par un heureux hasard il aurait épousée peu avant.

Le scénario était parfait, mais il avait capoté avant même qu'il ait pu faire la cour à cette pimbêche ! Et maintenant, Ruffington allait mettre la main sur l'immense fortune de ce vieil avare, parce qu'il avait très soudainement et très opportunément épousé celle qui était la plus à même de prendre sa place sur la liste des légataires.

Blair rassembla les lettres éparpillées et retrouva son sourire. Il n'était pas homme à ruminer longtemps sur des occasions perdues. Une autre proie tomberait dans ses filets, aucune inquiétude… Il avait déjà quelqu'un en vue, la riche veuve d'un baron des chemins de fer du nord.

Son sourire s'élargit et il réfléchit à l'affaire Ruffington avec plus de sérénité. Le gros lot lui avait certes échappé, mais restait le prix de consolation. La jeune Sybil écrivait dans un style pour le moins direct. « Ooh, c'était si bon quand tu caressais mon sexe ! » Quelle merveille ! Combien sa famille serait-elle prête à payer, pour que cette exquise confession ne tombe pas entre les mains de son futur beau-père, notoirement à cheval sur les principes ?

L'un des Ruffington devrait banquer pour récupérer ces morceaux d'anthologie et il y avait fort à parier que l'argent viendrait de Wilson. A moins que le maître-chanteur n'exige un tout autre genre de paiement… Les Ruff, par exemple ?

On pouvait dire qu'ils avaient brillé d'un éclat particulier au cou de l'aînée, le jour de son mariage ! Ils l'avaient presque rendue belle. En la voyant avancer dans l'église, il s'était dit qu'une union avec elle aurait pu lui réserver finalement de jolies surprises et ne pas se résumer à quelques séances de baise pour la mettre enceinte.

Pourquoi ce n'était pas elle qui avait écrit des lettres compromettantes ou commis une indélicatesse dont il aurait pu se servir pour la contraindre à l'épouser ?

Il s'était souvent demandé si elle n'avait pas un secret. Il y avait parfois une lueur indéfinissable dans ses yeux. Une petite flamme assez excitante en dépit de sa silhouette maigrichonne et de son nez cassé…

Mais aujourd'hui, il avait la preuve éclatante qu'il s'était trompé. Aucun mystère dans la vie d'Adela Ruffington. Elle était bien telle qu'elle paraissait : une vieille fille coincée qui passait sa vie à dessiner des niaiseries et à papoter à son club de couture, en toisant avec dédain les quelques rares hommes qui s'aventuraient à lui sourire. Maintenant il savait pourquoi : elle était, et avait probablement toujours été, amoureuse de son arrogant cousin.

L'aimeras-tu toujours autant, ce beau cousin, quand tu apprendras que sa mère était une menteuse qui a abusé d'un homme trop crédule en lui faisant croire que ton bien-aimé était son fils ?

Car les documents qu'il conservait dans son coffre inviolable étaient sans appel : Wilson Ruffington n'était pas un Ruffington mais un enfant illégitime.

Chapitre 22

Lune de miel à la maison

Adela trouvait le mariage finalement très agréable. Sa mère et ses sœurs lui manquaient, bien sûr, Lazzis et Minnie aussi, sans oublier ce cher M. Kipper, mais elle était très heureuse dans sa nouvelle vie.

Wilson avait proposé de l'emmener en Europe en voyage de noces, vantant avec enthousiasme des destinations classiques comme Paris et Rome, mais aussi des villes universitaires qu'il mourait d'envie de lui faire connaître : Heidelberg, Göttingen et Montpellier, où il avait travaillé sur un bon nombre de ses projets scientifiques. L'idée était tentante, mais elle l'avait déclinée. Elle aurait été mal à l'aise de jouer les épouses comblées alors que son mariage était loin d'être un conte de fées. Et puis, pouvait-elle partir alors que Sybil avait besoin d'elle ?

Elle s'attendait à ce que Wilson soit froissé de son refus, mais sa réaction l'avait surprise.

— Ce n'est pas grave, chérie. Nous aurons d'autres occasions. Au printemps prochain, peut-être ? Nous pourrions visiter la Grèce et l'Italie et contempler les plus grands trésors classiques de l'architecture et de l'art.

Il avait posé la main sur la sienne d'un geste étrangement hésitant.

— En vérité, la période est un peu délicate pour moi, Della… Je travaille sur un projet d'une importance cruciale pour le gouvernement. J'aimerais pouvoir t'en dire davantage, mais j'ai signé un papier dans lequel je m'engageais à garder le secret et je considère que je suis lié par cette promesse… même vis-à-vis de ma femme.

— Ne t'inquiète pas. Je ne m'attends pas à ce que tu me révèles des secrets d'Etat, Wilson.

Elle lui avait serré doucement la main en retour, touchée par sa franchise.

— Et le continent sera magnifique au printemps.

Si nous sommes toujours mariés…

Oubliait-il que leur union n'était que temporaire ? Parfois, il en donnait presque l'impression. Mais elle ne se faisait pas d'illusion : il cherchait simplement à rendre leur vie de couple la moins désagréable possible. Il vivait et travaillait à la maison et la cohabitation serait impossible, s'ils passaient leur temps à se disputer.

Et si notre mariage dure ? Supporterai-je la situation sachant qu'il ne m'aime pas et qu'il ne m'aimera probablement jamais ? Pourrai-je me contenter d'entretenir avec lui une relation purement amicale ?

Si c'était le seul moyen de rester avec lui, pourquoi pas ? D'autant qu'il semblait prendre désormais plaisir à discuter avec elle. Il lui avait expliqué comment fonctionnaient les installations électriques et hydrauliques de la maison. Il avait une passion pour l'électricité. Il l'avait emmenée visiter la petite centrale, à quelques pâtés de maisons, dont il avait supervisé lui-même la construction et l'aménagement. Elle n'avait pas lâché son bras durant toute la visite, un peu effrayée par le grondement des chaudières, la charge électrique qui lui picotait le cuir chevelu et le bourdonnement intimidant des dynamos dont elle sentait les vibrations jusque dans ses orteils. Mais Wilson était tellement enthousiaste qu'elle n'avait pas vu le temps passer. Il avait évoqué avec ferveur les travaux de MM. Tesla et Ferranti et leur système de distribution en courant alternatif, une révolution par rapport au courant continu.

— J'aurais peut-être dû me spécialiser dans l'ingénierie électrique, avait-il réfléchi tout haut, tandis qu'ils regagnaient la maison.

Elle n'avait pas lâché son bras et, comme il ne semblait pas s'en plaindre, elle avait laissé sa main là où elle était, heureuse et fière de marcher à son côté.

— Il y a tellement de domaines en science et en technologie qui m'attirent...

Il avait poussé un soupir amusé.

— Je suis insatiable ! Je ne peux me contenter d'un seul savoir, il faut que je les maîtrise tous. Parfois, ça fuse tant dans ma tête...

Il avait posé la main sur la sienne avec une tendresse inattendue.

— ... que j'en oublie ceux qui m'entourent.

S'ils avaient été au lit, elle l'aurait enlacé et lui aurait offert le plus doux des dérivatifs à la tyrannie que lui imposait son cerveau de génie.

Mais ils étaient sur la voie publique ; ils devaient respecter les codes de la bienséance. Elle s'était donc contentée de serrer doucement son bras et de lui rendre son sourire.

— Ne t'inquiète pas pour moi, Wilson. Je suis suffisamment occupée avec mes propres activités.

Lançant un rapide regard autour d'eux pour s'assurer qu'on ne pouvait pas l'entendre, elle avait ajouté dans un souffle :

— Aussi longtemps que tu viendras me retrouver la nuit, je ne me sentirai pas délaissée.

— Tu es une épouse très tolérante, avait-il répondu avec un sourire complice.

Mais il lui avait semblé voir une ombre passer dans ses yeux. Les limites de leur mariage lui pesaient-elles, à lui aussi ?

Libérée des contraintes financières, elle dessinait désormais pour son seul plaisir. Pas question pour autant de tourner le dos à Sofia et ses anciennes clientes. Elles lui avaient acheté ses œuvres quand elle était en difficulté, il aurait été terriblement ingrat de les chasser de sa vie aujourd'hui. Elle continuait donc à honorer ses commandes, mais mettait en scène des personnages imaginaires — des héros de la littérature ou de la mythologie. Et elle demandait aux admiratrices d'Isis de faire un don au fonds de l'église Ste Agathe pour les femmes et les enfants nécessiteux.

Sa nouvelle liberté artistique lui permettait aussi d'explorer de nouveaux thèmes. Wilson possédait un jardin magnifique. Même s'il ne jardinait pas lui-même, il en avait conçu les plans, choisi les essences d'arbres et les plantes. Il régnait notamment un calme enchanteur sous les saules, près de la mare aux nénuphars. Elle venait parfois s'y installer avec son cahier de croquis. Elle dessinait des personnages féeriques, minuscules mais vigoureux. Elle n'était pas certaine de croire à l'existence de ces petites créatures, mais son Oberon présentait une ressemblance des plus troublantes avec son mari…

Wilson ne parlait plus de ses visites dans la maison de rendez-vous de Sofia et elle n'évoquait jamais Coraline. Le sujet était clos, d'un côté comme de l'autre. Mais cela ne l'empêchait pas d'y penser de temps en temps… Et elle avait le sentiment que Wilson y pensait aussi.

Son désir, néanmoins, ne se démentait pas. Il brûlait toujours autant pour elle. Une chance, car plus il lui faisait l'amour, plus elle se consumait pour lui.

Elle découvrait avec émerveillement le bonheur d'avoir un mari passionné. Ils variaient les plaisirs, multipliaient les audaces à l'envi. C'était comme si elle avait un nouvel amant toutes les nuits. Wilson la comblait de mille façons différentes.

Elle n'était jamais rassasiée de son corps souple et puissant, de ses mains hardies et tendres. De son regard incandescent. Ils expérimentaient certaines positions décrites dans des ouvrages érotiques. Wilson était très imaginatif et il possédait une impressionnante collection de livres de chevet.

Il continuait à mettre des préservatifs. Encore un sujet sur lequel ils étaient tombés d'accord sans avoir besoin d'en reparler. Tout était parfait entre eux, à un détail près : ils continuaient à faire chambre à part.

Wilson en avait décidé ainsi et elle savait pourquoi : il trouvait parfois une idée ou la solution à un problème au milieu de la nuit et se levait aussitôt pour la noter. Il lui arrivait même de descendre l'escalier pour se rendre dans son atelier. Ces va-et-vient la gêneraient beaucoup trop, s'ils dormaient ensemble, avait-il argué. Mieux valait donc qu'ils aient chacun sa chambre.

C'est logique. Parfaitement logique.

Mais ça ne l'empêchait pas d'avoir des regrets.

Un matin, elle s'installa sous la tonnelle pour dessiner. Le temps était superbe, à la fois doux et ensoleillé, l'endroit idéal pour travailler. Elle pouvait en outre apercevoir Wilson penché sur ses travaux dans son atelier. Sa seule présence, même lointaine, créait une petite vibration dans l'air qui stimulait son inspiration.

— Mlle Sybil Ruffington, madame, annonça soudain Teale.

Oh ! Une visite ! La première depuis son mariage… Ses amies du club lui avaient envoyé des messages adorables pour la féliciter, mais personne n'était encore venu jusqu'ici, afin de respecter leur « lune de miel à la maison ».

Posant son cahier de croquis, elle se leva joyeusement pour accueillir sa sœur.

— Quel plaisir de te voir, chérie !

Son sourire s'envola. Sybil était livide et visiblement elle avait pleuré. Adela devina ce qui l'amenait et son cœur se serra.

— Je sais qu'il est un peu tôt, mais pourriez-vous nous apporter du sherry ? demanda-t-elle à Teale qui attendait discrètement ses ordres. J'ai envie d'une boisson un peu plus corsée que du thé, aujourd'hui.

— Bien sûr, madame.

Il s'éloigna rapidement.

— Viens près de moi, Syb. Je me doute de la raison de ta visite, mais attendons le sherry... Ensuite, tu me raconteras tout.

Sybil hocha la tête et esquissa un pauvre sourire, tout en la dévisageant.

— Tu... tu es magnifique, Della. Très belle. Le mariage te va à merveille, même si tu n'as pas eu une vraie lune de miel.

Elle posa son regard sur la taille d'Adela, difficile à évaluer sans son corset. Wilson était enchanté de sa nouvelle garde-robe. Rien que des tenues souples et fluides, des sous-vêtements légers... parfaits pour des caresses impromptues.

— Tu... tu n'es pas déjà enceinte, si ?

— Non.

Le regret l'envahit, mais elle s'empressa de le chasser. La priorité, c'était les problèmes de Sybil, pas les siens.

— Maintenant que je suis libre de m'habiller comme je le souhaite, je ne mets plus de corset. Tu devrais inclure quelques robes rationnelles dans ton trousseau. Je suis sûre qu'Algie apprécierait. Il y a certains... avantages.

Sybil écarquilla les yeux, mais au moment où elle allait prendre la parole, Teale apparut avec le carafon de sherry et deux petits verres sur un plateau d'argent.

Une fois le domestique reparti, Adela but une gorgée du vin délicieusement sucré, puis regarda sa sœur droit dans les yeux.

— On t'a contactée au sujet des lettres, n'est-ce pas ? Quelqu'un t'a demandé de l'argent pour te les rendre ?

Sybil vida la moitié de son verre sans respirer, puis hocha la tête et énonça un chiffre effarant.

— Mon Dieu, Sybil ! Comment pourrais-tu trouver une somme pareille ? C'est à se demander si ce maître-chanteur n'a pas attendu que nous soyons de nouveau en fonds, grâce à Wilson !

Elle serra son verre entre ses doigts. Wilson paierait s'il le fallait. L'argent en lui-même ne signifiait rien pour lui. Mais l'idée qu'un individu sournois guette de jeunes proies dans l'ombre, à l'affût du moindre faux pas, était effrayante et elle ne put réprimer un frisson.

— Tu as des instructions pour le versement ?

Le visage de Sybil se décomposa.

— Oui… L'argent doit être déposé dans une poste restante privée à l'hôtel Farage, dans Coop Street. Je… crois que c'est un endroit mal famé… mais ce n'est pas le plus grave…

Elle serra le pied de son verre avec une telle force qu'Adela eut peur qu'elle le brise.

— Je… J'ai fait une bêtise et… et maintenant la situation est pire qu'avant !

Adela ne voyait pas comment cela pourrait l'être.

— Que veux-tu dire, chérie ?

— Je me suis confiée à M. Devine. Je ne voulais pas, je voulais t'en parler d'abord… mais Mama l'a invité à dîner et quand je suis sortie au jardin pour… pour prendre l'air et essayer de calmer mon angoisse, il était là, en train de fumer une cigarette. Tu sais que Mama ne supporte pas l'odeur du tabac. Il m'a fait la remarque que j'étais très pâle et je… je lui ai tout raconté. Je ne sais pas comment c'est arrivé ni pourquoi. Il était si compréhensif…

Adela sentit son cœur se serrer. Devine était toujours compréhensif. C'était son fonds de commerce.

— Je ne l'aime pas, Della, je n'ai jamais pu le supporter.

Je me forçais à cause de Mama. Je me disais que ce n'était pas gentil de ne pas me montrer aimable avec un de ses amis…

Adela songea qu'une fois de plus, elle avait sous-estimé sa sœur. Sybil voyait la vraie nature des gens. Le problème, c'était qu'elle voulait à toute force qu'il y ait du bon en chacun d'eux. Et qu'elle n'aimait pas faire de la peine.

— Je sais, chérie. Nous avons essayé toutes les trois. Qu'est-ce qu'il a répondu ?

— Il a proposé de m'aider, de servir d'intermédiaire entre cet homme et moi parce qu'il ne pensait pas qu'une jeune femme comme il faut devrait négocier avec un maître-chanteur. Il a dit qu'il se chargerait de transmettre le courrier, qu'il me dicterait ce que je devais écrire et… et qu'il pourrait peut-être ainsi obtenir de meilleures conditions.

Elle se frotta les yeux et but encore un peu de sherry.

— Mais ce n'est pas le pire…

Adela savait ce qui allait suivre. D'une certaine façon, elle l'avait toujours su… Mais au lieu de protéger et de conseiller sa sœur et sa mère, vulnérables toutes les deux, elle n'avait rien dit. Elle avait préféré consacrer son temps et son énergie à ses amies du club de couture, à ses dessins, à ses désirs sexuels.

Elle résista à l'envie de boire d'un trait son sherry et de s'en servir un autre.

— Continue, Sybil.

— Je crois que M. Devine n'est pas simplement un intermédiaire, Della. Je crois que c'est lui qui a mes lettres. Hier, je suis allée à une soirée musicale avec Daisy Drummond et Agnes Wentworth pour essayer de me changer les idées. A l'entracte, nous avons évoqué une de nos amies, que nous n'avons pas vue depuis plusieurs mois…

Elle se troubla, au bord des larmes. Adela posa la main sur son bras.

— Continue, répéta-t-elle doucement.

D'abord hésitante, puis avec une confiance grandissante, Sybil lui raconta ce qu'elle avait appris.

Cette amie commune, Viola Champney, s'était fait elle aussi voler une lettre au cours d'un week-end à la campagne. Blair Devine qui était aussi un ami de la famille lui avait spontanément proposé son aide. Mais plus tard, le bruit avait couru qu'on avait vu la femme de chambre suspectée du vol en la compagnie du jeune avoué… et qu'elle lui avait remis discrètement quelque chose qui ressemblait… à une lettre.

Adela sentit sa gorge se serrer. Si seulement elles avaient eu vent de cette histoire avant que Devine embobine leur mère !

— Quel horrible bonhomme ! J'aurais dû lui arracher les yeux à cette garden-party !

Sybil lui lança un regard abattu.

— Tu as toujours été si forte, Della. Je suppose que le jour où tu as eu le nez cassé et que tu as attrapé la varicelle, tu as résolu de te débrouiller seule, parce que tu savais que tu ne trouverais pas de mari.

Malgré la gravité de la situation, Adela ne put s'empêcher de sourire. Sybil était plus clairvoyante qu'il n'y paraissait. C'était le raisonnement qu'elle avait suivi, en effet.

— Mama n'est pas comme toi. Elle adorait papa, mais elle ne peut pas vivre seule. Elle a besoin d'être admirée, entourée, conseillée. Je pense qu'elle était flattée par l'attention de M. Devine et qu'elle a dû lui faire des confidences. Je crois qu'elle était tellement en colère que Wilson hérite de l'argent et du titre qu'elle a voulu croire que M. Devine pourrait trouver un moyen légal d'arranger la situation à ton avantage.

Adela y voyait clair maintenant et l'indignation monta en elle comme un produit chimique en fusion. Le plan de cet horrible cloporte ne se limitait sûrement pas aux lettres de Sybil ! Il avait un autre projet, bien plus ambitieux. Une ou deux fois, elle avait eu le sentiment qu'il était sur le point de lui faire la cour, mais il n'avait pas sauté le pas. Ses manières obséquieuses la hérissaient et il avait dû le sentir. Alors il avait attendu patiemment son heure. Sa stratégie à long terme était sans doute de la courtiser afin de mettre la main sur l'argent des Ruffington dans l'hypothèse où l'héritage lui reviendrait à elle plutôt qu'à Wilson.

— Alors c'était ça son plan… Aider Mama à contourner les dernières volontés de grand-père, puis m'épouser pour mettre la main sur notre argent.

Cette fois, elle vida son verre et le remplit de nouveau, ainsi que celui de Sybil.

— Mais comment ? Wilson est l'héritier le plus proche de grand-père. Je ne vois pas comment il pourrait l'écarter de la succession.

Sybil pinça les lèvres et joua avec la bandoulière de son petit sac en perles.

— Il y a une faille quelque part. Mama me l'a laissé entendre sans vouloir m'en dire davantage. Un problème avec sa filiation, je crois…

— Quoi ?

Adela s'exhorta au calme. Apparemment, leur mère avait tout prévu. Soit elle parvenait à la marier à l'héritier de Lord Millingford, soit elle s'arrangeait pour mettre Wilson hors jeu afin que l'argent du vieux Curmudgeon, à défaut du titre, revienne quand même à sa fille aînée.

— Ah Mama, je sais que tu ne pensais pas à mal, mais là, vraiment, tu as passé la mesure…

Elle s'obligea à respirer profondément et but une gorgée de sherry.

— Elle voulait le meilleur pour toi, Della.

— Je sais, Syb. Je sais…

Mama voulait le bonheur de ses trois filles, indéniablement, mais parfois ses décisions étaient totalement irréfléchies.

Elle ne pouvait laisser ce serpent de Devine s'en prendre à Sybil ou à Mama, ou à qui que ce soit d'autre ! Elle ferait tout ce qui était en son pouvoir pour l'en empêcher. Mais elle avait besoin d'un plan, et elle avait besoin de… Wilson.

Alors même qu'elle songeait à lui, il apparut sous la tonnelle. A croire qu'elle l'avait invoqué par la seule force de sa pensée, comme un génie. Il portait sa tenue vestimentaire habituelle : robe de chambre, pantalon, chemise ouverte au col. Mais tandis qu'il les rejoignait, elle eut l'impression de voir s'avancer vers elles un chevalier en armure étincelante.

— Bonjour, Sybil. C'est gentil d'être venue rendre visite à Adela. Je suis sûr qu'elle se languit de ses sœurs.

Il prit le carafon de sherry sur le plateau, sortit un verre de sa poche tel un prestidigitateur et se servit.

— Puis-je vous en proposer ?

Comme elles refusaient, il s'installa sur l'une des chaises de jardin en fer forgé et croisa ses longues jambes devant lui.

— Dis-moi ce qui ne va pas, Sybil, et comment je peux y remédier. Je vois à ta mine défaite qu'il est arrivé quelque chose de grave.

Adela lui sourit. Il était si intuitif, si observateur ! Encore qu'en cet instant il ne soit pas nécessaire d'être grand clerc pour deviner que Sybil avait un gros souci. Aux regards implorants et nerveux qu'elle lui lançait, il était évident qu'elle s'était fourrée dans les ennuis.

— Tu n'as rien à craindre, Sybil. Tu peux tout raconter à Wilson. Si quelqu'un est capable de t'aider, c'est lui.

Sybil répéta alors son histoire, mais c'est à peine si Adela l'entendit : elle était pétrifiée par l'expression émue de Wilson. Comme si cette confiance qu'elle lui témoignait le touchait au plus profond. Il écoutait sa sœur mais en même temps elle savait que ce sourire imperceptible sur ses lèvres ne s'adressait qu'à elle et qu'il la remerciait silencieusement.

Lorsque Sybil termina son récit, il médita un moment, les index joints sur ses lèvres.

— Quelle est ton opinion ? lui demanda Adela.

— Si tu décides de payer cet individu, Sybil, sache que tu peux compter sur moi. Mon argent est à ta disposition.

— Oh merci, cousin Wilson, merci ! s'écria Sybil, les yeux mouillés de larmes d'émotion et de soulagement. Je ne savais pas vers qui me tourner. Je ne veux pas que Mama l'apprenne, mes fiançailles la rendent tellement heureuse…

Elle les dévisagea tous les deux.

— Je ne veux pas tout gâcher, ni qu'elle se sente coupable d'avoir fait confiance à cet homme. Les parents d'Algie ne doivent jamais apprendre l'existence de ces lettres. Algie ne se soucie pas que j'aie pu avoir un amoureux avant lui… il est adorable. Mais ses parents sont terriblement à cheval sur les convenances.

Wilson garda le silence, l'air pensif. *Il échafaude un plan*, devina Adela. Elle sentit son cœur battre d'excitation. Il était supérieurement intelligent et n'avait peur de rien.

— Sybil, écoute-moi bien…

Il lui lança un regard grave, presque paternel.

— Tu dois cesser toute correspondance amoureuse. Si vous vous êtes écrit, Algie et toi, je veux que vous brûliez *immédiatement* ces lettres. L'un et l'autre. Tu as bien compris ?

Sybil hocha la tête, les yeux écarquillés. Adela se retint de sourire. Sa sœur était impressionnée par son autorité — elle aussi d'ailleurs, elle devait l'admettre.

— Je veux aussi que tu me décrives exactement ce qu'on t'a volé. Avant d'en arriver à la solution ultime, c'est-à-dire payer ce maître-chanteur, il faut s'assurer qu'on ne peut pas récupérer ces lettres et les détruire.

— Comment allons-nous nous y prendre ? demanda Adela.

— *Nous* ? répéta Wilson en souriant.

— *Nous*, oui… Sybil est ma sœur et j'ai promis de l'aider.

Elle le regarda dans les yeux.

— Je me sens responsable d'une certaine façon. Je lui avais dit de brûler ces lettres, mais je n'ai pas vérifié qu'elle l'avait fait. Si je m'étais montrée plus prudente, nous ne serions pas dans cette situation aujourd'hui.

La chaleur qu'elle lut dans son regard fit battre son cœur plus vite. Le respect de Wilson était infiniment précieux à ses yeux, peut-être plus encore que son désir. La passion s'éteignait avec l'âge, mais le respect durait éternellement.

Il l'observa pendant ce qui lui parut une éternité. Elle n'osait même plus respirer.

Parle, dis quelque chose !

Il finit par hocher la tête.

— Je comprends. Et ton aide sera la bienvenue, à condition qu'il n'y ait pas de danger pour toi.

Sybil était restée silencieuse jusqu'ici, visiblement sensible aux ondes qui passaient entre eux. Mais à ces mots, elle se leva d'un bond.

— Oh merci, merci, à tous les deux ! Je savais que je pourrais compter sur vous ! Mama aurait eu une attaque si je lui avais avoué la vérité et je ne pouvais pas risquer d'impliquer Algie... Vous êtes les seuls qui puissiez m'aider !

Elle serra Adela dans ses bras avec enthousiasme et contourna à toute vitesse la table du jardin pour aller embrasser Wilson.

— Bon, maintenant, passons aux considérations pratiques, reprit-il quand elle retourna s'asseoir.

Et comme première de ces considérations, il fit apporter du thé.

Adela salua sa sagesse en riant sous cape. Pompette, sa sœur risquait de vendre la mèche avant même qu'ils l'aient allumée !

— Combien de temps as-tu pour réunir la somme ? demanda-t-il, quand Teale les eut servis.

Sybil déglutit.

— Si je n'ai pas apporté l'argent avant notre bal de fiançailles, il enverra mes lettres à la marquise de Spencerleigh.

Ses lèvres se mirent à trembler.

— Et si ça arrive, il n'y aura pas de bal de fiançailles parce qu'il n'y aura pas de fiançailles du tout !

Wilson pianota quelques instants sur le rebord de sa tasse et parut se perdre dans ses pensées.

— Bon. Tu ne vas absolument rien faire pour le moment. Tu m'as bien compris, Sybil ? Et ne dis rien à personne non plus.

Son ton était calme. Pas autoritaire mais ferme, et Adela savait que même *elle* ne se risquerait pas à discuter avec Wilson, quand il était dans cette humeur.

— Je vais rendre visite à Devine. Je ferai en sorte qu'il t'accorde un délai. Tout ce que je te demande, c'est de faire en sorte qu'il vienne à ton bal de fiançailles. Ta mère et lui sont toujours en bons termes ?

Sybil semblait horrifiée à l'idée d'inviter son pire ennemi à ce qui serait l'un des plus grands événements de sa vie, mais elle trouva en elle-même la ressource d'acquiescer.

— Je crois, oui. Il vient moins souvent depuis votre mariage, mais je ne pense pas qu'ils se soient disputés.

Adela imagina la joie de Devine en apprenant qu'il était invité. Il serait probablement ravi d'aller au bal pour voir la déconfiture de ses victimes. C'était tout à fait le genre de brute à aimer regarder sa proie se débattre.

— Bien..., poursuivit Wilson. Nous aurons besoin de savoir très exactement où il sera, ce soir-là. Je pourrais le faire suivre, mais s'il se trouve au bal, ce sera beaucoup plus simple.

— Pourquoi veux-tu savoir où il sera ? demanda Adela après que Sybil eut pris congé.

Elle pensait avoir deviné ce qu'il avait en tête, mais elle voulait l'entendre de sa bouche.

— Parce que si j'ai la certitude qu'il n'est pas chez lui, *moi* je pourrai y être pour récupérer les lettres de ta sœur.

Chapitre 23

Un plan complètement fou

— Tu vas les lui voler ?

Adela dévisagea son mari, pétrifiée. En même temps, elle n'était pas réellement surprise. C'était le genre de plan complètement fou auquel il fallait s'attendre avec lui.

— Tout juste !

Il sourit avec effronterie.

— Et je compte bien récupérer par la même occasion d'autres papiers compromettants. Autant faire d'une pierre plusieurs coups. Sybil n'est sûrement pas sa seule victime. Il a dû prendre goût à sa petite combine.

— Comment vas-tu procéder ? Et comment savoir où il les cache ?

Wilson haussa les épaules.

— Sûrement pas sur son lieu de travail, ils ont beaucoup trop de valeur pour lui. Je suppose qu'il les garde chez lui. Tu sais où il habite ?

— Oui. Il loue une villa dans Upper Norwood. Elle est assez jolie et plutôt spacieuse pour un célibataire. Il nous y a invitées un jour pour le thé…

Elle frissonna en se remémorant cette expérience désagréable.

— C'était déprimant ! Il a passé son temps à se vanter de sa réussite et, bien sûr, Mama buvait tout ce qu'il disait comme du petit-lait.

— Tu as visité la maison ? Tu pourrais me la décrire ?

— Non. Je n'ai vu que le salon et la petite entrée.

Elle chercha dans sa mémoire, essayant de se remémorer des détails qu'elle s'était empressée d'oublier.

— Il doit y avoir un bureau ou une bibliothèque au rez-de-chaussée, face au jardin. Il est allé y chercher un album de photos pendant notre visite et s'est absenté très peu de temps.

Le visage de Wilson s'éclaira.

— Un bureau au rez-de-chaussée ? C'est idéal !

— Idéal pour quoi ?

— Pour y entrer par effraction et ouvrir son coffre. Ce sera un jeu d'enfant.

Un jeu d'enfant ? Ouvrir son coffre ?

— Wilson, forcer un coffre-fort est plus compliqué que crocheter une serrure.

— Femme de peu de foi !

Il lui enlaça la taille en riant.

— J'ai des kilos d'informations sur les coffres-forts. On m'a sollicité pour tester l'inviolabilité d'un tout nouveau modèle pressenti pour équiper l'une de nos plus grandes banques…

Il lui chuchota le nom de l'établissement à l'oreille et elle poussa un cri.

— Avec tout ce que je sais, je pourrais probablement vider les coffres du royaume d'un simple claquement de doigts — ou presque.

— Ne t'y aventure pas. Je n'ai aucune envie que mon mari moisisse en prison.

La seule idée d'une séparation lui serra la gorge. Le moment viendrait pourtant où ils devraient se quitter, mais elle priait pour qu'on lui accorde un peu de temps. Assez pour leur voyage en Europe, peut-être. Et pour concevoir un enfant.

— Et si tu te fais prendre chez Devine ? Les conséquences seront tout aussi terribles, non ?

Il sourit avec sérénité, tout en lui caressant la joue d'un geste incroyablement doux.

— J'ai un atout dans ma manche. Tu sais, ce travail que je fais pour le gouvernement ? Celui qui est d'une importance vitale ?

Elle hocha la tête.

— Eh bien, cela signifie que j'ai des amis très haut placés. Je ne prétends pas être au-dessus de la loi, mais… disons que j'ai les moyens de la tordre un peu !

Il agita les sourcils d'un air comique.

En dépit de son inquiétude, elle fut subjuguée par sa confiance en lui. Il était si solide, si invulnérable ! Elle mourait d'envie de l'embrasser et de l'entraîner dans son lit.

Il plongea son regard au fond du sien.

— Moi aussi, j'en ai envie, murmura-t-il. Mais je dois rendre visite à Devine sans tarder pour solliciter son avis d'un air éploré. Ensuite, j'irai consulter deux ou trois personnes qui pourraient m'être d'une aide précieuse.

Il hocha la tête avec un sourire satisfait.

— Norwood, dis-tu ? Ça ne peut pas mieux tomber, j'ai un ami qui habite là-bas. Il faut faire vite. Nous ne disposons que de quelques jours avant le bal.

— Je peux t'accompagner ?

Elle ne voulait pas être séparée de lui.

— Au moins chez Devine ?

Il pressa son front contre le sien pendant un moment, puis recula.

— Non, ma douce. Il vaut mieux que je lui parle d'homme à homme. Et la conversation que j'aurai ensuite avec mon ami risque d'être beaucoup trop crue pour tes chastes oreilles. Il se peut aussi que je sois amené à me rendre dans des lieux mal fréquentés pour y mener ma petite enquête. Des endroits indignes d'une lady… même d'une fière Amazone comme toi.

Il effleura ses lèvres d'un baiser.

— Mais je te raconterai tout à mon retour. Promis. C'est notre plan et je ne veux pas te tenir à l'écart.

Elle sentit son cœur battre à grands coups.

— D'accord. Mais le jour du cambriolage, je veux être à tes côtés. Je peux me rendre utile.

— Non, Della, c'est trop dangereux. Aucun plan n'est infaillible et il peut toujours surgir un imprévu.

Le ton de sa voix était sans appel, mais une lueur dans ses yeux lui disait qu'il pourrait changer d'avis, si elle insistait un peu.

— S'il te plaît ! Je suivrai toutes tes instructions à la lettre ! Tu ne le regretteras pas. Tu peux me faire confiance.

— Je sais…

Il se tut un instant, le regard pensif.

— C'est vrai que tu pourrais m'être très utile en me passant les outils et en tenant la lanterne pendant que je travaillerai… Je vais y réfléchir. Mais si j'accepte, tu devras obéir et si je te dis de t'enfuir, tu fileras plus vite que l'éclair ! C'est bien compris ?

Elle acquiesça, s'efforçant de ne pas sourire. Fuir en l'abandonnant ? Pour qui la prenait-il ? S'ils se faisaient prendre, elle resterait à ses côtés et ils iraient en prison ensemble !

— Il faudra que tu portes des vêtements masculins. Même sans corset, ta robe sera un handicap si nous devons escalader un mur ou une gouttière. Tu sais escalader une gouttière ?

Cette fois, elle n'essaya pas de réprimer son sourire.

— Je sais grimper aux arbres, ça ne doit pas être très différent. Je m'entraînerai !

Il lui toucha le nez avec douceur.

— Méfie-toi des arbres, ma douce. Je ne veux pas que tu te blesses de nouveau.

Il s'inclina et effleura son nez d'un baiser. Elle se rendit alors compte avec incrédulité qu'elle n'avait plus pensé à ses complexes depuis leur mariage. Les regards brûlants de passion de Wilson l'avaient guérie.

— Ne t'inquiète pas, je serai très prudente.

— Bon. Je vais aller faire des repérages sur place et si l'affaire se présente bien, j'envisagerai de faire de toi ma complice.

Il lui prit la main et la porta à ses lèvres.

Comment vais-je faire pour rester sagement à ses côtés et me concentrer sur notre mission si le moindre de ses attouchements me donne envie de danser et de chanter ?

— Il faut que j'y aille, maintenant. Tu te souviens de son adresse exacte ?

Elle la lui donna. Après lui avoir effleuré les lèvres d'un baiser, Wilson se leva et partit. Elle regarda fixement la porte derrière laquelle il avait disparu, le cœur battant.

Je t'aime, Wilson. Même si toi tu ne m'aimes pas, cela n'a pas d'importance. Si tu as confiance en moi, je peux m'en contenter.

Décidée à ne pas attendre passivement le retour de son mari, Adela entra dans la chambre de celui-ci et inspecta son dressing. Quelle était la tenue adaptée pour s'introduire dans une villa et y forcer un coffre-fort ?

La garde-robe de Wilson était entretenue à la perfection par Teale, qui faisait office de valet de chambre et de majordome. Chaque vêtement était soigneusement suspendu sur un cintre, sans un pli. Le parfum discret de la lotion après-rasage de Wilson imprégnait les étoffes.

Adela essaya pour rire plusieurs de ses robes de chambre, pivotant d'un côté, de l'autre, s'imaginant dans le rôle de son génie de mari.

Elle enfouit son visage dans ses chemises, respirant son odeur. Une envie de lui la saisit, brutale, presque douloureuse. Une boule de désir lui brûla le ventre et elle envisagea un instant de se caresser dans le dressing même, enveloppée de son odeur et des vêtements qui avaient touché son corps. Mais elle se ressaisit. A quoi pensait-elle ? Wilson était Dieu sait où, peut-être en train de se mettre en danger pour sauver sa sœur. La moindre des choses, c'était de se concentrer sur leur plan.

La plupart de ses vêtements étaient des tenues de ville, mais elle repéra deux tenues plus sportives, en tweed, idéales pour la campagne : l'une dans les teintes bleu foncé, l'autre dans les bruns. Parfaites pour une expédition nocturne.

Elle choisit pour elle le costume marron, simplement parce que ses cheveux étaient châtains. Le bleu foncé mettrait en valeur les beaux yeux de Wilson. Elle ne put s'empêcher de rire de sa folie.

Il portait rarement un chapeau, mais en possédait deux ou trois. Elle en choisit un assorti au tweed de son costume et emporta ses trouvailles dans ses appartements. Inutile que Teale la surprenne en sous-vêtements, si jamais il entrait dans la chambre de son maître.

Elle se déshabilla en un tournemain et se tortilla pour enfiler le pantalon. Ce n'était pas facile avec sa culotte longue mais elle avait la chance d'être mince : elle réussit à entrer dedans et à le boutonner. En défaisant un peu les coutures, elle pourrait même gagner en aisance. Et elle veillerait à porter une des culottes neuves qu'elle avait commandées à Mme Mirielle, coupées dans un tissu très fin.

La coiffure, maintenant… Otant les épingles qui retenaient son chignon, elle tordit ses cheveux sur le sommet de sa tête et enfonça le chapeau par-dessus. Elle batailla quelques instants, ses boucles refusant de se laisser emprisonner, mais avec un peu de patience, elle réussit à les faire disparaître sous le couvre-chef.

Quel drôle de garçon !

Son reflet dans la glace n'était pas dépourvu de charme. Que penserait Wilson, en la voyant ainsi travestie ? La désirerait-il toujours ? L'envie coquine de le séduire en garçon lui traversa l'esprit. Ils pourraient tenter de nouvelles expériences sous ce déguisement. Lors d'une réunion du club des couturières,

Lady Southern avait évoqué l'un de ses amants, qui aimait la prendre comme un garçon. A l'entendre, c'était une expérience intense et magnifique.

Elle frissonna, tout en essayant d'imaginer la scène. Chaque fois que Wilson la caressait entre les fesses pendant l'amour, ça l'émoustillait. Mais l'acte lui-même serait sans doute très différent.

Elle s'allongea à plat ventre sur son lit, les jambes pendantes, ferma les yeux et imagina Wilson s'approchant par-derrière, les yeux brûlants de désir.

— Baisse ton pantalon ! commanderait-il brutalement.

Elle obéirait, descendant d'abord son pantalon, puis sa culotte. Il lui semblait presque sentir ses mains sur sa peau nue, caressant les deux globes pâles, les écartant, faisant apparaître la petite rosette. Si étroite pour son sexe énorme.

Aurait-elle du plaisir ? Bien sûr ! Wilson faisait toujours passer son bonheur à elle avant le sien. Il glisserait une main entre ses jambes et taquinerait son clitoris comme lui seul savait le faire.

Elle s'abandonna à son fantasme dans un gémissement. Déboutonnant son pantalon, elle glissa une main dans sa culotte avec une hâte maladroite. Elle était déjà mouillée.

Oui, Wilson la caresserait sans répit, tout en lui faisant des suggestions osées à l'oreille. Et elle se tortillerait sur le lit, comme en cet instant, pour l'encourager.

« Je vais entrer en toi, dirait-il en touchant le petit anneau au creux de ses fesses. Et tu auras beau supplier, je ne te laisserai aucun répit jusqu'à ce que tu m'aies pris tout entier. »

Elle se caressa avec un cri étouffé. Elle aurait voulu que Wilson soit vraiment là, derrière elle, mais elle devrait se contenter de ses propres doigts pour le moment. Tandis qu'elle haletait et se tortillait, elle ne put s'empêcher de rire. Peut-être lui raconterait-elle cette scène à son retour, pour le distraire. Il aimait qu'elle se donne du plaisir et l'encourageait toujours à le faire, qu'il soit là pour la regarder ou non.

Dans son fantasme, il déboutonna son pantalon et dégagea son sexe. Il était si énorme et ses fesses si étroites. Elle visualisa le petit flacon d'huile qu'il avait utilisé pour lubrifier le godemiché et imagina qu'il en versait un filet entre ses fesses.

Puis il se poussa en elle.

Elle essaya d'imaginer la sensation sans y parvenir vraiment. Mais la seule idée suffit à déclencher l'orgasme.

Tourmentant son clitoris avec des gestes fiévreux, elle jouit violemment en murmurant le prénom de son mari.

Chapitre 24

Les repérages de Wilson

Tapi dans l'ombre, Wilson scrutait la fenêtre du bureau aux jumelles. Devine était occupé à rédiger du courrier, mais il allait bien finir par se lever et, avec un peu de chance, il lui montrerait l'emplacement de son coffre-fort.

Pour passer le temps, il se représenta Adela, cachée près de lui derrière le buisson. A quoi ressemblerait-elle, déguisée en homme ? Il imagina ses cuisses élancées dans un pantalon et baissa ses jumelles miniatures pour contrôler une soudaine bouffée de désir. En dépit de son exquise féminité naturelle, elle serait magnifique en garçon, avec sa somptueuse chevelure dissimulée sous un chapeau et sa poitrine cachée sous une veste ample. Il imaginait parfaitement comment ils pourraient pimenter leurs ébats, en expérimentant des jeux érotiques d'un genre nouveau.

Ce n'est pas le moment d'avoir une érection, imbécile !

Sans qu'il puisse les contrôler, des visions d'Adela se pressaient dans son esprit, visions dans lesquelles elle était penchée sur le dossier du banc de jardin, son pantalon d'homme sur les chevilles, sa culotte baissée, sa croupe offerte à ses regards brûlants dans la lumière de la lune. Il pressa la main sur son entrejambe même s'il n'avait aucune chance d'éteindre l'incendie que son imagination avait allumé. Lui donnerait-il une fessée ? Oui, sans doute. Et ensuite… oh ensuite, laquelle de ses sublimes entrées honorerait-il ?

Puisqu'elle était déguisée en garçon, pourquoi ne pas la posséder comme un garçon ?

Se tortillerait-elle en faisant mine de lui résister ? Ou bien se soulèverait-elle pour aller au-devant de lui, sans tabou ni crainte ?

Il retrouverait bien là son audacieuse Adela. Elle soupirerait, halèterait et se tendrait vers lui pour l'inviter à aller toujours plus loin…

Oh ! bon sang, Wilson, tu es irrécupérable ! Perdre ta concentration dans un moment aussi important !

Il ne pouvait se permettre de rire tout haut, mais sourit de sa folie. Ce serait peut-être plus prudent d'autoriser Adela à l'accompagner, finalement. Elle était raisonnable et le rappellerait à l'ordre, si jamais il s'égarait.

Il ramena son attention sur la fenêtre et tressaillit en voyant Devine se lever de son bureau. Enfin !

L'homme était sournois et méprisable. Wilson avait résisté à l'envie de lui coller son poing dans la figure, quand il était allé le voir, un peu plus tôt dans la journée. L'avoué avait feint l'inquiétude et la sympathie pour Sybil, alors qu'il devait exulter de joie.

Il avait eu du mal à cacher son triomphe, quand Wilson avait suggéré qu'ils pourraient s'acquitter du paiement autrement qu'en espèces sonnantes et trébuchantes.

— Ma belle-sœur n'a pas de fortune personnelle, comme vous le savez. Mon épouse et moi sommes prêts à l'aider dans la mesure de nos moyens, mais ils resteront très limités jusqu'au décès de son grand-père. En réalité, le seul bien de valeur que nous possédons, ce sont les diamants des Ruffington.

Oh ! La lueur cupide qui s'était allumée dans ses yeux de

fouine à ces mots ! Savait-il qu'il pouvait en réalité payer le prix demandé sans même écorner son budget ? Ou était-ce l'évocation des diamants qui avait piqué son intérêt ?

— Ma chère épouse est prête à les sacrifier pour récupérer les lettres. Mais je voudrais connaître votre opinion : pensez-vous qu'en contrepartie notre interlocuteur pourrait nous accorder un délai ?

— Je l'ignore… c'est possible. Ces individus sans scrupules sont prêts à lâcher du lest pour peu que la tractation tourne à leur avantage. Sauf, bien sûr, s'il s'aperçoit qu'on essaie de le rouler, auquel cas il pourrait se montrer très méchant.

Wilson avait résisté à l'envie de lui sauter à la gorge par-dessus le bureau et de l'écraser contre le mur comme un cafard.

— Ce n'est pas le cas. En fait, il s'agirait d'un délai de quelques jours seulement, afin de permettre à mon épouse de porter une dernière fois les diamants au bal de fiançailles de sa sœur. Ensuite, elle les mettra en vente, discrètement, chez un diamantaire et les fonds seront disponibles immédiatement.

La cupidité et le triomphe avaient étincelé dans les yeux pâles de Devine.

— Ça me semble une requête tout à faire raisonnable. Je suis certain que cet individu ne refusera pas à Mme Ruffington l'opportunité de briller une dernière fois de tous ses feux.

Quelle générosité !

L'entretien terminé et les détails réglés, Wilson avait dû résister à l'impulsion de héler un fiacre et de se faire conduire dans son établissement de bains turcs préféré. Il avait envie de se nettoyer de la tête aux pieds pour effacer jusqu'au souvenir de ce tête-à-tête avec ce triste sire !

Il régla ses jumelles au plus serré et retint sa respiration. Que faisait cet immonde cloporte ? Il venait de s'approcher d'un tableau représentant une scène équestre. Il fit glisser ses doigts le long du cadre et le tableau bascula, dévoilant la porte massive d'un coffre-fort. Impossible à cette distance de savoir s'il gardait la clé sur lui ou s'il la cachait quelque part dans la pièce. Mais peu importait. Il était capable de forcer n'importe quel coffre-fort du royaume. Et même en cas d'échec, il existait d'autres recours. Certains composés à base d'acide sulfurique venaient à bout des métaux les plus résistants.

D'une façon ou d'une autre, ce coffre lui livrerait ses secrets.

Il sourit, tandis que Devine déposait quelque chose à l'intérieur du coffre puis le refermait. Le tableau retrouva sa place sur le mur, puis la lumière s'éteignit tandis que le maître-chanteur quittait la pièce.

Wilson avait fini sa mission. Il n'aspirait plus qu'à une seule chose : rentrer chez lui et retrouver Adela.

Chapitre 25

Minuit passé

Minuit avait sonné et Wilson n'était toujours pas rentré. Adela s'inquiétait. Il lui semblait avoir entendu du bruit au rez-de-chaussée, un peu plus tôt, mais le silence était retombé. Wilson était-il directement monté se coucher ?

Viens me raconter ta journée, mon chéri. Je suis réveillée. J'ai envie de te voir même si tu ne restes pas et que tu ne me fais pas l'amour.

La pendule martelait doucement les secondes sur la cheminée. La lumière de la lampe mise en veilleuse vacillait un peu, indiquant une légère variation du courant électrique.

Un petit bruit fit soudain bondir son cœur.

Celui de la poignée de la porte qui tournait lentement.

— Adela ? Tu es réveillée ? souffla Wilson d'une voix douce.

Elle faillit se dresser d'un bond et courir se jeter dans ses bras, mais resta sagement à sa place. Mieux valait s'en tenir à une réponse mesurée même si elle était folle de joie qu'il soit venu.

— Oui, je suis réveillée.

Elle se redressa, attrapa son châle, et le drapa sur ses épaules.

— Tu as mangé ? Tu veux que je sonne Mme Rogers pour qu'elle te prépare quelque chose ?

— Ne t'inquiète pas, tout va bien, dit-il en entrant dans la flaque de lumière.

Il s'approcha du lit en lui souriant.

— Je me suis débrouillé comme un chef ! J'ai volé du pain et du jambon dans la cuisine et j'ai bu un verre de lait.

Il était incroyablement séduisant dans sa robe de chambre de soie. Mince, élégant. Ses cheveux bruns brillaient comme s'il venait de se rafraîchir.

— Excellente initiative.

Elle lui sourit à son tour.

— Voler dans la cuisine est un bon entraînement pour notre future expédition.

Elle crut le voir frissonner. Il faisait anormalement froid pour cette époque de l'année et le système ingénieux qu'il avait conçu pour chauffer la maison n'était pas encore opérationnel. En le dévisageant avec plus d'attention, elle se rendit compte qu'il avait les traits tirés.

— Ça t'ennuie si je me glisse dans ton lit, juste le temps de te raconter ma journée ? Il est horriblement tard et tu dois être fatiguée, je ne veux pas te déranger…

Tu ne me déranges jamais, mon amour…

Soulevant les couvertures, elle tapota la place vide à côté d'elle.

— Merci, ma chérie.

Retirant sa robe de chambre, il s'allongea près d'elle. Il était nu et sa peau semblait très pâle dans la lumière douce. Elle essaya de ne pas poser les yeux sur son sexe, mais ne put s'en empêcher. Il n'était pas excité.

Loin d'en être déçue, elle en fut émue. Il était venu vers elle pour autre chose que du sexe et c'était plus important que tout.

— Raconte. Tu as parlé à Devine ?

Elle ôta son châle et se blottit contre lui sous les couvertures.

Il frissonna de nouveau, pas de froid cette fois, mais de dégoût.

— Oui. Il m'a promis de faire son possible pour que le maître-chanteur accepte de nous accorder un délai. L'aplomb de cet homme ! J'ai presque eu l'impression qu'il savait que je savais… En tout cas, l'idée d'échanger les lettres contre les diamants lui plaît beaucoup.

— Tu l'as rencontré à son bureau ou chez lui ?

— A son bureau. Pendant ses heures de travail. Mieux vaut ne pas lui rappeler que nous connaissons son adresse. Il aura la surprise, quand il découvrira que son coffre-fort est vide !

Elle sourit de son enthousiasme.

— Tu es machiavélique.

— Oui, je crois.

Il s'étira et elle prit sur elle pour ne pas bouger et ne pas révéler combien le contact de sa cuisse nue contre la sienne l'excitait.

— Dis-m'en plus. Qu'est-ce que tu as appris ?

— Oh ! Beaucoup de choses…

Il se rapprocha et passa un bras autour de ses épaules. Un geste de camaraderie, presque fraternel, mais bienvenu.

D'une voix basse et douce, il lui raconta alors brièvement sa journée. Après son entretien avec Devine, il avait hélé un fiacre et s'était fait conduire chez l'un de ses vieux amis qui, par chance, s'était installé récemment à Norwood, pas très loin de la villa de Devine.

Il lui avait demandé conseil.

— Qui est-ce ? Un criminel ? Un policier ? Un juge ?

— Pas du tout. Arthur est médecin. Mais il a un grand sens de l'imagination et une sorte de flair pour tout ce qui touche aux affaires criminelles.

Ses yeux brillaient d'admiration.

— Il m'a donné quelques tuyaux sur la marche à suivre. Il aurait bien aimé m'accompagner, malheureusement il a un rendez-vous ce soir-là.

Tant mieux ! Expert ou pas, elle voulait faire cette escapade seule avec Wilson.

Après avoir quitté son ami, il s'était rendu, sur ses conseils, dans un pub situé près du quartier et avait essayé de recueillir des informations en racontant qu'il cherchait à acheter une maison et qu'il avait entendu dire que celle de Blair Devine pourrait être à vendre. Ses questions n'avaient pas eu de succès auprès des clients et il s'apprêtait à partir quand la chance lui avait soudain souri.

Le patron, prénommé Fred, lui avait fait signe d'approcher depuis le comptoir. Il avait des choses à dire sur Devine et ce n'était pas des compliments.

— Apparemment, les gens là-bas ne l'aiment pas. Fred connaît son valet de chambre et lui a immédiatement fait savoir qu'il voulait le voir.

— Devine ne risque-t-il pas d'avoir des soupçons si jamais il l'apprend ?

— Non. Earnest, c'est le nom du jeune valet, est très remonté contre Devine. Il paraît qu'il traite ses domestiques comme des chiens. Il a accepté sans hésiter de m'assister dans mon enquête.

Elle le dévisagea avec stupeur.

— Ton enquête ?

— Je me suis fait passer pour un détective privé, avoua-t-il d'un air innocent.

— Oh ! Wilson, tu es impossible ! Te voilà détective, maintenant !

Elle pouffa, consciente plus que jamais de son corps contre le sien, tandis qu'il resserrait l'étreinte de son bras autour de ses épaules.

— Ne ris pas ! Je crois que j'ai trouvé ma vocation.

— Je le crois aussi. Qu'est-ce que tu as découvert, alors ?

Elle écouta, captivée, pendant qu'il lui racontait sa conversation avec le valet de chambre, puis comment il s'était caché dans le jardin de Devine durant plus d'une heure pour l'observer aux jumelles.

— Pas étonnant que tu sois épuisé et transi, s'écria-t-elle. J'espère que tu n'as pas pris froid !

— Non, ne t'inquiète pas.

Il s'inclina et l'embrassa sur le front.

— Je suis solide, Della. Et puis, j'ai pris un bain chaud en arrivant.

Glissant son bras autour de sa taille, il l'attira tout contre lui.

— Earnest m'a livré des indications précieuses sur la disposition des lieux. La chance est avec nous : le bureau de Devine est bien au rez-de-chaussée. Il y a une fenêtre très accessible et… je sais où est son coffre ! Il l'a ouvert devant moi.

— Tu as pu voir où il cachait la clé ?

— Non, mais c'est sans importance.

Il semblait tellement confiant qu'il était impossible à Adela de ne pas être gagnée par son enthousiasme.

— Je connais bien ce modèle, et percer ses secrets ne sera pas très difficile. Au pire, j'attaquerai la serrure à l'acide.

Elle lui lança un regard inquiet.

— A l'acide ?

— Ne t'inquiète pas, je le transporterai dans un flacon de ma conception, totalement hermétique, et je mettrai des gants. Nous allons gagner, Della, crois-moi !

Nous… Ce petit mot résonnait merveilleusement à ses oreilles. Elle était fière d'être la complice de l'un des esprits les plus brillants de l'empire britannique.

— J'ai confiance en toi, Wilson, mais je me sens coupable.

— Pourquoi ?

Elle sentit sa main glisser dans ses cheveux. Il adorait sentir leur épaisseur soyeuse entre ses doigts.

— Parce que je devrais compatir au malheur de Sybil, être effondrée. Je le suis, bien sûr, mais… mais en même temps je suis excitée à l'idée de participer à cette aventure.

Il frotta sa joue contre la sienne en souriant.

— C'est le défi qui t'excite et c'est normal. Nous sommes tristes tous les deux pour Sybil, mais l'un n'empêche pas l'autre.

Ils restèrent silencieux pendant un long moment. Wilson s'était-il endormi ? Elle essaya de se détendre, en vain. Elle aurait voulu que pour une fois, juste une fois, il passe la nuit avec elle. Mais elle n'osait pas le lui demander. Même si leur relation s'était apaisée et qu'il se montrait doux et attentionné avec elle, leur mariage n'était qu'un arrangement provisoire, elle ne devait pas l'oublier.

— Tu n'arrives pas à dormir ?

Sa question la fit sursauter et il lui caressa les cheveux d'un geste apaisant.

— Non. Je pense à notre plan et mon cerveau ne veut pas me laisser tranquille. Tu dois connaître cette sensation, toi dont la tête n'arrête jamais de fonctionner.

— C'est vrai.

Il se serra davantage contre elle. Etait-ce un effet de son imagination ou son sexe était en train de durcir contre sa cuisse ?

— Si tu n'es pas encore prête à dormir, je pourrais peut-être rester un peu avec toi ?

Il bougea les hanches, pressant à présent l'évidence de son désir contre son ventre.

Elle serra les lèvres pour s'empêcher de sourire d'un air béat.

— Aucun problème. Ça pourrait même nous aider à nous détendre et à trouver le sommeil. Et tu as besoin de récupérer après une aussi longue journée.

— Oui, c'est aussi mon avis.

Même si elle ne pouvait voir son visage, la joue blottie contre son épaule, elle entendit à sa voix qu'il souriait.

— Tu es une femme avisée, Della. Tu trouves toujours la solution adaptée à la situation.

Elle sentit ses longs doigts glisser le long de sa cuisse et relever sa chemise de nuit. En l'espace d'une seconde, elle fut nue jusqu'à la taille. Puis jusqu'au cou. Wilson prit l'un de ses seins en coupe, d'un geste devenu familier mais qui la faisait toujours frissonner de bonheur.

Refermant la main sur sa nuque, elle joua avec ses boucles

et l'attira à elle. Elle pressa ses lèvres sur les siennes et les entrouvrit pour l'inviter à aller plus loin.

Il obéit sans se faire prier. En même temps, il titillait son mamelon avec une habileté qui la fit onduler de plaisir et se frotter contre la seule partie de son corps qui n'était pas souple et mince mais épaisse et dure.

— Oui… oui…

Sa voix était encore plus rauque que d'habitude tandis qu'il parsemait son visage de baisers et faisait glisser sa main le long de son ventre, vers son entrejambe. Elle gémit, avide de sentir sa paume se refermer sur son sexe.

— Je n'arrêtais pas de penser à toi pendant que je faisais le guet derrière les buissons. J'aurais voulu que tu sois là. Pas pour faire l'amour, simplement pour le plaisir de t'avoir près de moi.

Sous ses paupières closes, Adela sentit ses yeux se remplir de larmes. Il était si tendre, si attentionné… Elle n'oubliait pas pour autant qu'elle n'était pour lui qu'une compagne de circonstances. Plaisante, imaginative au lit, prête à toutes les audaces. Une compagne qu'il appréciait… Quant à l'aimer…

Elle laissa échapper un cri quand il chercha et trouva son clitoris. Elle se cambra de plaisir, mais pour une fois conserva toute sa lucidité. Cela ne servait à rien de se bercer d'illusions. Beaucoup de femmes prises au piège d'un mariage de raison sombraient de déception en désenchantement. Elle, au moins, savait à quoi s'en tenir sur sa relation avec Wilson. Et puisque leur temps ensemble était compté, autant profiter de chaque seconde, sans regret, et ne pas rêver à l'impossible.

Savoure l'instant présent. Il est tellement bon!

Wilson faisait rouler sous son doigt le bourgeon sensible de son plaisir à un rythme parfait, avec juste la pression qu'elle aimait. Grâce à cette merveilleuse précision, il la conduisit à l'orgasme en quelques instants. Enfonçant ses talons dans le matelas, elle se cambra sous la caresse, enfonçant ses doigts dans les muscles durs de ses fesses.

— Tu es merveilleuse… toujours prête au plaisir, souffla-t-il en continuant à la caresser, plus lentement, plus subtilement. J'aime que tu sois toujours mouillée pour moi. Même la toute première fois, tu étais déjà une femme.

Il parcourut son visage de baisers, puis releva la tête, et les ombres autour de ses yeux parurent se creuser.

— Je… j'ai toujours regretté que les choses aient si mal tourné entre nous, Della. J'étais un garçon stupide et égoïste… Je n'ai jamais eu l'intention de te faire du mal et pourtant je t'ai blessée de cent façons.

Adela avait du mal à parler, pour de multiples raisons, mais elle réussit à chuchoter :

— Ce qui est fait est fait, Wilson. Les regrets ne servent à rien. Il faut apprécier le présent et ne plus penser au passé.

Il sourit dans l'ombre et le moment de tension se dissipa aussi vite qu'il était apparu.

— Une fois de plus, tu es pleine de bon sens !

Il se frotta contre elle pour le pur plaisir de la sensation.

— Je ne peux imaginer un moment présent plus délectable que celui-ci.

Il retira sa main et elle sentit son sexe se presser contre sa cuisse.

— A part celui où je te possède, ma chérie.

L'espace d'un instant, elle fut tentée de prendre son sexe dans sa main et de le guider en elle… sans préservatif. Mais elle se retint. Cette nuit pourrait avoir des conséquences et elle n'était pas certaine qu'il ait envie de les assumer. Il confirma ses doutes quand il déposa un baiser léger sur le bout de son nez puis se détourna pour ouvrir le tiroir de sa table de nuit.

Elle renouvelait régulièrement le petit stock de préservatifs pour ne jamais être prise au dépourvu.

— Tu permets ?

Elle tendit la main vers la gaine de fin latex.

— Avec plaisir. Tu as un touché incomparable.

Tout en déroulant le film de caoutchouc sur son sexe bandé, elle se demanda s'il songeait à ses expériences passées. L'imaginait-il, rendant le même service à Yuri ou Clarence ? Elle ne regrettait rien. Ce qu'elle avait appris dans la maison de rendez-vous de Sofia avait fait d'elle une partenaire accomplie. Mais au fond de son cœur, elle aurait préféré que Wilson ait été son premier et son unique amant.

Elle-même n'était pas la seule femme de sa vie. Il y avait eu Coraline et bien d'autres avant elle. Il le lui avait confié, tout en précisant qu'il s'était toujours montré très prudent. Et elle lui avait fait la même promesse…

— Voilà, dit-elle, se penchant pour l'embrasser sur le bout du nez comme il l'avait fait. Prêt à l'action !

Il rit et se glissa entre ses jambes.

— Je vais rester classique, ce soir. Je suis trop fatigué pour les acrobaties.

Elle souleva les hanches et il la pénétra d'une longue poussée.

Elle noua ses jambes autour de ses reins dans un cri étouffé, puis enroula ses bras autour de son cou. Elle ne connaissait rien de plus extraordinaire que de le sentir en elle.

— Oh ! Della, Della… tu es fantastique, souffla-t-il en se poussant plus profondément, frottant sa joue contre la sienne comme un chat affectueux.

Ils restèrent immobiles pendant quelques instants, soudés l'un à l'autre, comme si cela suffisait à leur bonheur. Puis il pressa avec passion ses lèvres sur la peau douce de sa gorge et commença à aller et venir en elle d'un mouvement lent et puissant. Elle épousa son rythme, se cambrant pour aller au-devant de lui.

Ce fut rapide. Elle le désirait trop et l'angle était si parfait qu'elle se demanda s'il n'avait pas calculé sa position pour être sûr de presser son clitoris à chaque coup de reins. Elle l'en croyait capable et cette pensée la fit éclater de rire alors même qu'elle atteignait l'orgasme et criait de volupté, son sexe palpitant violemment autour de lui. Ouvrant les yeux, elle vit une lueur d'amusement pétiller dans son regard une seconde avant que son beau visage ne se contracte à son tour de plaisir.

Un peu plus tard, comme ils reprenaient leur souffle, blottis l'un contre l'autre, il demanda :

— Qu'est-ce qu'il y avait de si drôle, tout à l'heure ?

Repoussant une mèche de cheveux qui lui balayait le front, elle se demanda si elle allait oser lui avouer la vérité.

Oui.

— Parfois, je me demande si tu calcules l'angle de façon à me procurer un maximum de sensations quand tu me fais l'amour. C'est à ça que j'ai pensé et ça m'a fait rire.

Il se dégagea de son étreinte et elle résista au besoin de le retenir. Dans un instant, il allait l'embrasser sur le front, puis il se lèverait, enfilerait sa robe de chambre et regagnerait sa chambre. Parfois, il retournait travailler après lui avoir fait l'amour.

Mais pas ce soir, apparemment. Il bascula sur le dos, un bras toujours placé sur son ventre.

— Eh bien, pour être honnête, j'ai fait quelques études en anatomie et j'ai *effectivement* déduit quel était l'angle optimal…

— Quelle prévenance !

Elle avait adopté un ton léger, mais avait peur que Wilson entende les battements fous de son cœur.

Allait-il rester ? Il ne faisait pas mine de vouloir partir. Ses yeux étaient fermés, son visage détendu. Elle osait à peine respirer de peur de le déranger et de provoquer son départ.

Il ouvrit subitement les yeux, comme s'il avait senti son regard sur lui.

— Tu ne dors pas ?

Il se redressa sur un coude, ses yeux gris rivés sur elle.

— Tu préfères que je parte ?

Sans répondre, elle tira sur sa chemise de nuit pour se couvrir.

— Attends, je vais t'aider. Soulève-toi.

Comme elle obéissait, il fit descendre le vêtement le long de ses jambes. Puis il la dévisagea avec une intensité troublante, comme s'il se posait beaucoup de questions et se demandait laquelle il allait lui poser.

— Je peux rester, Della ? demanda-t-il enfin. Je crois que je dormirai mieux. Et toi aussi, peut-être. Mais c'est à toi de décider, mon amour.

Mon amour ?

Sans savoir comment elle réussit à sourire d'un air dégagé, elle tapota l'oreiller près d'elle.

— Bien sûr. Reste. Je suis sûre que nous arriverons à dormir ensemble, c'est un grand lit.

— C'est vrai.

Il s'allongea de nouveau, sans cesser de la regarder, son expression toujours énigmatique.

— Maintenant dors et essaie de ne pas trop t'inquiéter pour les lettres de Sybil. Nous allons les récupérer et ensuite tout ira bien.

Il se détourna pour éteindre la lampe, mais elle devinait encore sa silhouette dans l'obscurité. Il parut hésiter une seconde, puis il l'embrassa sur le front et s'allongea près d'elle.

Le sommeil l'appela subitement. Elle se rendit compte qu'elle n'avait pas pensé aux lettres de Sybil une seule fois depuis le retour de Wilson. Elle n'avait songé qu'à lui, à la façon merveilleuse dont il lui avait fait l'amour et à leur avenir ensemble.

Tournant la tête sur l'oreiller, elle écouta sa respiration régulière et voulut y voir le début d'une nouvelle ère.

Et peut-être un message d'espoir.

Chapitre 26

La nuit de tous les dangers

Les derniers jours avant le bal de fiançailles passèrent comme l'éclair, dans un affairement fiévreux, un tourbillon d'activités.

Wilson partageait son temps entre son projet secret pour le gouvernement et les derniers réglages du fric-frac chez Blair Devine.

Il approuva d'un sourire le costume choisi par Adela, quand elle fit un essayage à sa demande.

— Si je n'étais pas aussi pris par le temps, je m'occuperais de toi tout de suite, petit effronté ! fit-il en lui caressant les fesses. Je suis assailli de fantasmes quand je vois ce pantalon mouler ta croupe sublime.

— Je dois reconnaître que des pensées coquines m'ont également traversé l'esprit, répondit Adela d'une voix un peu oppressée.

Ses doigts étaient tout proches de son sexe. Etait-ce un effet de son imagination ou il tremblait ?

— Je te promets que lorsque cette histoire sera terminée, nous explorerons ces sentiers délicieux.

La pression de ses doigts entre ses fesses ne laissait planer aucun doute sur la nature de ces sentiers.

Maintenant qu'ils dormaient ensemble, ils avaient encore plus d'occasions d'inventer de nouveaux jeux.

Après cette première nuit, Wilson était revenu tous les soirs dans sa chambre. Il la rejoignait dans le lit, ils s'embrassaient, s'exploraient mutuellement, puis faisaient l'amour. Cette nouveauté la comblait de bonheur, mais comme Wilson ne semblait pas vouloir en discuter, elle gardait sa joie pour elle.

En plus de sa panoplie de cambrioleur, il y avait une autre tenue qu'elle devait essayer : la robe qu'elle porterait au bal. Mme Mirielle avait réalisé pour elle une magnifique création en velours bleu nuit, entièrement incrustée de fils d'or et d'argent. Elle avait miraculeusement réussi à la terminer dans les temps et même si la coupe en était simple — resserrée sous la poitrine, à la mode antique, et tombé droit — les broderies avaient dû représenter à elles seules des heures de travail. Adela avait été épouvantée en apprenant son prix, mais Wilson avait rétorqué que le résultat valait largement le double. Il lui avait suggéré d'en commander deux ou trois autres sur le même modèle, avec des broderies différentes.

— Tu es très belle, Della.

L'émotion vibrait dans sa voix, tandis qu'elle allait et venait devant lui. Elle souhaitait son avis car c'était lui qui l'aiderait à la mettre dans l'attelage. Par chance, la demeure des Spencerleigh n'était pas très éloignée de Norwood et avec des chevaux rapides, ils arriveraient dans les temps. Mais ce ne serait pas une mince affaire de se déshabiller et de se rhabiller dans cet espace minuscule, secoués par les cahots de la route et la course des chevaux.

— Cette couleur te va à la perfection. Elle met en valeur ta chevelure et tes yeux. Tu vas éclipser toutes les autres femmes de la soirée.

Il la fit tournoyer sur elle-même.

— Cette rangée de boutons, dans le dos, ne devrait pas être difficile à négocier. Pour ce qui est de la coiffure…

Il effleura la tresse qu'elle avait enroulée sur sa tête.

— Tu n'as pas d'autre choix que de laisser tes cheveux détachés. Mais on pourra tricher en relevant quelques mèches ici et là et en piquant une ou deux plumes en guise d'ornement. Ou une guirlande de fleurs. Non, plutôt des peignes !

Elle réprima un sourire.

Qui aurait pu se douter qu'il était un tel expert en coiffure féminine ? Ou bien était-ce seulement *sa* coiffure qui l'inspirait ? Elle n'imaginait pas une icône de la mode comme Coraline autoriser un homme à décider pour elle.

Ou demander à l'accompagner pour commettre un cambriolage.

Il ne m'aime peut-être pas d'amour, mais il a davantage confiance en moi qu'en elle !

Après une semaine de préparatifs minutieux, la nuit de tous les dangers arriva enfin. Sans surprise, le « maître-chanteur » s'était manifesté : il consentait au délai demandé et acceptait le moyen de paiement évoqué par Wilson. Tout était en place ; il ne restait plus qu'à passer à l'action.

— Il vaut mieux ne rien dire à Sybil, sinon elle risque de gaffer, dit Wilson tout en vérifiant le costume masculin étalé sur le lit et le grand carton contenant la robe de bal, un châle, un petit sac de soirée, les chaussures assorties… et l'écrin renfermant les Ruff.

Adela hocha la tête. Elle s'était abstenue de donner le moindre détail à sa sœur, lui assurant simplement qu'ils avaient trouvé un moyen de régler le problème et que tout irait bien.

— Je suis d'accord. En revanche, nous pouvons faire confiance à Marguerite en cas de besoin. Elle est la plus raisonnable de la famille.

— Possible…

Il parut pensif.

— Je suis convaincu que les gens ont toujours estimé que

des trois sœurs Ruffington, c'était toi la plus raisonnable. Et pourtant, te voilà prête à t'embarquer avec moi dans une aventure à hauts risques.

Tu ne vois donc pas que j'irais n'importe où avec toi, mon amour ? Intelligent comme tu l'es, tu as dû deviner que je t'aime. Et pourtant, tu ne fais rien pour me décourager. Je pourrais presque penser...

Penser quoi ? Elle chassa ces idées stupides et regarda avec étonnement Wilson sortir un écrin de la poche de sa veste de soirée.

— Je ne t'ai pas acheté de bague pour nos fiançailles. Je m'en veux.

Il posa les yeux sur son annulaire gauche, uniquement orné de son alliance — un anneau en or, tout simple.

— A la place, voici un témoignage de mon respect...

Il tapota l'écrin du bout des doigts. Etait-il nerveux ?

— Je sais que tu as essayé plusieurs barrettes pour tes cheveux. Mais j'aimerais que tu portes celles-là, ce soir. Elles se ferment très facilement, ce qui est un atout. Nous pourrons les utiliser pour relever quelques mèches, dans un style très féminin.

— Je suis très touchée, Wilson. Je peux regarder ?

Il souleva le couvercle... et elle poussa un cri.

De splendides diamants scintillaient sur un lit de velours, sertis dans deux barrettes en or, à la ligne épurée. Elles compléteraient les Ruff à la perfection.

— Oh ! Wilson..., soupira-t-elle, trop émue pour dire autre chose.

— Elles te plaisent ?

Il lui parut un peu anxieux, tandis qu'il sortait les bijoux, puis se débarrassait de l'écrin en le jetant sur le lit. Il manipula les fermoirs ingénieux.

— On peut faire un essai ?

— C'est même indispensable !

Elle s'assit à sa coiffeuse, torsada une lourde mèche et la releva pendant que Wilson fixait l'une des barrettes, puis l'autre. La jeune femme de chambre qu'ils venaient d'engager avait été abasourdie quand ils lui avaient annoncé qu'elle pouvait disposer de sa soirée. Mais elle s'était épanouie en recevant une prime généreuse et un jour de congé pour aller voir sa famille.

Il était hors de question qu'elle voie sa maîtresse revêtir non pas sa magnifique robe de bal bleu nuit brodée d'or et d'argent, mais l'un des costumes de son mari !

Toujours émerveillée par la beauté du présent de Wilson, Adela voulut ajuster ses cheveux d'une main tremblante, mais il l'écarta tendrement et s'en chargea lui-même, répartissant quelques boucles sur son front.

— Voilà, dit-il visiblement satisfait de ses efforts.

Elle ne put s'empêcher de sourire à son reflet. C'était incroyable, elle ressemblait à un tableau ! Etait-ce le fait de vivre aux côtés de Wilson et d'avoir sans cesse la preuve de son désir qui la rendait si rayonnante ? Ou était-ce parce que même s'il ne parlait jamais d'amour, le respect qu'il lui témoignait et ses attentions avaient fini par transformer le vilain petit canard qu'elle était en beauté ?

— Existe-t-il un domaine dans lequel tu n'excelles pas ? demanda-t-elle d'un ton léger pour ne pas lui montrer combien son apparence rayonnante la stupéfiait elle-même. Si tu veux te reconvertir un jour, tu as de l'avenir comme coiffeur pour dames.

— Je pourrais me faire appeler M. Wilsonetti.

Il leva les sourcils d'un air comique.

— Donc, tu aimes tes barrettes ?

— Wilson, je ne les aime pas, je les adore ! Elles sont magnifiques !

Elle lui saisit sa main au vol et la porta à ses lèvres.

— C'est le plus beau cadeau qu'on m'ait jamais fait !

Elle mentait. L'attention qu'il lui portait, en dépit de la nature particulière de leur mariage, était un plus beau présent encore.

Il s'inclina vers elle et la fit pivoter vers le miroir pour qu'elle puisse voir son sourire dans la glace.

— Je suis heureux qu'elles te plaisent. Hélas, ces jolies babioles devront attendre encore quelques heures avant de briller de tous leurs feux.

Il se pencha pour l'embrasser sur les lèvres, puis détacha les barrettes et les rangea dans leur écrin.

— Place à l'action !

Une lampe à pétrole brillait derrière l'une des fenêtres du premier étage.

— C'est le signal : la voie est libre, chuchota Wilson, pointant un doigt ganté de noir vers la lumière.

Ses yeux clairs brillaient derrière son loup de soie noire, identique à celui d'Adela.

— Tu es sûr ? souffla-t-elle.

Ils avaient escaladé le mur du jardin de Blair Devine et se tenaient accroupis derrière un buisson. Wilson lui avait fait la courte échelle avant de se hisser à son tour à la force des poignets. Sa haute taille lui donnait un sérieux avantage sur elle.

— J'ai demandé à son valet de chambre d'allumer une lampe dès que Devine serait parti pour le bal.

— Et les autres domestiques ?

Elle déplaça légèrement le poids de son corps pour trouver une position plus confortable. Malgré les dessous très fins qu'elle avait choisis, le pantalon la serrait. Ce n'était pas une sensation désagréable, cela dit, c'était même assez excitant. Elle devait se concentrer pour ne pas se laisser aller à des pensées érotiques, pas en un moment aussi périlleux. Malheureusement, Wilson ne lui facilitait pas la tâche : il était terriblement séduisant et mystérieux avec son loup de soie.

— Tout est prévu. Les deux bouteilles de cognac envoyées par mon ami le tavernier et judicieusement additionnées d'un peu de laudanum par Earnest devraient nous laisser la voie libre. A cette heure-ci, tout le monde doit dormir à poings fermés. Earnest fait le guet à l'angle de la rue.

— Et Teale nous attend avec l'attelage à l'autre bout de la rue. Donc, tout est prévu.

Elle ajusta son chapeau. Ses cheveux étaient enroulés en dessous et elle avait piqué une cargaison d'épingles à cheveux dans le tissu en tweed pour le maintenir en place.

— Absolument. Si tout se passe comme je l'espère, nous aurons assez de temps pour entrer, forcer le coffre et examiner les documents qu'il contient.

Il lui tapota l'épaule d'un geste rassurant.

— Allons-y, maintenant. Plus vite on en terminera, plus vite on pourra arriver au bal comme si de rien n'était.

Il lui décocha un clin d'œil.

— Tout le monde pensera que nous avons été retenus parce que j'étais occupé à te faire l'amour. Quel meilleur alibi pour arriver en retard à une réception ?

— Wilson, sois correct, dit-elle dans un gloussement, malgré sa nervosité.

Ils portaient tous les deux des chaussures de sport à semelles de caoutchouc pour ne pas faire de bruit… et détaler à toute vitesse en cas de danger.

Wilson prit sa main gantée dans la sienne et l'entraîna dans l'ombre avec lui, jusqu'à un autre groupe de buissons.

— Te voir déguisée en garçon me fait un effet dont tu n'as même pas idée. Je risque d'être tenté de te séduire pour de vrai dans l'attelage.

— Reste concentré !

— J'essaie.

Ils coururent à découvert quelques secondes, avant de s'accroupir sous la fenêtre du bureau.

Wilson se redressa lentement pour jeter un coup d'œil à l'intérieur. Adela en fit autant. Tout était éteint, mais des braises rougeoyantes dans la petite cheminée projetaient des ombres mouvantes sur le sol et les murs.

— Je crois qu'on peut y aller, dit Wilson en fouillant dans le sac de toile qu'il portait sur l'épaule, le jumeau de celui d'Adela.

Elle l'observa, fascinée, tandis qu'il en sortait une ventouse en caoutchouc, découpait un cercle parfait dans le carreau à l'aide d'un diamant, le retirait délicatement à l'aide de la ventouse, puis passait la main dans l'ouverture et tournait l'espagnolette.

Il ouvrit la fenêtre, enjamba le rebord et aida Adela à le rejoindre, la hissant sur l'appui, avant de la déposer doucement sur le parquet recouvert d'un tapis. Il se dirigea ensuite sans hésiter vers un tableau représentant une scène équestre et fit glisser ses doigts le long du cadre. Il y eut un petit déclic et le tableau bascula vers le bas, découvrant le coffre-fort.

— C'est maintenant que tout se joue, ma douce…

Ses yeux étincelaient et elle ne put s'empêcher de sourire. Il adorait ça, les défis, les problèmes à résoudre… Il n'y avait rien qu'il aimait tant que faire appel à son intelligence et à son instinct pour triompher des obstacles.

Je me demande si ce n'est pas ce qui l'a amené à s'intéresser à moi. Parce que je ne suis sûrement pas quelqu'un de facile à vivre.

Mais ce n'était pas le moment de se poser ce genre de questions. Elle sortit une petite lanterne noire de son sac, l'alluma prudemment et la posa sur un meuble à tiroirs, tout proche. Wilson lui tendit une trousse en cuir et elle l'ouvrit, dévoilant l'arsenal d'un cambrioleur. Il retira ses gants et son masque et les fourra dans sa poche. Elle en fit autant.

Pendant quelques instants, il ne bougea pas, le regard fixé sur le coffre. Elle avait l'impression d'entendre les ondes de son cerveau crépiter.

Puis d'une voix basse, concentrée, il lui demanda un premier outil.

Elle en fut presque surprise. A quoi s'était-elle donc attendue ? A ce que le coffre s'ouvre par la seule force de sa volonté ?

Il avait un vrai talent pour venir à bout des serrures les plus récalcitrantes et son équipement était celui d'un professionnel. Aucune comparaison avec les ridicules épingles à cheveux qu'elle avait utilisées pour s'introduire dans la bibliothèque de Lord Rayworth. Mon Dieu, il lui semblait qu'un siècle s'était écoulé depuis cette fameuse garden-party ! Tant de choses avaient changé depuis que Wilson et elle s'étaient télescopés comme deux corps célestes éloignés depuis des années et subitement réunis par le pouvoir d'une étrange orbite.

Dix minutes passèrent puis dix autres encore, ponctuées par la voix de Wilson demandant tel ou tel outil. La clé de torsion. Le crochet court. Elle avait appris les noms par cœur pour se préparer.

Elle entendit soudain un clic sonore, puis le commentaire paisible de Wilson :

— Et voilà.

Une traction sur la poignée et la porte du coffre s'ouvrit…

Une étagère était entièrement remplie de documents — des petits paquets de lettres attachées par un ruban, mais aussi des enveloppes individuelles et des documents à l'allure officielle.

— Examine la correspondance, Della. Je m'occupe du reste.

Il s'empara des papiers, les sourcils froncés.

— Dieu sait ce qu'il mijotait. Je commence à penser qu'il avait des projets beaucoup plus ambitieux que de faire chanter des jeunes femmes étourdies.

Ils posèrent leur butin sur le tapis, devant la cheminée, et entamèrent leur lecture à la lueur des braises. Adela avait la faculté de photographier très vite un texte, un paysage ou un visage — une chance pour une artiste. Mais son talent lui sembla bien dérisoire face à la puissance de travail de Wilson. Il parcourait les documents dix fois plus rapidement qu'elle, sans qu'aucun détail ne lui échappe.

Elle repéra sans difficulté les lettres de Sybil, entourées d'un ruban rose familier : elle le lui avait offert comme cadeau d'anniversaire quand elles étaient enfants. Le prénom et le nom de sa sœur étaient inscrits sur un morceau de papier glissé dans la liasse. Des mémos identiques, avec d'autres noms, figuraient sur les autres paquets. Le cœur battant, elle dénoua le ruban, le glissa dans sa poche, puis saisit le tisonnier et attisa les braises.

— Désolée, Syb, chuchota-t-elle.

Elle jeta les lettres dans le feu, appuya dessus avec le tisonnier, les regarda se consumer et se transformer en cendres. Si elle ne les détruisait pas, Sybil les garderait par sentimentalisme et, un jour ou l'autre, sa route croiserait de nouveau celle d'un autre maître-chanteur ou d'une autre femme de chambre peu scrupuleuse et tout recommencerait.

Que faire des autres lettres ? Devait-elle les détruire de la même façon ? N'était-ce pas plutôt à leurs propriétaires d'en décider ? Elle les glissa dans sa besace. Elle prendrait rendez-vous pour les restituer discrètement.

— Bon sang !

Wilson avait l'air abasourdi.

— C'est incroyable ! Il a mis la main sur des contrats d'affaires, des détails de transactions secrètes et même… même sur des documents politiques ! Comment se les est-il procurés ? Il doit mener une double vie, avoir des contacts partout…

Il secoua la tête, les sourcils froncés.

— C'est un espion en plus d'un maître-chanteur !

— Il se vantait sans cesse devant Mama d'avoir des amis influents. Il doit s'être constitué tout un réseau en intriguant auprès des gens de maison, des clercs et des secrétaires de ses clients.

— C'est probable, acquiesça Wilson, continuant à lire les documents. Il se sert des domestiques pour espionner ses victimes et il traite son propre personnel comme des moins que rien. Quand il sera en prison, il faudra que je m'occupe de replacer ces pauvres gens.

Elle le dévisagea avec respect. Plus elle le connaissait, plus elle admirait ses principes. L'adolescent fou et insouciant d'autrefois était devenu un homme d'une grande intégrité.

— Voyons ce que nous avons là, poursuivit-il en ouvrant la dernière liasse de papiers.

Il les lut en silence et avec une lenteur inhabituelle, revenant en arrière, comparant plusieurs documents, puis les reposant, comme foudroyé.

— Wilson ? Qu'est-ce qu'il y a ?

Il lui tendit les feuillets et elle les déchiffra avec une stupeur grandissante.

Le premier était une déclaration sur l'honneur d'un certain Henry Rowson, valet de chambre de M. Arthur Edward Ruffington. Il affirmait que Mme Berta Ruffington était déjà secrètement mariée avec lui lorsqu'elle avait épousé M. Ruffington. Un certificat de mariage était joint au document, ainsi qu'une déposition d'une femme de chambre, expliquant que Mme Ruffington avait déclaré devant elle que le père biologique de son fils était Rowson et non Ruffington.

Les papiers tremblèrent dans la main d'Adela. Que pouvait ressentir Wilson face à une vérité aussi choquante ? Elle posa la main sur son bras.

— Je suis désolée. Tu dois être bouleversé.

Il se tourna vers elle, son visage exprimant un étrange mélange de stupeur et de sérénité. Puis il haussa les épaules.

— Ce n'est pas complètement une surprise. J'ai toujours eu le sentiment que ma mère me cachait quelque chose. Nous avions très peu de contacts… Elle ne s'est jamais intéressée à moi.

— Oh, Wilson…

Elle se sentait désolée pour lui. Mama était fofolle et imprévisible, mais elle les aimait tendrement toutes les trois.

— Ça explique beaucoup de choses, poursuivit Wilson,

impavide. Mon père était d'une incroyable gentillesse avec moi, comme s'il voulait s'excuser de l'attitude de ma mère et me faire sentir que je n'étais pas responsable de ses erreurs. Il devait connaître la vérité et ne voulait pas que j'en souffre.

— Et ce… cet autre homme ? Tu l'as rencontré ?

Le regard de Wilson se tinta d'amertume.

— Il est venu avec ma mère, quand elle s'est installée chez mon père. C'était une jeune veuve et il travaillait pour elle dans son ancienne maison… C'est à peine si je lui ai prêté attention. Je me rendais bien compte que mes parents ne s'aimaient pas mais… Dieu, Adela, Rowson était un domestique ! Nous échangions à peine quelques mots. Il avait l'air d'un honnête homme. Comment aurais-je pu deviner… ?

Il poussa un soupir.

— Je n'arrive pas à imaginer pourquoi elle l'a épousé pour ensuite le rejeter et refuser de me reconnaître comme le fruit de leur union.

Que dire ? Elle lui entoura les épaules de son bras. Un minuscule réconfort dans la vallée des ombres du passé…

— Je suppose que je lui rappelais constamment son erreur. Et qu'elle en voulait aussi à mon père à cause de sa tolérance.

Il lui lança un regard perplexe.

— Je ne suis pas un expert dans les subtilités de l'âme humaine, mais j'ai bien senti depuis ma plus tendre enfance que ma mère ne nous aimait ni l'un ni l'autre.

Son cœur se serra. Quelle tristesse de ne pas avoir connu la tendresse d'une maman !

— Ce sont peut-être des faux, hasarda-t-elle en montrant les documents.

— Nous ne le saurons jamais. Les protagonistes sont tous décédés aujourd'hui.

Il lui fit signe de lui rendre les papiers.

— Je vais les montrer aux avocats du vieux Curmudgeon.

Ton grand-père va me rayer de son testament dès qu'il apprendra que je ne suis pas un enfant légitime.

Il esquissa un sourire teinté d'humour.

— En l'absence d'un héritier mâle, il sera forcé de te léguer sa fortune, ma douce. Même si le titre s'éteint avec lui.

Adela eut l'impression que le sol s'ouvrait sous ses pieds. La joie de sa mère, son bonheur de voir le titre revenir à sa fille, son rêve de toujours allait être réduit à néant.

Chapitre 27

La future Lady Millingford ?

Adela fixa les braises où les lettres de Sybil ne formaient plus qu'un amas de cendres brûlantes prêtes à tomber en poussière. Elle prit une courte inspiration et se tourna vers Wilson.

— Je sais que tu n'as jamais voulu du titre ni de l'argent de grand-père mais… permets-moi de détruire ces documents… Laissons les choses telles qu'elles sont. S'il te plaît.

Il fronça les sourcils.

— Pourquoi ?

— Depuis la mort de papa, Mama rêve de me voir devenir la future Lady Millingford. Tu sais qu'elle a toujours espéré que je finirais un jour par t'épouser et par obtenir le titre qu'elle-même n'a jamais pu porter.

Comme il se renfrognait, elle s'empressa d'ajouter, pour l'empêcher de protester :

— S'il te plaît, Wilson, ne brise pas son rêve. Je ne veux pas du titre et je sais bien que… que de toute façon notre mariage n'est que temporaire… mais donnons-lui la joie de voir son vœu se réaliser. Même brièvement.

Il la dévisagea longuement, le regard insondable. Les minutes fuyaient, ils risquaient à tout moment de se faire surprendre, mais elle devait lui laisser le temps de prendre sa décision.

Son cœur bondit follement quand il sourit et lui toucha le bras.

— Tu es une fille aimante et dévouée, Della. Ta mère a beaucoup de chance.

Ses yeux brillaient. Etait-il fier d'elle, lui aussi ?

— Je vais donc me comporter comme un gendre aimant et dévoué.

Il regarda les documents, puis la cheminée, et donna son consentement d'un hochement de tête.

Adela les jeta dans les braises et saisit le tisonnier pour les enfoncer jusqu'à ce qu'ils prennent feu.

— Je suppose que je supporterai de devenir lord, le moment venu, fit-il avec humour. Ruffington Hall est une vieille demeure charmante. Il y a un tas de dépendances qui pourraient facilement être transformées en laboratoires.

Il s'interrompit et son sourire se fit sensuel.

— Et aussi une très jolie promenade jusqu'à une petite crique de ma connaissance. Mais il faudra veiller à faire débroussailler le chemin et demander qu'on élague les branches basses…

Elle faillit cacher son nez derrière sa main et s'obligea à ne pas bouger. Elle n'avait pas à avoir honte de son physique. Elle ne répondait peut-être pas aux canons classiques de la beauté, mais si Wilson la trouvait à son goût, quelle importance ?

— Et puis, ça risque d'être amusant de mettre un peu la pagaille à la Chambre des Lords. Secouer un peu tout ce petit monde.

— Ils seront flattés de te compter parmi eux, j'en suis sûre.

Elle sourit, l'imaginant à la Chambre, s'allongeant de tout son long sur l'un des fameux bancs, sans le moindre respect pour cette auguste institution. Qui sait ? Peut-être imprimerait-il son style. Il serait probablement plus intelligent que tous ses pairs réunis et il avait une fibre profondément humaniste. Il pourrait faire de grandes choses…

La sonnerie de la petite pendule, sur le manteau de la cheminée, l'arracha à ses pensées et galvanisa Wilson.

— Il est temps de partir, Della. Nous avons de la route jusqu'à Spencerleigh House. Ta mère va s'affoler et se demander ce qui est arrivé la future Lady Millingford !

— Notre mission est terminée, de toute façon. Nous avons les lettres et les documents. Dans les jours qui viennent, nous chercherons un moyen de les restituer à leurs propriétaires.

Après avoir vérifié que le coffre ne contenait plus que les papiers personnels de Devine et de l'argent, il referma la lourde porte.

— J'aimerais pouvoir rendre cet argent aux gens qu'il a escroqués, mais je suppose que nous ne connaîtrons jamais leur identité.

Il tourna la poignée pour la remettre dans sa position initiale, puis glissa un crochet dans la serrure et le tourna jusqu'à ce que le petit déclic résonne de nouveau.

Leur butin et leur matériel soigneusement rangés dans leurs besaces, ils remuèrent les cendres pour réduire les derniers papiers calcinés en poudre. Puis ils remirent leurs gants et leurs loups, vérifièrent d'un regard qu'ils n'avaient rien oublié et enjambèrent la fenêtre.

Wilson repassa la main par la vitre découpée pour verrouiller la fenêtre, puis il sortit une seringue d'une boîte rangée dans sa besace. Adela l'observa, fascinée, pendant qu'il injectait une substance incolore et adhésive autour de la découpe circulaire, puis remettait délicatement le morceau de carreau découpé en place à l'aide de la ventouse. Quand il tapa doucement sur la vitre, elle ne bougea pas, comme neuve.

— C'est un adhésif que j'ai mis au point spécialement pour ce soir. Je crois que je vais le faire breveter.

Souriant, il rangea ses outils dans sa sacoche, puis prit Adela par la main et ils empruntèrent le même trajet qu'à l'aller, rampant derrière les buissons avant d'escalader le mur.

— Passe devant, je te rejoins. Je dois informer Earnest que tout s'est bien passé.

Elle obéit. Quand elle se retourna, elle le vit qui parlait tout bas avec un jeune homme. Il lui remit une enveloppe, lui serra la main, puis revint vers elle.

— Il n'est venu personne. Apparemment, la police ne fait pas de ronde par ici. Mais on ne sait jamais, il suffit d'une patrouille. Dépêchons-nous.

Il l'entraîna rapidement. Elle sentit ses cheveux s'échapper de son chapeau et le maintint d'une main tout en courant.

L'attelage les attendait au bout de la rue, derrière une rangée de hêtres cuivrés. Teale faisait les cent pas en fumant une cigarette. Il l'écrasa en les apercevant et vint à leur rencontre.

Wilson sortit sa montre gousset.

— Il est 20 h 30. Tu crois qu'on sera au bal dans une demi-heure ?

— Il ne devrait pas y avoir de problème, monsieur. Vous serez probablement un peu secoués à l'intérieur, mais je ferai mon possible pour vous ménager.

— Parfait.

Ouvrant la porte de l'attelage, Wilson aida Adela à monter, puis s'assit à son côté sur la banquette en velours.

— En route ! commanda-t-il doucement à Teale.

Il verrouilla la porte, les enfermant dans l'étroit habitacle capitonné.

Teale fit claquer les rênes. Les deux chevaux avancèrent au pas dans l'allée, puis obliquèrent en direction de la route la plus proche et se mirent au trot.

Wilson retira les épingles qui tenaient le chapeau d'Adela.

— Cendrillon, nous allons au bal, dit-il d'une voix basse et vibrante. Laisse-moi t'aider à enlever cette tenue de garçon et t'admirer en sous-vêtements avant que tu ne te rhabilles.

La saisissant aux épaules, il se pencha et l'embrassa passionnément. Elle ne put s'empêcher de répondre à son baiser. L'attelage les secouait dans tous les sens, ce n'était pas raisonnable, mais la bouche de Wilson était si ensorcelante... Incapable de lui résister, elle enroula ses bras autour de son cou. Elle brûlait sous son costume de garçon. Elle voulait être nue contre lui.

Sans cesser de l'embrasser, il la renversa sur la banquette, déboutonna sa veste et referma la main sur sa poitrine, la caressant et la pétrissant à travers sa fine chemise de laine et ses sous-vêtements de soie.

— Ah Della ! soupira-t-il. Tu es l'assistante la plus fantastique dont puisse rêver un cambrioleur ! Même si j'aurais forcé ce coffre en deux fois moins de temps si je n'avais pas été obsédé par l'envie de te renverser sur le tapis, de t'arracher tes vêtements et de te prendre séance tenante.

Il rit contre sa bouche.

— Imagine combien ça aurait été drôle de croiser Devine au bal et de le saluer, sachant qu'on avait fait l'amour dans son bureau après l'avoir détroussé.

Elle rit aussi, mais son rire se mua en gémissement de plaisir quand il fit rouler son mamelon durci entre son pouce et son index.

Il la caressa fiévreusement à travers son pantalon. Il lui écartait les jambes, quand il s'interrompit subitement.

— Mais qu'est-ce qu'on fait ?

Il se rassit en riant et lui tendit la main pour l'aider à se redresser.

— Nous sommes irrécupérables, je crois.

Le désir battant à ses tempes, Adela reprit son souffle. Elle mourait d'envie qu'il la prenne sur la banquette. Ou de se mettre à califourchon sur lui et de *le* prendre. Mais ils ne pouvaient pas se le permettre : d'ici une vingtaine de minutes l'attelage s'arrêterait devant l'imposante résidence des Spencerleigh et ils devraient offrir l'image même de la respectabilité.

— Totalement irrécupérables ! approuva-t-elle.

Elle caressa du bout des doigts les lèvres de Wilson. Elles étaient rougies par ses baisers.

— Nous devons absolument nous contrôler.

— Absolument. Mais je prends rendez-vous pour cette nuit. Note-le sur tes tablettes.

— C'est noté !

Adela commença à se changer, mais l'exercice s'avéra beaucoup plus compliqué que prévu. Se déshabiller et se rhabiller dans un espace minuscule qui bringuebalait dans tous les sens n'avait rien d'une partie de plaisir.

Elle s'y reprit à dix fois pour enfiler ses bas et le petit ruban de satin qui les maintenait en place, puis son jupon qui semblait avoir triplé de volume depuis la dernière fois qu'elle l'avait essayé.

— C'est impossible ! fulmina-t-elle en se bagarrant avec des kilomètres de dentelle et de batiste.

— Attends, je vais t'aider.

Wilson aplatit les épaisseurs de tissu et mit les attaches en place.

— Voilà. De mon côté, je dois admettre que j'ai un peu de mal avec mes boutons de manchettes. D'habitude, c'est Teale qui m'aide à m'habiller.

— Laisse-moi faire.

Elle essaya de les faire entrer dans les fentes, mais ils lui glissaient entre les doigts.

— C'est un cauchemar !

Elle s'obstinait, mais les boutons de manchettes remportèrent la bataille et roulèrent sur le sol. Ils se baissèrent tous les deux en même temps pour les ramasser et se cognèrent la tête.

Ils se frottèrent le front en échangeant un regard consterné.

— Bon… Je vais demander à Teale de s'arrêter dans un petit chemin et nous descendrons pour finir de nous habiller. C'est la seule solution.

Il toqua contre le toit de l'attelage qui s'arrêta. Wilson baissa la lampe, écarta le rideau et regarda dehors, puis il descendit, en bras de chemise, pour discuter avec Teale. Pendant ce temps, Adela se recroquevilla dans le fond de la voiture et se drapa dans son manteau de soirée.

— Il sait où aller, annonça Wilson en remontant.

L'attelage redémarra aussitôt.

— Il y a une petite allée qui mène directement aux cuisines de Spenceleigh House… L'entrée des livreurs, en fait.

Il sourit.

— Idéal pour des brigands comme nous !

Ouvrant la boîte qui renfermait la robe d'Adela, il en sortit le dernier jupon et lissa le tissu vaporeux.

— Voyons ce que nous pouvons faire en attendant.

Chapitre 28

La reine du bal

Trois quarts d'heure plus tard, ils patientaient en haut du grand escalier de Spencerleigh House, au milieu d'une foule d'invités. En attendant qu'on les annonce, Adela retoucha le nœud de cravate de Wilson. C'était inutile, mais elle avait besoin de s'occuper les mains.

De son côté, il déplaça les Ruff d'un quart de millimètre, pour les remettre dans un alignement parfait.

Adela, tout sourires, tourna alors la tête pour lui montrer les barrettes en diamant et leur élégant scintillement dans le fourmillement de boucles châtaines.

— Tu as la grâce d'une déesse, Della. Tu es époustouflante. J'espère que Sybil ne t'en voudra pas de l'éclipser pour son grand soir.

— Oh ! je ne m'inquiète pas, souffla-t-elle d'un ton léger. Elle va sans doute trouver ma robe étrange et se demander pourquoi j'ai oublié de me coiffer. Quant à Mama, elle va avoir ses vapeurs et me chuchoter avec horreur que j'ai l'air échappée d'un cirque.

Elle posa la main sur le bras de Wilson, magnifique dans son costume immaculé.

— Toi, en revanche, elles vont t'adorer ! Je ne pense pas t'avoir jamais vu aussi élégant.

Il était splendide, en effet. Queue-de-pie, cravate blanche, gants immaculés : le parfait gentleman. Seuls ses cheveux bouclés, qui refusaient de se laisser dompter, rappelaient avec défi qu'il restait Wilson.

— Je me sens tout saucissonné, tu veux dire !

Il glissa un doigt ganté sous son col.

— J'aurais dû garder mon costume de cambrioleur.

Il lui lança un regard en coin.

— Et toi aussi. Rien que d'y penser, ça me donne des idées.

— Chut, Wilson. On nous regarde.

C'était la vérité. Sa robe fluide, sa taille haute, attiraient l'attention. Certaines femmes ne cachaient pas leur désapprobation, murmurant derrière leur main gantée. Adela redressa le menton et afficha un sourire teinté de défi. Même si elles n'approuvaient pas officiellement sa tenue, secrètement, elles devaient l'envier de ne pas être comprimée par un corset… et d'avoir un mari aussi magnifique.

Un espace s'ouvrit soudain devant eux : leur tour était venu de descendre le grand escalier. L'orchestre jouait une musique entraînante et joyeuse, mais Adela était si nerveuse qu'elle n'entendit qu'un silence effrayant.

— M. et Mme Wilson Ruffington, annonça le maître de cérémonie d'une voix sonore.

Une forêt de visages pivota vers eux.

Adela eut l'impression que son estomac rétrécissait. Elle n'avait jamais été aussi anxieuse de toute sa vie — même quand ils étaient entrés un peu plus tôt dans la maison de Blair Devine. L'opinion que l'on avait d'elle lui importait peu, mais ce soir elle voulait faire honneur à son mari. Elle voulait être un joyau à son bras et susciter l'admiration, comme l'aurait fait Coraline, si elle avait été à sa place.

Elle tourna la tête vers lui et son sourire lumineux fit fondre ses angoisses. Elle glissa sa main sous son bras, il posa la sienne par-dessus — chaude, ferme — et elle eut la sensation merveilleuse qu'il la tenait pour le restant de sa vie.

— Prête ? demanda-t-il doucement.

Puis, juste comme ils avançaient, il s'inclina vers elle, ses lèvres tout contre son oreille et chuchota :

— Tu sais que je t'aime, n'est-ce pas ?

Elle eut l'impression de poser le pied dans le vide. S'il ne l'avait pas rattrapée, elle aurait dévalé l'escalier. Oubliés, les regards posés sur eux ! Plus rien n'existait que les battements fous de son cœur et la joie qui pétillait en elle comme des bulles de champagne. Elle flottait sur un nuage.

Une fois en sécurité en bas, elle chuchota :

— Tu as l'art de choisir ton moment. J'aurais pu tomber la tête la première…

— Désolé.

Il lui sourit et son visage rieur n'exprimait pas l'ombre d'un remords.

— Il m'a semblé que tu manquais de confiance en toi. Je ne suis peut-être pas l'homme le plus romantique de la terre, mais je sais que les femmes se sentent plus sûres d'elles quand on leur fait un compliment.

Il l'entraîna dans la foule. Elle distribua des sourires polis à gauche et à droite, mais elle était en état de choc. Elle avait espéré… Elle avait cru… Voilà ce qui arrivait, quand on prenait ses désirs pour des réalités ! Elle tourna un regard lumineux vers une douairière qui toisait sa robe d'un air désapprobateur et vit son visage se radoucir aussitôt, comme si son bonheur éclatant la touchait.

La salle de bal était gigantesque. Ils progressaient lentement, sans cesse sollicités par des invités qui voulaient leur dire un mot. Wilson était très respecté dans les milieux politiques, scientifiques et même dans celui des affaires ; l'intérêt qu'il suscitait ne la surprit donc pas. En revanche, elle ne s'attendait pas à recevoir un accueil aussi chaleureux de jeunes femmes très en vue, qui en temps ordinaire ne lui auraient pas accordé un regard.

— Ma chère, vous êtes un enchantement pour les yeux ! s'exclama l'épouse d'un politicien avec qui elle ne se souvenait pas avoir jamais échangé un seul mot avant ce soir.

— Permettez-moi de vous féliciter pour votre mariage, renchérit une jeune femme ravissante, dont on disait qu'elle était la dernière conquête du prince de Galles. Vous avez beaucoup de chance, votre mari est visiblement sous le charme. Venez donc prendre le thé à la maison un jour prochain. Je serai enchantée de bavarder avec vous.

Un domestique en livrée leur proposa du champagne et Adela accepta une coupe avec soulagement. Elle avait bien besoin d'un petit remontant…

Wilson l'entraîna à l'écart et fit tinter son verre contre le sien.

— A nous, Della. Partenaires dans le crime… et partenaires dans la vie.

Il haussa les épaules d'un air faussement désinvolte, comme s'il était subitement peu sûr de lui.

— Ecoute… pour ce que je t'ai dit tout à l'heure… ne t'inquiète pas si ce n'est pas réciproque. Si tu te sens capable de me supporter quelques heures par jour, nous pourrons construire sur ces bases une relation acceptable et même… agréable.

Il s'interrompit, une lueur presque implorante au fond des yeux.

— Au moins quelque temps.

Que devait-elle comprendre, à la fin ? Il l'aimait ou il ne l'aimait pas ? S'il l'aimait, leur mariage durerait toute la vie, non ?

Elle allait lui poser la question quand un cri résonna derrière eux. Mama !

— Adela ! Wilson ! Vous voici enfin ! Mais où étiez-vous passés ?

Sa mère et Marguerite fendaient la foule pour les rejoindre.

Un frisson de répulsion lui parcourut le dos quand elle aperçut Blair Devine, sourire obséquieux aux lèvres, dans leur sillage.

— Désolée, Mama. Nous avons été retenus à la dernière minute.

Sa mère la toisa, les yeux écarquillés d'horreur.

— Mais qu'est-ce que c'est que cette tenue ? Que vont penser le marquis et la marquise en te voyant en robe d'après-midi ? Et avec tes cheveux défaits ?

Wilson avança et porta la main de sa belle-mère à ses lèvres d'un geste plein de charme.

— Votre fille a un goût exquis et tout ce qu'elle porte est à la fois élégant et moderne. Personnellement, je la trouve sublime.

— Si tu le dis, marmonna Mama visiblement peu convaincue.

Depuis leur mariage, elle éprouvait une grande tendresse pour son gendre. Sa rancœur envers « ce voleur d'héritage » s'était envolée et le cousin Wilson était désormais la huitième merveille du monde.

Mais en réalité, il n'est pas mon cousin. Pas vraiment.

Ce qu'elle avait appris sur sa naissance était vraiment stupéfiant. Mais ce n'était pas l'heure de songer au secret découvert chez Devine. D'autant qu'il les rejoignait avec son sourire cauteleux.

— Madame Ruffington, puis-je vous dire que vous êtes éblouissante ce soir ?

Imitant Wilson, il porta sa main gantée à ses lèvres et elle dut prendre sur elle pour ne pas la retirer avec une grimace de répugnance.

— Les diamants des Ruffington brillent sur vous de mille feux, ajouta-t-il, les yeux à présent fixés sur son décolleté. J'espère que nous aurons le plaisir de vous voir les porter plus souvent à l'avenir.

L'immonde personnage ! Savait-il que Wilson lui avait répété leur conversation ou cette remarque perfide s'adressait-elle seulement à lui ?

Elle vit les yeux gris de Wilson se changer en glace. S'ils avaient été des dagues, l'avoué aurait été percé de part en part.

— Merci, monsieur Devine. J'en ai bien l'intention.

Elle le regarda en face, consciente que Wilson s'était rapproché et avait posé la main au creux de ses reins d'un geste protecteur.

— Tout au moins jusqu'à ce que j'aie moi-même une fille ou une belle-fille à qui je pourrai les offrir en cadeau de mariage.

Elle n'aurait peut-être jamais d'enfant s'ils ne restaient mariés que pendant une courte période, mais cet horrible personnage n'était pas censé le savoir, n'est-ce pas ? Elle sentit les doigts de Wilson accentuer doucement leur pression, comme s'il voulait lui signifier qu'il approuvait la manière dont elle défiait Devine à fleuret moucheté.

— Absolument, renchérit-il. Les diamants des Ruffington sont un trésor familial et ne sauraient tomber entre des mains étrangères.

Il marqua un temps et une tension vibra soudain dans l'air, comme s'il venait de retirer l'un de ses gants pour gifler Devine.

— A aucun prix…

L'expression du maître-chanteur était à peindre. Il avait l'air à la fois abasourdi et inquiet. Il se rendait compte que son plan était en train de s'effondrer, mais ne comprenait pas pourquoi et il lui était impossible de poser la moindre question sans se démasquer.

— Oui, bien sûr, bredouilla-t-il en fronçant les sourcils.

Son visage s'était empourpré et il semblait en colère.

— Pouvons-nous discuter seul à seul un instant, Ruffington ?

Il toucha le bras de Wilson, l'invitant à le suivre à l'écart.

— Je ne crois pas, rétorqua Wilson, glacial. Ma femme et moi n'avons pas encore félicité les invités d'honneur de cette soirée. Viens, chérie. Il est temps d'aller saluer Sybil et Algernon.

Glissant la main d'Adela sous son bras, il l'entraîna avec lui.

— Il n'a pas l'air content, souffla-t-elle.

Il pressa sa main sur la sienne.

— Il fera moins le malin quand je l'informerai de ce qui va lui arriver, si les propriétaires des documents volés apprennent comment et par qui ils leur ont été dérobés.

— Mais nous avons cambriolé sa maison, lui rappela Adela d'une voix à peine audible.

Il la regarda d'un air innocent.

— Je ne vois absolument pas de quoi tu parles.

Puis il se pencha en souriant et effleura sa joue d'un baiser.

— Allons rassurer Sybil pour qu'elle puisse profiter pleinement de sa soirée de fiançailles.

— Oh oui !

Sa sœur accueillait ses invités, Algernon à son côté. Elle était incroyablement ravissante et Algie très beau en costume de soirée. Ils semblaient nager dans le bonheur, mais un observateur attentif pouvait déceler une tension dans leurs yeux.

— Chérie, quelle merveilleuse réception !

Adela embrassa tendrement sa sœur. La demeure était magnifique et décorée d'œuvres d'art du meilleur goût. On se serait cru dans un musée. Sybil semblait dans son élément même si pour sa part, Adela se serait sentie écrasée au milieu de tout ce luxe. Elle préférait de loin sa jolie maison de Chelsea. Même Ruffington Hall était moins solennel et lui convenait mieux. A condition d'y vivre aux côtés de Wilson, bien sûr.

— Félicitations, dit-il à son tour en embrassant sa belle-sœur sur la joue avant d'échanger une poignée de main avec Algie.

La foule des invités reflua un peu et Sybil agrippa le bras de sa sœur.

— Du nouveau ? demanda-t-elle d'une voix anxieuse qui démentant son sourire de circonstance. Tu avais dit que tu pourrais peut-être… faire quelque chose ?

Adela lui caressa la joue.

— J'ai un cadeau de fiançailles pour toi, Syb…

Ouvrant son réticule, elle en sortit le ruban rose qui avait attaché ses lettres. Elle le laissa pendre au bout de ses doigts avant de le presser dans la paume de sa sœur.

— Oh, Della… Della… Et les… euh… le reste ?

— Désolée, chérie, il y a eu un accident. Le paquet est tombé dans le feu.

L'espace d'un instant, une moue crispa le ravissant visage de la jeune fiancée, puis elle redressa le menton et une lueur déterminée, qu'Adela ne lui avait jamais vue, apparut dans ses yeux. Sa petite sœur était enfin une adulte.

— Tant mieux !

Elle se tourna vers son fiancé.

— Tu es d'accord avec moi, Algie ?

— Absolument ! acquiesça-t-il avec un soulagement visible.

Il tendit la main à Wilson et serra la sienne avec reconnaissance. Ils ne savaient ni l'un ni l'autre ce qui s'était passé, mais ils étaient assez lucides pour comprendre que Wilson et Adela avaient pris des risques pour assurer leur bonheur.

— Oh ! Della ! Je t'aime ! soupira Sybil en la serrant dans ses bras.

C'est la deuxième déclaration d'amour que je reçois en l'espace d'une demi-heure.

— Qu'est-ce qu'*il* regarde ?

Adela se retourna. Blair Devine fixait le ruban rose dans les doigts de Sybil. Son masque affable s'était envolé, remplacé par une expression d'horreur incrédule. Fin de partie. Il avait perdu et ne pouvait absolument rien faire : il n'était pas censé connaître ce ruban, encore moins les lettres qu'il avait réunies.

Wilson observait Devine, lui aussi. Il souriait à demi, sans triomphalisme mais avec satisfaction.

Ils avaient fait du bon travail.

Il se tourna vers elle et la lumière qui brillait dans ses yeux ne laissa pas de place au doute. Il l'aimait, oui… Il l'aimait de toute son âme.

Mais était-il prêt pour autant à vivre le reste de sa vie avec elle ?

Le bal passa dans un tourbillon de musique, de danses, de conversations légères et de rires.

Le bonheur de Sybil et d'Algernon se répandait sur leurs invités comme une poudre magique et donnait à la fête une aura de succès. Même Adela oublia ses incertitudes pour succomber à la bonne humeur générale.

Profite du moment présent. Tu as le plus beau, le plus original et le plus intelligent des maris. Il y a encore six mois tu n'aurais jamais imaginé participer à un bal dans de telles conditions, alors savoure chaque instant.

Wilson était un excellent danseur. Encore une surprise et pourtant c'était logique : il pratiquait la course à pied, la boxe et les arts martiaux, des sports qui entretenaient sa souplesse et sa tonicité. En temps normal, Adela était une danseuse honnête, sans plus, mais dans les bras de son mari, elle semblait voler au-dessus du sol.

Elle l'aurait nié si on s'était aventuré à lui en faire la remarque, mais elle ne pouvait s'empêcher de le dévorer des yeux. Elle était folle de lui !

N'importe qui, à sa place, aurait payé Devine pour avoir la paix. Wilson, lui, avait traité le problème à la racine, en neutralisant définitivement le coupable. Il avait sauvé non seulement Sybil, mais toutes les autres victimes.

Elle n'avait entrevu que quelques-uns des noms glissés dans les liasses de lettres volées, mais elle avait reconnu au moins deux de ces jeunes femmes parmi les invitées. Elles avaient la même lueur traquée que Sybil au fond des yeux. Il lui était impossible de d'aller leur parler dès à présent, mais elle leur rendrait visite dès que possible pour leur rendre ce qui leur appartenait. Nul doute qu'elles retrouveraient très vite le sourire.

Devine, en tout cas, avait perdu le sien. Il avait déserté la fête précipitamment après avoir aperçu le ruban rose dans les mains de Sybil.

— J'espère qu'il ne va pas se venger sur ses domestiques quand il découvrira ce qui s'est passé, confia-t-elle à Wilson. Ils n'y sont pour rien, mais il est tellement odieux qu'il aura besoin d'un bouc émissaire.

— Ne t'inquiète pas.

Ils étaient devant le buffet et elle ne put réprimer un petit frisson d'excitation en le regardant déguster une part de pudding à la crème. Quand il fit glisser sa langue sur ses lèvres, elle fut assaillie par des images si crues qu'elle en vacilla presque.

— J'ai donné de l'argent à Earnest pour le cas où ça se passerait mal, poursuivit-il en léchant sa petite cuillère sans se soucier de choquer l'assistance. Il a pour mission de remettre une petite somme à chacun des autres domestiques, de leur trouver un logement et de leur dire de me contacter. Je ferai en sorte de leur trouver une nouvelle place, ou de leur écrire une lettre de recommandation. Personne n'aura plus jamais à souffrir des agissements de Blair Devine.

— Tu penses décidément à tout.

— Je fais de mon mieux.

Il sourit.

— Tu crois que nos hôtes m'en tiendront rigueur, si je reprends une part de ce pudding ? Il est excellent.

— Aucun risque, ils ont trop d'estime pour toi. Même s'ils ignorent que tu les as sauvés d'un horrible scandale.

— Que *nous* les avons sauvés, rectifia-t-il. Tu as autant de mérite que moi.

Il retrouva son sérieux et son visage devint indéchiffrable comme toujours.

— En parlant d'estime, la marquise a paru très impressionnée par ta robe. Tu as peut-être fait une adepte et lancé une mode ?

Il avait raison. La mère d'Algernon s'était montrée intéressée par cette coupe non conventionnelle et Adela lui avait promis, ainsi qu'à d'autres invitées, de lui donner l'adresse de Mme Mirielle.

Alors que l'heure tournait et que l'aube commençait à poindre derrière les fenêtres, elle sentit toute la fatigue de la journée peser sur ses épaules et eut du mal à cacher ses bâillements.

— Tu crois que Teale est de retour ? demanda-t-elle à Wilson d'une voix assoupie.

— Je pense que oui. Tu veux qu'on rentre ?

Il avait envoyé le jeune homme mettre leur butin en sécurité dans son coffre. Teale avait pour consigne de dîner, de s'assurer que la maison était parfaitement sécurisée, puis de revenir les chercher. Par mesure de précaution, Wilson avait chargé leurs deux valets de pied, des garçons dévoués et solidement bâtis, de monter la garde toute la nuit. Pour le cas improbable où Devine voudrait se venger.

Ils prirent congé de leurs hôtes et, après de multiples embrassades et la promesse de se revoir très bientôt, ils montèrent enfin dans l'attelage et s'assirent avec soulagement sur la banquette.

Adela était épuisée et sur les nerfs dans le même temps. La déclaration d'amour de Wilson avait soulevé l'univers de son axe. Malgré sa lassitude, elle n'avait qu'une envie : se jeter à son cou, l'embrasser comme une folle et lui crier qu'elle l'aimait aussi, qu'elle l'avait probablement toujours aimé, même pendant toutes ces années où ils avaient été séparés, même quand elle disait le détester.

— Wilson, à propos de ce que tu m'as dit, je…

Il posa un doigt sur ses lèvres.

— Chut, mon cœur. Nous aurons tout le temps d'en parler quand tu te seras reposée. Tu tombes de sommeil.

Ses yeux gris étaient doux. Ils pouvaient se montrer durs et froids, mais ce Wilson-là semblait avoir disparu, remplacé par un mari attentionné, sensible à la fatigue de sa femme après une très longue nuit, pleine de rebondissements.

— Appuie ta tête sur mon épaule et ferme les yeux. Je te réveillerai quand nous serons arrivés.

L'offre était tentante. Ses paupières étaient si lourdes. Si elle les fermait juste un moment, elle se sentirait peut-être plus alerte à son réveil et alors elle pourrait avoir une discussion sérieuse avec lui, sans se laisser distraire par ses sentiments.

Posant la joue sur son épaule, elle découvrit que le tissu de son manteau était le plus doux des oreillers et que ses bras autour d'elle étaient la plus douillette des couvertures. Elle se blottit contre lui avec le sentiment d'être à sa place.

Comme ses yeux se fermaient et que le sommeil la prenait, il lui sembla l'entendre lui murmurer qu'il l'aimait.

Chapitre 29

Est-ce que tu m'aimes ?

Wilson contemplait sa femme endormie sur le lit. Il aurait voulu pouvoir inventer une machine capable de déchiffrer les secrets de son cœur.

Est-ce que tu m'aimes, Della ? Est-ce que tu m'as pardonné mes erreurs ?

Il mourait d'envie de la toucher, de la caresser. Il n'y avait qu'avec elle qu'il se sentait heureux. Mais elle dormait profondément et elle méritait de se reposer après les émotions de la soirée. Elle s'était à peine réveillée quand il l'avait portée dans sa chambre puis déshabillée, ôtant doucement son manteau, sa robe, puis ses jupons et ses bas.

La regarder dormir était un pur bonheur. Son visage était exquis dans le sommeil. Il aimait tout en elle et il était fier de penser que, grâce à lui, elle avait enfin admis que ses prétendus défauts n'en étaient pas, au contraire. Sa différence faisait d'elle ce qu'elle était : une femme unique, merveilleuse. *Sa* femme.

Il faillit rire de se sentir aussi ému. Etait-ce cela, l'amour ? Ces attendrissements ridicules ? Probablement. Il les acceptait avec bonheur. Il pouvait être fantasque *et* rationnel à la fois.

La seule question était de savoir si ses sentiments étaient

partagés. Si la réponse était oui, il serait un roi, un empereur ! Si la réponse était non… alors il ferait en sorte d'aimer pour deux et il veillerait à ne pas importuner Adela avec son amour. Enfin, le moins possible. Il n'était pas un ange et pouvait se montrer insupportable même sans le faire exprès. Mais il essaierait. Oh oui, il ferait tout pour la garder !

— Est-ce que tu m'aimes, Della ? souffla-t-il.

Même si elle ne l'aimait pas d'amour, elle semblait éprouver de l'affection pour lui. Une affection sincère… La plupart des femmes auraient été horrifiées par son plan pour récupérer les lettres. Coraline l'aurait toisé comme s'il était devenu fou avant de lui tourner le dos. Il essaya d'imaginer son ex-maîtresse, accroupie derrière les buissons du jardin de Devine en costume d'homme… et sans corset ! Un sourire ironique affleura sur ses lèvres. Impensable. Adela, elle, n'avait pas hésité à se jeter dans l'aventure. Au contraire, le danger l'avait excitée.

Elle était intrépide dans la vie, insatiable et imaginative au lit : la partenaire idéale. Son audace lui venait-elle de ses expériences passées ? Il évitait de penser à ses amants, mais il ne servait à rien de se voiler la face.

La société était hypocrite avec la sexualité des femmes. La plupart des hommes trouvaient plus commode de croire qu'elles n'avaient pas de désirs, de rêves érotiques, mais lui il savait que c'était faux. Adela aimait déjà le sexe la toute première fois qu'ils avaient fait l'amour. Même s'ils étaient vierges tous les deux, il savait qu'elle avait pris autant de plaisir que lui. Mais ensuite, elle avait été contrainte de cacher son tempérament de feu parce qu'il avait tout saccagé par sa brutalité. Et les autres hommes n'avaient pas été capables de voir combien elle était belle et désirable.

Tout était sa faute. Il aurait tellement voulu lui enseigner l'amour et ses raffinements, après leur première fois ! Mais on ne pouvait pas réécrire l'histoire. Mieux valait regarder la vérité en face et considérer le bon côté des choses.

Sa science amoureuse était un atout. Elle savait comment lui donner du plaisir.

Oh Dieu, oui !

Wilson Ruffington, tu n'es qu'un animal !

Son sexe se tendit de désir. La seule vue de sa chevelure répandue sur l'oreiller, de sa gorge immaculée, de ses petits seins insolents sous sa jolie brassière suffisait à le mettre en émoi.

Elle avait été la reine du bal, ce soir. Il avait vu les hommes se retourner sur son passage, attirés par sa flamme, envoûtés par sa sensualité naturelle. Son rayonnement avait ajouté un éclat inhabituel à la splendeur froide des diamants.

Il avait senti leurs regards jaloux sur lui. Ils l'enviaient de l'avoir à son bras, de savoir que c'était lui et nul autre qui avait le droit de la posséder, de lui donner du plaisir et d'en recevoir.

Même si elle ne l'aimait pas d'amour, sa présence dans sa vie était le plus précieux des cadeaux.

Adela ouvrit les yeux et reconnut le décor familier de sa chambre. Les lampes étaient éteintes, mais la lumière de l'aube se faufilait à travers une fente des rideaux. L'horloge, sur le manteau de la cheminée indiquait qu'il était 6 h 30.

Le bruit paisible d'une respiration et le sentiment d'une présence chaude à son côtés lui fit retenir son souffle.

Wilson !

Il était allongé près d'elle, profondément endormi. Ses cheveux étaient tout ébouriffés, son gilet et sa chemise de soirée ouverts. Un bouton de manchette gisait près de l'oreiller, l'autre devait se trouver quelque part par terre, sans doute avec ses chaussures, car il était en chaussettes.

Elle tâtonna sous le drap. Elle ne portait que ses sous-vêtements. Sa brassière et sa culotte. Le reste de ses vêtements était au pied du lit. Les Ruff brillaient sur la table de nuit : son collier, ses boucles d'oreilles et ses barrettes.

Elle se redressa sur un coude et observa son mari. Son visage était d'une douceur angélique dans le sommeil. Elle faillit le réveiller, puis se ravisa. Repoussant tout doucement le drap, elle se leva sans bruit et s'enferma dans le cabinet de toilette, attrapant au passage son déshabillé.

Quand elle ressortit, Wilson écrivait sur l'un de ses nombreux blocs-notes, adossé aux oreillers. Il était en robe de chambre et ses cheveux étaient humides, comme s'il avait fait sa toilette, lui aussi.

— Bien dormi, Della ?

Il posa son bloc et son stylo, une expression presque enfantine sur son visage pâle. Lui toujours si sûr de lui, il avait l'air si hésitant qu'elle faillit se jeter dans ses bras pour le rassurer.

— Oui, merci. Enfin, pas très longtemps.

Elle le rejoignit, s'agenouilla près de lui sur le lit et lui prit la main.

— Ecoute, Wilson, à propos de ce que tu m'as dit hier…

— Non, ne dis rien. Ça ne fait rien, ce n'est pas grave. Tu n'es pas obligée de m'aimer.

Il mêla ses doigts aux siens.

— Je me suis très mal conduit avec toi pendant toutes ces années. J'ai essayé de m'amender ces derniers temps, mais je continue à me comporter comme un imbécile, parfois.

Il porta sa main à ses lèvres et l'embrassa avec une sorte de passion désespérée.

— Je sais que tu m'as épousé pour que ta mère ait le bonheur de te voir devenir un jour Lady Millingford. J'aimerais te garder pour toujours mais… mais si c'est au-dessus de tes forces, nous pourrons divorcer ou vivre séparés. Je ne veux pas être un poids pour toi.

Elle poussa un soupir. Les hommes étaient vraiment obtus, parfois, même les plus intelligents d'entre eux !

— Wilson Ruffington ! Si tu me laissais placer un mot, je pourrais t'expliquer que je n'ai aucune envie de te quitter, ni aujourd'hui ni jamais ! Je n'ai qu'un souhait : que notre mariage dure aussi longtemps que je vivrai…

Elle porta sa main à ses lèvres et l'embrassa avec la même passion ardente que lui.

— Je t'aime, espèce d'idiot ! Ça ne se voit donc pas ? Je t'aime depuis cette première fois, à Ruffington Hall !

Il sourit. Un sourire étincelant qui lui rappela celui du fameux chat Cheshire.

— Je le savais ! Je le savais !

Il la renversa sur le lit.

— Je savais que tu m'aimais, j'attendais juste que tu prononces les mots.

Il l'embrassa sur la bouche avec une ardeur pleine de tendresse. Elle l'entendit rire et se sentit gagnée elle aussi par le fou rire.

— Tu es d'une incroyable suffisance, Wilson. Et un fieffé menteur. Tu ne savais rien du tout ! Tu étais désespéré il n'y a pas encore cinq minutes !

Il l'embrassa de nouveau, plus maître de ses émotions cette fois.

— Peut-être que oui, peut-être que non. L'important, c'est que nous soyons d'accord tous les deux, enfin !

Il se colla à elle, lui montrant que si ses sentiments étaient tendres et délicats, son corps était férocement affamé.

Adela n'avait pas l'intention de discuter. Elle accueillit avec joie la pression rude de son corps contre le sien, la caresse impatiente de ses mains. Tout prenait du sens maintenant. Ce n'était pas seulement le désir qui les poussait l'un vers l'autre mais l'amour. Elle ouvrit les jambes, avide de ne faire plus qu'un avec lui.

— Madame Ruffington, serait-ce une invitation ?

Sa voix contre son oreille la fit frissonner. Elle sentait la morsure de ses dents sur son cou, la brûlure de son désir à travers leurs vêtements.

— Absolument !

— Quelle effronterie ! Heureusement que je suis un homme

moderne. Un mari à cheval sur les convenances serait scandalisé par un comportement aussi irrévérencieux.

Glissant une main sous ses reins, il empoigna ses fesses à travers son déshabillé. Décidément, il adorait cette partie de son anatomie !

— Aucune tenue, souffla-t-il d'une voix rauque. Tu te comportes comme une dépravée.

Une dépravée ? Tu n'as encore rien vu. Je vais te montrer comment se comporte une vraie dépravée.

Elle insinua ses doigts dans son triangle de boucles châtain et se caressa, les yeux plantés dans les siens.

— Sorcière ! gronda-t-il.

Il lui pétrit les fesses et faufila ses doigts dans la fente pour taquiner le petit anneau de muscles.

— Je vais te punir pour ton indiscipline.

— Oh oui, oui.

Elle se tortilla plus fort, ondulant des hanches tout en titillant son clitoris. Elle était dévorée de désir, pleine d'audace. Elle était capable de tout, maintenant qu'elle savait qu'il l'aimait.

Il tira sur son déshabillé, l'arrachant à moitié dans sa hâte. Saisissant son poignet, il écarta sa main pour l'empêcher de se toucher. Elle se débattit, le regard provocant, et il finit par la lâcher.

Elle se remit à se caresser fiévreusement, écartant les cuisses pour qu'il ne perde rien du spectacle.

— Si tu voles ton plaisir, tu auras une double punition, l'avertit-il d'une voix rauque.

— Je ne peux pas voler ce qui m'appartient, susurra-t-elle en redoublant d'efforts.

Elle posa son autre main sur son mamelon, pinçant et tordant le bourgeon gonflé. Le regard de Wilson s'assombrit de désir.

— Vilaine. Vilaine. Vilaine.

Saisissant son menton entre son pouce et son index, il

l'obligea à le regarder, pendant qu'il insinuait un doigt en elle, puis un deuxième. Il les écarta pour amplifier les sensations.

— Eh bien, madame Ruffington… Finis ce que tu as commencé. Qu'est-ce que tu attends ?

Avec un soupir tremblant, elle obéit, le regard arrimé à celui de Wilson. Il ne lui fallut que quelques secondes pour parvenir à l'orgasme. Comme les spasmes du plaisir la soulevaient, il glissa son pouce dans sa bouche, domptant ses gémissements en appuyant sur sa langue. En même temps, il fléchit ses doigts en elle et son plaisir se décupla.

Retirant sa robe de chambre, il s'agenouilla sur le lit et l'allongea à plat ventre contre ses genoux. Elle était encore étourdie de plaisir, le corps bourdonnant.

— Tu es une femme magnifique, ensorcelante, décadente…

Il ponctuait chaque mot d'une claque sur ses fesses. Il ne frappait pas fort, mais l'exquise brûlure la cinglait et lui redonnait de l'énergie. Elle se tortillait, frottant son entrejambe contre sa cuisse.

— Insatiable sirène !

Continuant à la fesser d'une main, il insinua l'autre entre ses jambes pour chercher son clitoris.

Elle cria et jouit une nouvelle fois, cambrée sur lui.

— Oui ! Oui ! Je t'aime Wilson… oui !

Il lui murmura des mots tendres pendant que la vague du plaisir l'emportait très haut, puis redescendait peu à peu. Il la prit dans ses bras, câlinant sa croupe enflammée.

Etrangement, elle ne ressentait pas de douleur, juste une brûlure délicieuse. Elle lui caressa la joue et lui dit avec les yeux qu'elle en voulait davantage : elle voulait qu'ils ne fassent plus qu'un.

— J'ai envie de toi, Wilson. Je veux sentir ton plaisir.

Son regard s'illumina comme si elle venait de lui faire le plus beau des présents. Elle ne voulait plus aucune barrière entre eux. Elle voulait faire l'amour avec lui comme elle ne l'avait jamais fait avec aucun homme, sauf une seule fois, près d'une rivière, il y avait bien longtemps.

Pressant ses lèvres contre les siennes, elle chuchota :

— Jamais sans protection depuis notre première fois. J'ai toujours été très prudente.

Prudente, oui. Mais qui sait si, inconsciemment, elle n'avait pas voulu se réserver pour lui, au cas où le destin les réunirait de nouveau ?

— Pareil pour moi.

Dans son regard, elle lut que lui aussi s'était réservé pour cette intimité ultime, peut-être pour les mêmes raisons qu'elle ou peut-être parce qu'il était un scientifique, un observateur éclairé de la vie et de ses dangers.

— Tu risques d'être enceinte.

Sa voix était si douce qu'elle n'aurait su dire si c'était une simple constatation ou une question.

— Je sais. Tu as envie que je le sois ?

Une ombre dansa dans ses yeux. L'idée de devenir père le répugnait-elle ? Etait-ce un rôle trop exigeant pour un homme qui travaillait sans relâche ?

— Oui !

Il lui décocha un sourire qui balaya ses doutes.

— Oui, j'en ai envie. Mais toi, Della ? Es-tu certaine que c'est bien ce que tu veux. C'est un tel bouleversement dans la vie d'une femme. Mais je pourrai t'aider et engager une nourrice. Nous en avons les moyens.

Elle lui caressa la joue en riant. Elle était toute douce. Il avait dû se raser pendant qu'elle était à sa toilette.

— Ne t'inquiète pas, je pense que j'arriverai à faire face le moment venu. Je profiterai de ses siestes pour lire et dessiner.

Elle sourit malicieusement.

— Mais il sera peut-être plus sage d'abandonner mes thèmes de prédilection.

— Je crois aussi, acquiesça-t-il. Mais si tu souhaites poursuivre ton inspiration en privé, tu pourras toujours me dessiner, moi, pour ton propre plaisir.

Elle baissa les yeux vers son totem magnifique. Voilà bien un sujet d'étude dont elle ne se lasserait jamais !

— Bien, je crois que la question est réglée. En ce cas, pouvons-nous commencer ?

Elle fit glisser son pouce le long de son sexe et l'encercla entre ses doigts.

— Oh ! Seigneur, oui, gémit-il. Commençons. Maintenant ou je vais mourir !

Il la fit basculer sous lui et elle ouvrit les cuisses.

— Je t'aime, Della.

— Je t'aime aussi, répondit-elle, soulevant les hanches pour aller au-devant de lui.

Chapitre 30

Un diamant brut

— Wilson, cesse de bouger ! Je ne terminerai jamais si tu te tortilles en permanence.

— Je fais ce que je peux, murmura-t-il entre ses dents. Mais ce n'est pas facile. Je n'ai pas toujours la maîtrise de cette partie de mon corps.

— C'est ce que je vois, observa Adela en contemplant son œuvre.

Elle venait d'immortaliser le sexe de Wilson en pleine érection, les Ruff négligemment drapés autour de ses testicules. Ils avaient fait l'amour en rentrant d'une soirée et il avait insisté pour qu'elle garde son collier. En échange, elle avait exigé qu'il pose pour elle avec la parure de diamants, et le contact des gemmes avait déclenché une réaction physiologique.

— Tu en as encore pour longtemps ?

Il remua sur les draps et les pierres bougèrent, lançant mille feux.

— Je ne m'ennuie pas, mais je trouve criminel de ne pas profiter autrement de ce phénomène naturel.

Criminel, en effet. Elle était impatiente elle-même de l'exploiter, mais elle voulait d'abord peaufiner son dessin.

— Un peu de patience, chéri…

La pointe de son crayon dérapa et elle dut prendre sa gomme.

— J'en ai encore pour une minute ou deux. Les lectrices de *Divertissements* vont t'adorer !

— Tu ne vas quand même pas mettre mon sexe en vitrine pour ces dames ?

Sa protestation ne l'abusa pas. En réalité, l'idée l'amusait. Peu lui importait d'être exhibé dans un magazine, du moment qu'on ne pouvait pas l'identifier. Comme tous les hommes, il aimait qu'on admire sa virilité.

— Nous avons des abonnées dans tout le pays et quelques-unes aussi sur le continent. Ton splendide appendice va connaître une gloire mondiale !

Finalement satisfaite de son travail, elle signa *Isis* dans le coin, puis tourna le dessin pour que Wilson puisse l'admirer.

— Pas mal… pas mal du tout.

Il se pencha pour contempler son œuvre. Le collier glissa sur le drap et elle le récupéra pour le passer autour de son cou. Elle se sentait toujours élégante quand elle portait les Ruff. Même quand elle était entièrement nue comme en cet instant.

— Tu as réellement du talent, Della. Ce n'est pas facile de reproduire le miroitement d'un diamant, mais tu y as réussi à la perfection, je dois l'admettre.

— Merci.

Elle sourit, amusée qu'il commente sa technique, alors qu'il avait sous les yeux l'image coquine de son sexe bandé.

— Ceci étant, je ne pense pas que l'attention de tes amies se focalisera sur le collier, mais plutôt sur l'érection de ton modèle.

— Pas d'inquiétude, murmura-t-elle en prenant son sexe gonflé entre ses doigts. Seules Sofia, Beatrice et quelques membres du club savent qui se cache derrière le pseudonyme d'Isis. Tes admiratrices ne verront qu'un sexe masculin anonyme, même s'il est fort beau.

— Me voici soulagé.

Sa voix basse avait pris une tonalité rauque. Il souleva les hanches pour se pousser dans sa main.

— Après ce que nous venons de traverser, il ne serait pas judicieux de provoquer un scandale en affichant mes attributs virils dans un journal douteux.

Deux semaines s'étaient écoulées depuis le bal de fiançailles de Sybil. Le matin même, Adela avait rendu visite à la dernière des victimes de Blair Devine. Comme les autres, la jeune femme avait fondu en larmes en récupérant ses lettres égarées. Et comme les autres, elle lui avait promis sa reconnaissance éternelle, quand Adela avait refusé toute récompense. Cette soirée musicale, à laquelle ils avaient été conviés, était l'un des nombreux témoignages de gratitude qu'ils avaient reçus depuis « l'affaire ».

La restitution des autres documents à leurs légitimes propriétaires avait provoqué l'émoi dans les différents cabinets et ministères. Impossible toutefois d'accuser Devine sans admettre une faille dans le dispositif de sécurité. Les victimes avaient donc gardé le silence, mais l'avoué avait été fortement incité à quitter le sol britannique et à ne pas y remettre les pieds. Aux dernières nouvelles, il voyageait en Europe avec une riche veuve qui, espérons-le pour elle, avait pris la mesure du personnage.

Mama s'était montrée chagrinée par son départ, mais Wilson préférait attendre quelques mois avant de lui apprendre la vérité. Il lui avait présenté l'un de ses amis à l'occasion d'une soirée — un juge à la retraite, veuf et sensiblement plus âgé que Mama. Mais un authentique gentleman avec une lueur pétillante dans le regard. Les yeux de Mama avaient pétillé en retour.

— *Divertissements* n'a rien d'un journal douteux. C'est un magazine d'art, souligna Adela en le caressant du bout des doigts. Mais les quelques élues qui connaissent l'identité de ce sexe triomphant vont être terriblement jalouses de moi.

Il se mordit la lèvre avec un cri étouffé.

— Evidemment… Tu es mariée à un génie et tu vas devenir un jour Lady Millingford.

La vie s'était finalement montrée très généreuse avec elle. Elle avait un mari amoureux et un amant merveilleux. Les ombres du passé s'étaient dispersées et une route baignée de lumière se déroulait devant eux. Pleine d'audace, Adela renversa Wilson sur le lit, l'enfourcha et guida son sexe en elle.

— Oh Seigneur, dit-il dans un souffle.

Pendant quelques instants, elle se contenta de le chevaucher, incapable de parler. C'était une expérience nouvelle, des sensations inconnues.

— Non…, répondit-elle enfin. C'est de ton sexe qu'elles seront jalouses.

— Si tu le dis… Je me demande si tes amies savent à quel point tu es audacieuse ? Capable de tout, même de te transformer en cambrioleur pour épauler ton mari ?

— Aucune idée… Mais elles doivent penser que le simple fait de vivre avec toi est une aventure…

Ralentissant le rythme, elle se contracta autour de lui et sourit en voyant ses yeux gris vaciller.

— A cause de ton génie étourdissant et de ton caractère excentrique, je veux dire…, précisa-t-elle malicieusement.

Il se redressa sur un coude et lui enlaça la taille de son bras pour l'attirer à lui.

— C'est toi qui es étourdissante, chuchota-t-il en parsemant son visage de baisers.

Glissant les mains derrière sa nuque, elle chercha le fermoir de son collier. Leur amour était le plus précieux des joyaux. Un diamant brut, avec quelques petites imperfections qui le rendaient encore plus rare et brillant.

— Dois-je les enlever ? Ils sont un peu trop éblouissants, non ?

Il lui saisit les poignets et porta ses mains, l'une après l'autre, à ses lèvres.

— C'est toi qui m'éblouis, mon amour. Tu le sais, n'est-ce pas ?

Retombant en arrière, il ondula des hanches, le visage illuminé par l'amour.

— Et ce n'est pas près de s'arrêter.

— Pour moi non plus, chuchota Adela, subjuguée par l'éclat de son regard amoureux.

Également ce mois-ci

Spicy romans érotiques

Au seuil des possibles, de Megan Hart

Libre. D'aussi loin qu'elle s'en souvienne, Tesla s'est toujours sentie libre. De choisir ce qu'elle voulait faire de sa vie, de décider quelles expériences elle avait envie de tenter. Qui elle voulait aimer. Certes, cela lui a souvent valu d'être regardée comme une jeune femme un peu à part, mais elle, elle ne se sent pas différente : à 26 ans, elle se sent riche de bien plus de possibilités que la plupart des femmes qui l'entourent, en particulier en ce qui concerne les choses de l'amour – ou, du moins, les choses du sexe. Pourtant, l'irruption de Charlie et de Meredith dans sa vie fait soudain basculer toutes ses certitudes. Car ce couple fascinant et sexy va lui ouvrir des perspectives auxquelles elle n'aurait même jamais pensé...

Dès le 1er novembre
8,90 €

Un conseil, une commande : 01 45 82 47 47 www.harlequin.fr

Composé et édité par HARLEQUIN

Achevé d'imprimer en Italie (Milan)
par Rotolito Lombarda
en octobre 2014

Dépôt légal en novembre 2014

Pour l'éditeur, le principe est d'utiliser des papiers composés de fibres naturelles, renouvelables, recyclables, et fabriquées à partir de bois issus de forêts qui adoptent un système d'aménagement durable. En outre, l'éditeur attend de ses fournisseurs de papier qu'ils s'inscrivent dans une démarche de certification environnementale reconnue.